Le Royaume du fleuve

SYLVAIN FORGE

Le Royaume du fleuve

Michel LAFON POCHE

118, avenue Achille-Peretti – CS 70024
92521 Neuilly-sur-Seine Cedex
www.lire-en-serie.com

Loi n° 49-956 du 16 juillet 1949
sur les publications destinées à la jeunesse,
modifiée par la loi n° 2011-525 du 17 mai 2011

« Au royaume des aveugles, les borgnes sont rois. »

N
O
E
S
Marais
Océan
Revosse
cité Pirate
siège de la
guilde de Fer
Marais

Nantes
cité libre
Vers
Angenor
cité libre
Portbrume
Plage aux esclaves
Ile du Malheur
Territoire des Pisteurs
Auberge
d'Herbesauille
Jungle

PERSONNAGES PRINCIPAUX

LUDÉRIK : Cet adolescent de dix-sept ans, cultivé et à l'intelligence vive, a un naturel de leader. C'est le protagoniste principal de l'histoire. Il a grandi à Nantos, à la cour de Château-Doré où son père, Hagen, de la lignée des Maisonclair, exerçait les fonctions de capitaine de la garde du souverain, Dankrad de Niville. Ludérik, enfant, jouait avec la princesse Elanée. Comme elle, il adore se promener sur les toits de la ville haute. Il aime Elanée depuis des années, même si cette dernière l'a souvent fait tourner en bourrique. En fait, le jeune homme ne la laisse pas indifférente, mais son orgueil lui interdit de l'admettre.

ELANÉE : Cette belle jeune femme est âgée de seize ans. C'est une princesse, fille de l'ancien souverain Dankrad de Niville (assassiné au début du livre). Elanée a passé toute sa vie dans l'insouciance et le confort de Château-Doré et elle ignore beaucoup de choses du royaume du fleuve, de la vie misérable des Farouches et plus encore de celle des esclaves. Malgré son naturel frondeur et têtu, son père l'a toujours préférée à son frère Thibault. Elanée connaît presque tous les recoins de Château-Doré. Elle sait que le palais comporte des salles secrètes. La princesse, derrière son apparence frivole, est passionnée par les sciences et la mécanique. Les machines à vapeur la fascinent, tout particulièrement les montgolfières et autres ballons dirigeables à carcasse métallique qui croisent dans le ciel de Nantos. Elle rêverait de piloter un aéronef en mettant les mains dans le cambouis. Hélas, au royaume du fleuve, piloter des machines volantes est interdit aux femmes.

MALVINA : Cette albinos de quinze ans a conservé une partie des traits de son enfance. Ses yeux sont d'un bleu cristallin et ses longs cheveux, de la couleur d'un clair de lune. C'est la fille adoptive de Sévérice, une guérisseuse qui lui a appris l'usage des plantes et lui a fait don d'un collier composé de dents de félin creuses, remplies de poudres aux propriétés diverses. La mère et sa fille, toutes deux atteintes d'albinisme, vécurent longtemps dans un village de Farouches, au cœur de la jungle qui s'étale sur l'autre rive du fleuve, face à Nantos. Les albinos sont insensibles à la maladie qui rend aveugles les trentenaires. Le contrecoup, c'est qu'ils sont victimes de superstitions cruelles. On les chasse, et leurs membres servent à fabriquer potions et amulettes censées attirer la chance ou guérir de la cécité.

NEIL : C'est un adolescent âgé de seize ans, costaud et courageux. Sous un naturel fruste se cache un cœur généreux qui n'hésite pas à prendre des risques pour les autres. La bagarre ne lui fait pas peur. Ses parents, devenus aveugles, n'ont pas eu d'autre choix que de le vendre à un tanneur de la cité libre de Nantos. Ses mains ont été brûlées par la chaux et il porte des gants pour atténuer sa douleur.

NANTOS : La cité où règne le jeune roi Thibault de Niville est un personnage à part entière. C'est la ville la plus puissante de la région. Située sur le bord d'un immense fleuve, c'est à la fois un port actif, une cité fortifiée et un conglomérat de quartiers où se mêlent cloaques, usines à charbon et terrasses à l'architecture somptueuse. La technologie en usage dans la cité utilise diverses machines à vapeur, faites de rouages complexes nécessitant la combustion du charbon comme source d'énergie. Nantos possède, à l'instar d'autres cités-États, une flotte d'aérostats, dont certains sont équipés pour le combat aérien. Mais le principal atout de la cité-État réside dans l'exploitation de l'émeraude…

I
LA POINTE ARCADIE

LUDÉRIK

L'adolescent se laissa glisser jusqu'au rebord du toit et vint s'asseoir à califourchon sur la gargouille. La sculpture représentait un aigle forestier, le symbole de la famille qui régnait au palais de Château-Doré.

De son perchoir, Ludérik profitait d'une vue plongeante sur la ville de Nantos, avec ses coupoles argentées, les campaniles et les terrasses disposées au-dessus des grandes arches. Au loin, un dirigeable flottait dans le crépuscule. La lumière changeante jouait sur les traits fins de son visage et faisait briller ses yeux malicieux d'un éclat volontaire. Une bourrasque de vent manqua le désarçonner de son perchoir. Elle charriait une odeur de vase, de charbon et de misère, l'odeur de la ville basse.

Le garçon, lui, appartenait à la caste des privilégiés qui vivait dans la ville haute, loin de la pollution et de la pauvreté.

Il plongea une main dans la sacoche accrochée à son

épaule et vérifia que l'objet qu'elle contenait s'y trouvait toujours. C'était une médaille astronomique finement ouvragée, un cadeau pour son amie, la princesse Elanée.

Ludérik avait souvent rêvé qu'il l'embrassait dans l'ombre d'un arceau de pierre, quelque part au milieu des jardins du souverain. Enfants, elle et lui y jouaient à cache-cache. L'endroit était romantique à souhait : la ville s'étalait en contrebas et, chaque soir, l'astre du jour ployait derrière la jungle, longue strie verdâtre qui soulignait l'horizon. Hélas, Elanée l'avait toujours repoussé, se moquant de lui. À ses yeux, il était resté l'éternel bon copain, au mieux le confident. Pourtant, des quelques filles que Ludérik avait connues, c'était la seule qui l'avait intimidé. En sa présence, l'assurance de l'adolescent s'évaporait aussi sûrement qu'une goutte d'eau posée sur la lame d'une épée sortie de la braise.

Les appartements de la princesse, situés au premier étage du palais, étaient facilement accessibles par les toits. Le bâtiment avait fière allure avec ses clochetons aériens aux tuiles couleur de miel et ses murailles altières, tout de pierres ambrées. L'édifice étincelait au soleil et se voyait à des kilomètres à la ronde.

Ludérik espérait que la princesse serait à sa fenêtre, admirant les dirigeables qui l'avaient toujours fascinée. À cette pensée, son cœur battit un peu plus fort.

Si son père, Hagen, avait su où il était et les risques qu'il prenait à longer les courtines, il aurait explosé de colère. Car l'homme n'était pas un tendre. Capitaine de la garde du souverain et chef en second de la garde, une unité d'élite, il avait juré de protéger le monarque en toutes circonstances.

Ludérik dépassait un beffroi quand il remarqua des torches qui s'agitaient en contrebas ; des soldats de la garde couraient dans toutes les directions, il flottait dans l'air un sentiment de peur et d'affolement.

Abandonnant l'idée de voir la princesse, l'adolescent céda à sa curiosité et descendit du toit en empruntant une gouttière. Il suivit la ruelle dallée qui menait à sa maison et c'est à ce moment qu'il vit des hommes en armure légère ; ils se dirigeaient dans la même direction, marchant à grands pas. Certains tenaient des torches, d'autres, des lanternes. L'un d'eux s'arrêta devant la porte et se mit à frapper violemment. Comme personne ne venait ouvrir, ils brisèrent une fenêtre et escaladèrent le rebord avant de s'engouffrer à l'intérieur.

Ludérik se dissimula derrière un muret.

Pourquoi font-ils ça ? Ils n'ont pas le droit !

Plusieurs minutes s'écoulèrent. Des cris, des bruits de meubles renversés et des jurons s'échappaient désormais de la demeure qui fut mise à sac en moins de vingt minutes.

Tétanisé, l'adolescent observait la scène sans savoir comment réagir.

La peur lui serrait le cœur et il resta prostré contre la

pierre humide, une seule question à l'esprit : où était son père ?

Sa balade insouciante sur les toits avait viré au cauchemar.

La maison où il avait grandi venait d'être saccagée.

La nuit était tombée et la lune éclairait la rue comme en plein jour ; il préféra s'éloigner, de peur qu'une patrouille ne le surprenne.

Au moment où Ludérik se laissait tomber dans un passage obscur, il fut saisi à l'épaule. La poigne était ferme et accompagnée d'une déplaisante odeur de vin parfumé au girofle.

L'adolescent sursauta et manqua de crier. Un grand gaillard au crâne chauve plaqua une main gantée sur sa bouche avant de le pousser contre le mur. Dans un rayon de lune, Ludérik reconnut Korak, le vieux maître d'armes. Il avait jadis été la plus fine rapière des terres de l'Ouest et s'était vaillamment battu pendant la guerre qui avait opposé les cités du fleuve. Son bras avait entraîné plus d'un soldat de la garde, à commencer par le père de Ludérik. Au temps de sa jeunesse, alors qu'il était gladiateur du roi, il fut bel homme et on lui prêta de nombreuses conquêtes féminines. Mais aujourd'hui, son visage était défiguré par une plaie noirâtre qui lui mangeait tout le côté droit. Il portait une paire de lunettes d'aviateur aux verres d'émeraude. Ce genre d'objets valait une petite fortune et Korak avait dû sacrifier toutes ses économies pour se l'acheter. À Nantos, c'était le prix à payer pour ne pas perdre la vue.

Car parmi tous les singuliers malheurs qui frappaient la contrée, le plus implacable était la Dame brume, une déchéance progressive et irréversible de la vision ; elle touchait hommes et femmes à partir de leur trentième anniversaire. Les premiers symptômes étaient des picotements au fond des yeux, puis venait un sentiment de brûlure diffus qui faisait pleurer à chaudes larmes durant des jours. Au fil des mois, une myopie totale s'installait souvent suivie d'une cécité complète. Des lieux familiers devenaient mystérieux, des proches, de simples silhouettes perdues dans le brouillard. Pour ceux qui n'avaient pas les moyens d'acheter les lunettes que seule Nantos commercialisait, la mort était presque inévitable. Comment distinguer, sinon, au cœur des marais, un tronc d'arbre d'un alligator ? Ou anticiper la venue d'un brigand avant qu'il ne vous plante une dague en plein cœur ?

– Tu m'as fait courir, Ludérik ! grogna l'homme en reprenant son souffle. Voilà plus d'une heure que je te cherche. Ces escapades, ce n'est plus de mon âge.

– J'étais sur les toits, répondit l'adolescent en haussant les épaules. Mon père m'interdit d'y monter, mais c'est plus fort que moi.

Le visage du vieux soldat afficha un sourire triste.

– Cette échappée t'a sans doute sauvé la vie, petit. Depuis le crépuscule, tout le palais grouille de gardes, le roi a été assassiné.

Le jeune homme pâlit.

– C'est impossible !

Korak soupira.

– Et ce n'est pas tout : la garde vient de mettre ta maison à sac.

– J'ai tout vu. Pourquoi ont-ils fait une chose pareille ?

– On dit que c'est ton père qui a poignardé le roi.

MALVINA

Ce ne pouvait être qu'un rêve. Malvina se trouvait perchée sur les branches d'un arbre gigantesque et les rayons du soleil ruisselaient par les trouées du feuillage. Des oiseaux multicolores aux cris perçants traversaient l'espace à grands coups d'ailes et le sol, si loin, si bas, n'était qu'une tache vert sombre. Le tronc dégageait des odeurs de sève et de mousse. Son corps lui semblait souple et incroyablement musclé. Il lui suffisait de se concentrer sur la branche située devant elle pour que, l'instant suivant, elle l'atteigne en bondissant, se jouant du vide.

Lorsqu'elle revint à elle, il faisait noir et tout bougeait. Il lui fallut un moment pour réaliser qu'elle se trouvait dans un chariot ; elle percevait les tressautements des roues, le souffle de deux chevaux à l'avant et les grincements des essieux. Sous la couvrante raide de crasse qui lui piquait la peau, elle était entièrement nue, à l'exception de l'imposant tatouage qui, depuis sa puberté, camouflait son corps de mystérieux symboles : des cartes astrologiques et la silhouette d'un grand jaguar. Les motifs enserraient ses chevilles et remontaient jusqu'à ses épaules. Seuls son visage et son cou avaient conservé leur couleur naturelle. Une peau finement laiteuse, celle d'une albinos. La pâleur de ses longs cheveux et le bleu cristallin de ses yeux faisaient d'elle une beauté froide. Pour dessiner les motifs qui recouvraient la peau de sa fille, sa mère adoptive, une charmeresse nommée Sévérice, avait utilisé du venin de mygale pourpre. Le rituel du tatouage était long et douloureux. Mais désormais, Malvina était immunisée contre la morsure des mygales. Ces bestioles au venin mortel pullulaient aux abords des marais et adoraient se nicher dans les bottes des dormeurs insouciants. Mais le tatouage avait une autre propriété : il suffisait que Malvina se dénude totalement pour que sa silhouette se fonde entièrement dans la jungle, tel un caméléon.

Bientôt, le souvenir douloureux des dernières heures lui revint en mémoire. Les Fils de l'écaille avaient fait leur entrée dans le village. C'étaient des brigands à la solde de la secte du dieu crocodile, aisément reconnaissables à leur cape verte. Ils portaient en guise de cuirasse une tunique souple, faite de plaques ossifiées prélevées sur des cadavres de sauriens. Malvina se souvenait des cris de haine de tous ces gens qu'elle et sa mère avaient pourtant soignés durant tant d'années. Il n'avait fallu que quelques minutes pour que les hommes en armes retournent la population contre elles, les désignant comme des sorcières malfaisantes. Quelle ingratitude ! Elles faisaient profiter les autres de leurs dons, mais ils avaient du mal à se départir d'une méfiance viscérale à l'égard de ceux de sa condition. Et parmi eux, beaucoup étaient convaincus que les albinos avaient commis quelque faute justifiant leur singulière couleur.

Sévérice et Malvina avaient fui au milieu des palmiers et des hautes fougères avant de se réfugier dans une grotte qui s'enfonçait dans la colline ; la jeune fille en connaissait chaque recoin.

C'est dans cette même grotte que ses parents l'avaient abandonnée, petite fille, avant que Sévérice, une albinos comme elle, ne la découvre et ne la prenne sous son aile. Des années durant, la gamine avait vécu seule, au milieu des chauves-souris et des rongeurs qui colonisaient la caverne. S'alimentant de champignons et d'eau recueillie dans des flaques au pied de stalactites, elle ne sortait que la nuit pour améliorer son ordinaire en cueillant des fruits et des racines comestibles. Parfois, des villageois superstitieux venaient déposer un peu de nourriture à l'entrée de sa grotte.

Ces années de solitude avaient permis à sa vue de s'affiner dans les ténèbres et à son ouïe de se développer au-delà du commun.

Après une brève course dans le noir, le passage qu'elles

avaient emprunté forma un coude et déboucha dans une cavité circulaire. Une cheminée naturelle en perçait la partie supérieure mais, malheureusement, elle était minuscule et seule Malvina pouvait s'y faufiler.

Le souvenir était trop douloureux. La jeune fille repoussa la couverture qui la démangeait et effleura d'une main son collier de dents de jaguar, son unique parure.

De grosses larmes lui montèrent aux yeux.

Maman... où es-tu ?

La dernière image qu'elle avait eue de sa mère adoptive lui tordait encore le cœur. C'est elle qui l'avait aidée à se faufiler à travers l'ouverture. Ensuite, l'adolescente s'était juchée au sommet d'une colline entourée d'arbres. En se penchant pour regarder au fond du conduit, elle avait tendu la main à Sévérice pour la tirer vers la sortie. Mais sa mère s'était contentée d'ôter son collier et de le lui donner, n'en conservant qu'une seule canine. Comme les autres, elle était creuse et remplie d'une poudre étrange. La sorcière la porta à sa bouche avant d'embrasser la main de sa fille une dernière fois.

– Sauve-toi, ma chérie, cours aussi longtemps que tu le peux. Ensuite, cache-toi et attends la nuit. Quand il fera noir, tu laisseras tes vêtements et tu suivras le fleuve en direction de Fort Herberouille. Rejoins Nantos et trouve-toi un travail chez un apothicaire, tu y seras en sécurité. Dans la cité, les albinos ne sont pas persécutés comme sur les rives. Tu te mêleras facilement à la foule.

Malvina ne pleurait pas ; une boule dure emplissait sa gorge et l'empêchait de parler. Elle restait agrippée à la main de sa mère et rien ne pouvait la faire lâcher.

Dans le fond du boyau, on entendait les rires gras des soldats et le grognement d'un molosse qui approchait.

Les yeux de Sévérice plongèrent dans ceux de son unique enfant. Son regard était doux et déterminé à la fois. Elle lui souriait.

– Ma grande fille, je t'aime tant. Je sais que tu vas vivre, car tu es forte. Garde ce collier et ne le perds jamais. Il te sera utile.

L'adolescente se cramponnait toujours à la main de sa mère. Au fond, les bruits se rapprochaient. Brusquement, les doigts de sa mère avaient commencé à s'allonger en émettant de petits craquements. Des poils crayeux avaient percé à travers la peau, une couche de corne s'était formée sur les paumes. Les yeux avaient laissé place à deux taches sombres entourées d'une épaisse fourrure. Des sons qui n'avaient plus rien d'humain sortaient de sa gorge. La transformation s'était poursuivie dans le noir : crocs jaillissant de la mâchoire et colonne vertébrale se tordant pour dessiner la forme d'une enveloppe musculeuse à quatre pattes.

Un gros chien avait fait irruption dans la grotte, aboyant comme l'enfer. En apercevant le visage de Malvina penché à travers l'orifice, il avait bondi sur elle, la manquant de peu. Sa mâchoire avait claqué dans l'air. Avant qu'il ne retombe au sol, une autre créature l'avait cueilli en plein flanc pour l'envoyer percuter une paroi. Désormais, un puissant jaguar au pelage immaculé occupait le centre de la grotte et tenait entre ses pattes la carcasse du chien. Le félin avait levé la tête, le regard brillant d'intelligence, avant de plonger dans le tunnel pour tailler en pièces les hommes à cape verte.

Plus tard, un long rugissement avait empli le souterrain : celui d'un animal sauvage mortellement touché.

LUDÉRIK

Au loin, on entendait les cris des gardes. Ils se rapprochaient et, bientôt, Ludérik et Korak virent leurs silhouettes fauves dans le rougeoiement des flambeaux.

Ils s'enfuirent par le premier passage venu et, pendant leur course effrénée, les idées se bousculaient dans la tête du garçon. *Régicide.* Accuser son père d'un crime aussi grave était inimaginable.

Korak s'était arrêté au pied d'un monument élevé sur les tombes des anciens rois. La lignée des Talecour avait connu sept générations avant que celui qu'on nommait « Marnor patte velue », en raison de sa fourberie, ne soit renversé par un aventurier venu du grand Océan : Dankrad de Niville, de la lignée des Valfer. Aujourd'hui, bien peu de gens se souvenaient de lui et, dans le royaume, rares étaient ceux qui accédaient aux livres. Il fallait pour en posséder être suffisamment riche et instruit, mais surtout disposer d'une bonne vue, ce qui impliquait d'être jeune ou de détenir des lunettes aux verres d'émeraude.

Planté devant le monument, Ludérik interrogea Korak du regard. Que faisaient-ils là ? La réponse ne tarda pas. Une ombre bougea derrière la statue d'un guerrier agenouillé et l'adolescent reconnut aussitôt son père, la mine sombre.

D'ordinaire, Hagen avait fière allure avec ses bottes lustrées, ses larges épaules recouvertes d'une cape à boucles de cuivre poli, et le pourpoint de cuir rouge serré par un ceinturon d'où pendait une rapière. C'était Fendrill, la lame aux reflets bleus. Son pommeau transparent, taillé dans du cristal de roche, renfermait une touffe de cheveux blonds, souvenir de sa défunte épouse. Une femme et une mère que Ludérik n'avait jamais connue. Elle lui avait toujours manqué.

En cet instant, le visage de son père était pâle, une blessure déchirait l'étoffe de son bras gauche.

Hagen ne laissa pas à son fils le temps de parler.

– Dieu merci, ce brave Korak est parvenu à te retrouver ! Écoute-moi bien, le temps presse et nous sommes en danger de mort tous les deux. On m'a tendu un piège et il s'en est fallu de peu que je n'en réchappe. Quand Randolf m'a convoqué au milieu de la nuit, je l'ai retrouvé au chevet du roi Dankrad, mort ! Cette vipère de Varkor était à ses côtés. Il m'a publiquement accusé d'avoir empoisonné notre souverain. Le temps que mes hommes, stupéfaits par cette folle allégation, réagissent, j'ai pu m'enfuir. Non sans récolter quelques estafilades, comme tu peux le voir.

L'adolescent restait interloqué.

Randolf de Torlieu…

Le commandant de la garde était le supérieur direct de son père. Il était aisément reconnaissable à sa chevelure nouée sur la nuque et à l'imposant bras mécanique qui remplaçait son membre. Il l'avait perdu il y a très longtemps, durant un abordage entre dirigeables. Ludérik savait surtout que Randolf et son père se haïssaient copieusement.

– Pour l'heure, nous tirer de ce guêpier est la seule chose qui compte. À part Korak, je ne puis me fier à personne. Mes hommes obéissent d'abord à leur commandant et Randolf veut ma tête. Les circonstances pourraient bien la lui offrir sur un plateau si on ne décampe pas au plus vite !

Ludérik allait dire un mot, mais son père ajouta :

– Nous allons devoir nous séparer. Tous les gardes de Château-Doré me cherchent et je ne ferai pas dix mètres avant d'être encerclé. Je vais gagner la tour de Rocheblanche et tenter de voler un dirigeable. Mais les risques sont énormes et ce serait folie de t'emmener.

Ludérik se jeta dans les bras de son père.

– Papa, ne me laisse pas ici !

Le garçon était passé en quelques instants d'une vie insouciante à une pure épouvante.

Hagen le serra contre lui et prit un moment pour caresser ses cheveux. Une marque d'affection peu habituelle.

– Mon fils, n'aie nulle crainte. Je te confie à Korak, il va te cacher le temps qu'il faudra.

Le vieux gladiateur sourit au jeune homme d'un air grave.

– Avant de nous dire au revoir, poursuivit Hagen, il y a une chose que je dois faire. Viens avec moi.

Il entraîna son fils au bout de la terrasse, à l'endroit où de grands arbres formaient une coupole au-dessus de leurs têtes. Des torches plantées au bout de pics dessinaient un cercle. Hagen prit place au centre. Il ramassa un bout de bois droit et mince et le tendit à son fils.

– Je vais te transmettre ce que j'ai de plus cher après toi. Je vais te dévoiler ma botte secrète.

Les yeux de Ludérik s'agrandirent.

L'adolescent savait qu'il fallait parfois toute une vie pour trouver une nouvelle botte, une attaque quasi imparable, et celle de son père se nommait « la pointe Arcadie ».

Hagen porta la main au baudrier où pendait sa rapière et, d'un geste ample, dégaina Fendrill. La lame bleutée chatoya dans l'éclat des flammes.

– Nous n'avons que quelques minutes, aussi sois bien attentif.

Depuis que Ludérik était en âge de tenir une épée, et malgré toutes ses supplications, son père s'était toujours refusé à lui montrer sa botte, et voilà qu'il allait lui livrer la plus fameuse attaque de tout Nantos !

Hagen durcit le ton de sa voix.

– En garde ! Ne te laisse pas distraire et mémorise bien ce que je vais t'apprendre. Ta vie en dépendra un jour, bien plus vite que tu ne peux l'imaginer. La pointe Arcadie utilise l'énergie de l'adversaire pour enchaîner trois gestes simples : battement, prise de fer et estoc. La rapidité et la précision sont essentielles.

Il fit un pas en arrière avant de crier :

– Attaque-moi, Ludérik, sans faiblir !

Le jeune homme détendit brusquement sa jambe droite avant de fondre sur le torse de son père qui le repoussa vers le bas d'un coup sec. Celui-ci enchaîna par un mouvement circulaire et piqua Fendrill vers la gorge de son fils. Il bloqua son geste au dernier moment. Quelques centimètres de plus et Ludérik était mort.

C'est donc ça, la pointe Arcadie ?

Ludérik s'était toujours passionné pour les armes et il s'estimait bon bretteur, mais son père venait à l'instant de lui donner une leçon qu'il n'oublierait pas de sitôt.

– Nous allons répéter plusieurs fois, fit Hagen. Ensuite, je jouerai le rôle de l'agresseur et tu tenteras de me défaire avec la botte. Tu es prêt ? Vas-y !

Les deux hommes s'affrontèrent durant de longues minutes. La concentration de Ludérik était totale et son père s'efforçait d'être le plus précis possible. À trois reprises, son fils mordit la poussière. Une fois, il manqua de s'empaler sur la lame de son père, car l'enchaînement qu'il avait tenté avait échoué lamentablement.

Le garçon était en sueur. Il recula pour reprendre son souffle.

Hagen entendit un bruit dans le lointain.

– Il n'est plus temps, mon fils ; voici l'ultime engagement.

Sur ces mots, Hagen contempla une dernière fois Fendrill et sa lame bleutée. Elle était dure comme la pierre et tranchante comme un rasoir. Sa main effleura le pommeau. Puis, d'un geste dénué d'hésitation, il la tendit à son fils qui en resta bouche bée.

– Prends-la et fais-lui honneur. Il ne sert à rien de connaître ma botte si tu ne l'utilises pas avec Fendrill : l'une ne va pas sans l'autre.

Ludérik se saisit de la rapière. Elle lui parut incroyablement légère.

– Allez, fils, montre que tu as retenu ma leçon.

Hagen recula de quelques mètres. L'adolescent resserra fermement sa poigne sur Fendrill et, l'espace d'une seconde, le temps lui parut ralenti, les sons, lointains. Avec une netteté nouvelle, il vit Hagen foncer sur lui. Son bâton préparait une attaque de taille. Ludérik plissa les yeux sous l'effet de la concentration. Bras et rapière ne firent qu'un. Une ligne bleue fendit l'air, heurta le bâton, fit mine de s'enrouler autour avant de l'écarter. Le geste était si particulier que son père manqua de trébucher. Sa tête bascula vers le sol et la pointe de Fendrill lui entailla la base du cou. Désarmé et surpris, Hagen se redressa de toute sa hauteur. Il ôta un gant, passa son pouce sur la zébrure puis contempla la tache écarlate d'un air satisfait.

– C'est bien, dit-il. Si tu gardes cette combinaison secrète, elle fera de toi un adversaire presque invincible. Je dis *presque*, car elle présente deux faiblesses.

– Lesquelles ? demanda Ludérik.

Hagen posa une main sur son épaule.

– Retiens ces deux règles. Ne jamais employer deux fois Arcadie sur le même adversaire : passé l'effet de surprise, il trouverait une parade. Tu as bien compris, à n'utiliser qu'en combat singulier. S'ils sont deux à t'attaquer et qu'un seul en réchappe, la botte cessera d'être infaillible. Une dernière chose : n'en fais jamais usage contre un ennemi portant une mentonnière ou un gorgerin ; ces pièces d'armure protègent le cou et la partie basse du visage, l'estocade perdrait toute utilité. Tu m'as compris ?

Ludérik allait répondre quand une ombre sortit des fourrés. C'était Korak. Sa voix trahissait l'inquiétude.

– Des hommes armés ont emprunté le grand escalier, fit-il, ils seront sur nous dans cinq minutes à peine. Il faut partir.

Hagen leva la main qui avait touché sa plaie et retira une bague large et épaisse dont le chaton plat portait un curieux symbole. C'était une vouivre, mi-dragon, mi-femme, lovée autour d'une escarboucle.

– Je te confie ma chevalière, symbole de ma fonction. Garde-la précieusement et ne t'en sépare sous aucun prétexte : elle seule prouve que tu es mon fils. Maintenant, il faut nous dire au revoir. Tu vas suivre Korak qui te cachera en lieu sûr.

Des cris se firent entendre à l'autre bout de la terrasse. Le vieux gladiateur éteignit les torches en les renversant du pied.

Hagen se pencha vers son fils pour lui chuchoter quelque chose à l'oreille.

– Une fois à l'abri, j'aimerais que tu fasses quelque chose pour moi. Trouve et récupère coûte que coûte un livre très précieux, c'est un herbier. J'ignore à quoi il ressemble et quel est son titre. Mais à l'intérieur, un texte est consacré à l'*Abrazia liliale*. Il pourrait bien changer l'avenir du royaume.

Hagen se redressa, pressa l'épaule de son fils avec affection et lâcha d'une voix émue :

– Adieu, Ludérik. Sois prudent, surtout.

Alors, celui qui avait été capitaine de la maison du roi, et que tout le palais recherchait désormais comme traître, assassin et régicide, tourna les talons et disparut dans la nuit.

Le cœur de l'adolescent tombait en morceaux. Il serra les poings et sentit la chevalière dans sa main droite. Il la contempla brièvement ; la lune faisait briller le métal autour de la gemme sanguine. Une fois qu'il l'eut glissée sur son majeur, il enfila un gant afin de la dissimuler et revêtit la grande houppelande à capuche que lui tendait Korak.

– Suis-moi et reste silencieux, ordonna le soldat.

Lui aussi portait un manteau qui masquait son plastron de cuir bouilli recouvert d'une fine cotte de mailles. Dessus, marquées au pochoir, les armoiries de Dankrad : un navire souligné d'un sabre. Le roi était un ancien boucanier, un pirate, disait-on dans les tavernes de Portbrume. Habitué à piller les villages le long du fleuve, il était étranger aux symboles de la noblesse et n'avait du reste jamais consenti à endosser les armoiries de Château-Doré : une harpie féroce enserrant le soleil.

Korak rabattit son capuchon et, l'instant d'après, ils longeaient les tombes des rois et de leurs familles. Sous le clair de lune, les visages des statues prenaient un air grimaçant. L'endroit semblait hanté. Bientôt, une mince bande d'arbres plantés dans des pots les séparèrent du groupe d'hommes en armes qui venait d'investir la terrasse.

Le garçon pressa le bras de Korak pour lui demander de s'arrêter un instant. Il désigna un tombeau, entouré de colonnes parées de guirlandes de laurier et de lierre sculptées dans la pierre. C'étaient les signes d'une grandeur passée, le cénotaphe d'un personnage important : Seth Gilmoor. Il avait été scientifique, alchimiste et explorateur à ses heures, et c'est à lui que Nantos devait toutes les découvertes qui faisaient sa puissance et qu'on nommait « machines à vapeur » : dirigeables, moteurs, pistolets… La légende racontait qu'à l'occasion d'une expédition menée le long du fleuve il avait déniché l'entrée d'une grotte. Elle l'avait conduit vers plusieurs salles souterraines, remplies d'un bric-à-brac de vieilles caisses poussiéreuses. C'étaient les collections antédiluviennes d'un musée consacré à un génial inventeur. Il s'était inspiré des plans et des croquis de ce dernier pour construire d'incroyables machines.

– Qu'y a-t-il ? demanda Korak.

– Fendrill, gémit l'adolescent, elle dépasse de sous ma toge ! Il faut que je la cache quelque part.

Il se dirigea vers la tombe du scientifique et s'accroupit près d'une dalle ébréchée que recouvrait un lit de mousse. Cet abri, il le connaissait depuis des lustres. Quand il était enfant, il aimait y dissimuler ses ducats de bronze. Aujourd'hui, c'est Fendrill qu'il glissa à l'intérieur du marbre.

Ludérik se releva en essayant de ne pas laisser l'angoisse lui brouiller l'esprit. Ils n'avaient que trop tardé ; il leur fallait quitter Château-Doré immédiatement.

Comment peut-on faire ?

Il se représenta la ville mentalement : Château-Doré et ses environs, les riches demeures de Propolis. Le quartier bourgeois se déployait autour du palais, le tenant à l'écart des secteurs plus communs de la cité : la zone interdite, réservée aux usines à charbon et aux unités d'ingénierie, Marteau-Fendu et ses myriades d'ateliers et d'échoppes, les ruelles misérables de Bassecombe et, plus bas encore, Portbrume, où accostaient les navires en provenance des autres villes du fleuve.

La nuit, les portes de Propolis sont fermées et bien gardées ; quant aux murailles ambrées qui en font le tour, elles sont si hautes que nul ne peut les franchir, dans un sens comme dans l'autre.

Korak prit l'initiative en se dirigeant vers un bâtiment au toit éventré et barbouillé de noir. C'était un des moulins à vent du palais. Deux semaines plus tôt, la foudre s'était abattue sur l'édifice. L'adolescent s'en souvenait bien, il était venu voir les sapeurs maîtriser le sinistre. Désormais, ses grandes ailes roussies par les flammes pendaient pitoyablement.

Korak inspecta l'intérieur du moulin avant de s'y engager. On avait retiré les sacs de céréales. Une odeur de poussière chaude flottait dans l'air. Il déplaça un tas de cordes et révéla une trappe.

Ludérik allait dire quelque chose quand soudain un fracas de sabots résonna sur les pavés. Le vieux guerrier dégaina son épée et s'approcha d'une fenêtre qui donnait sur la rue. Il n'eut que le temps de voir des silhouettes bardées de fer et juchées sur des chevaux qui fonçaient vers l'entrée de Château-Doré.

– Maintenant, nous n'avons plus guère le choix, murmura-t-il d'une voix résignée. Il nous faut emprunter Fondosse.

À l'évocation du cloaque qui courait en dédales sous la ville, Ludérik sentit une pointe d'appréhension monter au creux de son ventre. Il avait quelquefois raconté à des filles de Propolis qu'il s'était aventuré seul dans les dédales de la cité du dessous, mais c'était pour jouer les fiérots, une habitude chez lui. Fondosse était née sur les vestiges d'une mine d'émeraude bâtie sur plusieurs niveaux. Elle formait un immense réseau de galeries et de grottes qu'on disait peuplées de créatures démoniaques. Seuls les réprouvés osaient s'aventurer dans ces tunnels tortueux, plongés dans une obscurité sépulcrale. Ils allaient grossir les rangs de la communauté du dessous : des hommes, des femmes et même des enfants dont on ignorait à peu près tout. Des histoires malsaines couraient sur leurs croyances, le genre de récit que les bourgeois de Propolis aimaient raconter au coin du feu pour se faire peur. Étaient-ils nécrophages, voire cannibales ? Vouaient-ils un culte à la déesse Aranéide, une araignée géante qui exigeait des sacrifices humains ? Nul ne pouvait en apporter la preuve, car nul n'avait survécu pour en témoigner.

Quand Korak souleva la trappe, un courant d'air glacé s'en échappa et, immédiatement, une odeur de vieille cave se répandit dans la pièce, couvrant les effluves de farine.

Sous la trappe se trouvait un entrepôt abandonné. Une fois descendu, l'officier alluma une torche qui fit aussitôt déguerpir de gros rongeurs. Un mur était percé d'une imposante porte de fer, frappée des armoiries du palais. Des runes censément magiques en entouraient la serrure.

Ludérik essayait de ne pas laisser transparaître son inquiétude. D'habitude si fier, il ne voulait pas que Korak devine son trouble. En songeant à son père, il se reprit vite : il ne pouvait pas l'abandonner.

L'officier sortit un trousseau de clefs de son manteau et chercha un moment avant de trouver le passe qui lui permit d'ouvrir la porte. Seuls les chefs de la garde étaient autorisés à faire le lien entre Fondosse et la cité du dessus.

– Ce n'est pas en bas qu'on tombera sur une patrouille de la milice !

Il avait prononcé cette dernière phrase sans ironie aucune.

La porte grinça sinistrement avant que la torche du soldat n'éclaire une volée de marches qui s'enfonçaient dans le noir.

Sitôt la porte refermée, la nuit les engloutit.

Ludérik serrait le vieux soldat de près. Il avait l'impression d'avoir pénétré un tombeau sans savoir si ce qu'il y trouverait serait mort ou vivant.

MALVINA

Habituée à la vie dans les bois, Malvina distinguait les mille bruits de la nuit et, par-dessus, l'effluve moite et lourd de la végétation. Quelque chose de plus désagréable lui chatouillait aussi le nez. C'était un mélange de jus de graisse, d'ail tiède et de vieille crasse : un repas qu'on engloutissait en mâchant fort, tout près.

Que lui était-il arrivé après sa fuite endiablée ? La jeune fille peinait à s'en souvenir. Une douleur sur le haut du crâne lui apporta la réponse : elle avait glissé sur une racine mouillée et sa tête avait violemment percuté un tronc d'arbre.

Ceux qui l'avaient installée là étaient occupés à discuter au-dessus d'elle, probablement assis sur un siège, face aux culs de leurs chevaux.

En tendant l'oreille, elle distingua trois personnes : un homme, une femme ainsi qu'un garçon qui pouvait avoir son âge. Elle supposa que c'était ce dernier qui mangeait à belles dents.

Une famille…

Elle les entendait qui jacassaient. Pour Malvina, c'était la preuve qu'ils n'étaient ni des Farouches, les habitants des bois, ni des Pisteurs, distincts des premiers car vivant sous l'autorité d'un chef. Les deux seuls peuples à avoir le courage de vivre au cœur des Bois sombres. Ils savaient que les hordes de ragondins géants qui pullulaient dans les marigots faisaient des humains leur déjeuner préféré. Ces carnassiers, recouverts d'un répugnant mélange de fourrure et d'écailles, disposaient d'une intelligence effrayante. Dotés d'une ouïe très fine, ils pouvaient repérer le rire (ou le cri) d'un humain à plusieurs kilomètres à la ronde. Ils attaquaient toujours par groupe de trois ou quatre et, malgré leur taille, ils pouvaient fondre sur leur proie avec une rapidité incroyable. Les peuplades habituées à vivre dans la jungle et les marais savaient que rester silencieux était la base de la survie ; le langage des signes était très répandu au sein de leurs communautés.

Malvina leva la tête vers le plafond de la carriole.

Ce sont probablement des marchands sans sou ni maille. Trop pauvres pour se payer une place au sein d'une caravane encadrée par une escorte de soldats.

L'adolescente s'était redressée. Elle examina son environnement en tâtant les parois du chariot et devina le contour de grosses caisses qui exhalaient des odeurs de fruits et viande séchée. Ouvrir les couvercles ne lui posa guère de difficulté et, sitôt après, elle se souvint qu'elle était affamée. Alors elle se jeta sur tout ce qui lui tomba sous la main et, une fois rassasiée, elle s'accouda contre une paroi. Elle percevait plus clairement les paroles échangées par les membres de la famille.

On parlait d'elle.

– Moi, je vous dis que c'est une sorcière ! pesta la mère. Sa peau est blanche comme de l'écume. C'est une albinos, forcément. Morte ou pas, elle va nous attirer le mauvais œil.

– Au contraire, coupa un homme à la voix plus âgée. Elle a ce drôle de collier avec des dents et tous ces trucs bizarres dessinés sur le corps. Je propose qu'on la saigne fissa avant de récupérer sur elle les organes dont on aura besoin.

Le garçon laissa éclater un rire cruel.

– Il y a un tonneau de sel à l'arrière, ajouta la femme, on pourra conserver le tout jusqu'à Fort Herberouille. C'est bien le diable si on ne déniche pas là-bas un marchand qui nous achètera quelque chose à bon prix !

– Et si elle vit encore, pourquoi ne pas la vendre à la guilde de Fer ? demanda le mari. Ils ont sans cesse besoin de gringalets pour leur mine d'émeraude.

Les adultes s'étaient mis à chuchoter et Malvina perdit le fil de la conversation.

Toute sa vie, elle avait grandi dans la méfiance des humains et ceux-là ne faisaient pas exception à la règle.

Dans sa poitrine, son cœur s'emballait. Il fallait qu'elle quitte cette roulotte avant qu'il ne soit trop tard. Sur son collier, une dent était plus grosse que les autres. Elle ôta le capuchon de cire, répandit dans une paume la poudre qui s'y trouvait, cracha sur le petit tas et mélangea avec un doigt. Une pâte se forma rapidement. Elle était composée d'un extrait de locus, un champignon photogène qui dégageait une clarté verdâtre au contact de l'humidité. Les fongus, même sous l'eau, pouvaient rayonner des heures. Les pêcheurs qui mouillaient leur barque à Portbrume en badigeonnaient le bout de leur harpon, et les Farouches, la pointe d'une flèche pour ajuster un tir de nuit.

La grotte où elle avait vécu regorgeait de cette espèce et elle s'en était souvent servie pour éclairer les galeries qui s'enfonçaient sous la colline.

Malvina étala la pâte de locus autour d'elle et, bientôt, l'habitacle se mit à luire dans un camaïeu de vert. Elle distingua l'emplacement d'une fenêtre, fermée par deux volets cadenassés de l'extérieur, et une porte à battants. Les adultes ne l'avaient pas ligotée, ils s'imaginaient qu'elle n'aurait pas la force de s'enfuir. Malvina repensa à sa mère dans la grotte et aux hurlements des hommes quand le fauve les avait attaqués. Un sentiment de rage bouillonna en elle. Elle n'allait pas laisser ces humains gagner.

Les deux battants de la porte possédaient chacun un

anneau à travers lequel une pièce de bois était ajustée. Malvina la retira le plus doucement possible avant de s'élancer dehors.

Le garçon entendit un bruit à l'arrière avant d'apercevoir une silhouette fantomatique bondir à travers les fourrés. Il en laissa tomber son déjeuner et poussa un cri de stupeur. Son père, alerté, tira brutalement sur la bride des chevaux. Le fils plongea sous le siège et en sortit un arc et plusieurs flèches dans un carquois de cuir. Surpris par la soudaineté de l'évasion, il décocha une première flèche au jugé. Manquant de loin la chevelure blanche, le trait alla se perdre au milieu des arbres. Quand la corde de l'arc chanta une seconde fois, Malvina accéléra sa course. La peur lui donnait des ailes.

Le père invectivait son fils en faisant de grands gestes.

– Ne la laisse pas filer, corniaud ! Elle vaut bien deux ducats d'argent ! Utilise ton couteau au lieu de gaspiller nos flèches !

Piqué au vif, le garçon jura avant de s'élancer à la poursuite de la jeune femme.

Elle courait toujours, ignorant les brindilles qui entaillaient ses pieds. Comme la végétation se faisait plus clairsemée, elle quitta les Bois sombres pour pénétrer dans le territoire des Farouches, quelque part en bordure du fleuve. Le paysage brillait sous la lueur des étoiles, si vives dans le ciel obscur.

Oh non, elles vont atténuer mon camouflage !

Quant à ses longs cheveux qui ondulaient en projetant des reflets blanchâtres, ils la trahissaient à chaque enjambée.

Elle se retourna un instant et vit avec terreur son poursuivant qui surgissait de la forêt. C'était un garçon grassouillet et hirsute, vêtu à la mode des cambrousards.

Malvina avait couru des heures depuis qu'elle avait quitté la grotte, ses forces la trahissaient. Même pataud, l'adolescent ne tarderait pas à la coincer. Il le savait, car elle vit qu'il ralentissait, puis se mettait à marcher, un sourire mauvais au bord des lèvres.

Il prit le temps de sortir un couteau de son ceinturon. Sa lame accrocha un bout de lune.

– Tu m'as assez fait courir, sorcière.

Il n'était plus qu'à une vingtaine de pas.

Dans un instant, elle serait morte, saignée comme un lapereau. Elle allait retrouver sa mère au royaume des ombres, là où les albinos reposent en paix.

Elle jeta un regard éperdu vers la ligne d'arbustes, denses et sombres, qui barrait la clairière vers la gauche. Un imposant massif de tiges-lames ondoyait au vent.

Alors, une idée lui traversa l'esprit et elle poussa un grand cri pour donner à ses jambes le courage de se lancer dans une dernière course.

Les buissons étaient formés de fines branches enchevêtrées, recouvertes d'un duvet grisonnant, doux au toucher. Il suffisait pourtant que l'une d'elles se brise pour que la sève qui coulait à l'intérieur se durcisse immédiatement au contact de l'air. Alors, les tiges en devenaient coupantes comme du verre et tranchantes comme le fil d'une épée. Après un orage ou une tempête, les massifs de tiges-lames se transformaient en buissons cristallins et mortels, capables de lancer dans le vent des myriades de tessons. Pourtant, il n'était pas si facile de distinguer ces plantes d'autres espèces plus inoffensives. C'est la raison pour laquelle la mère de Malvina lui avait appris durant toute son enfance à reconnaître les pièges des bois, mais aussi à profiter de ses ressources. La jeune femme décida de tenter crânement sa chance : elle pénétra à toute allure dans le massif. Son corps heurta violemment les branches et les tiges qui, pareilles à des coups de fouet, lui cinglèrent la peau avant de se briser net, libérant des flots de sève qui se rigidifièrent aussitôt. Là où elle s'était engagée, le sol était jonché de fragments de plantes durcies.

Quand elle atteignit l'autre extrémité du massif, sa peau était flagellée de toutes parts, mais ce n'était rien en comparaison de ce qui attendait le garçon qui venait de disparaître dans le buisson en criant :

– Tâte donc des épines, je te réserve la pointe de mon couteau, drôlesse !

Quand son corps grassouillet entra au contact des

myriades de tranchants, les mots s'étranglèrent dans sa gorge.

Malvina continuait de courir et les cris de souffrance du garçon la poursuivirent jusqu'à ce qu'elle disparaisse dans la végétation.

Après avoir galopé à n'en plus finir, elle s'affala à la base d'un arbre mort. Il avait conservé une partie de son écorce, et un orifice dans le tronc dessinait une bouche ovale où elle se dissimula, à l'abri du vent. Elle s'endormit presque aussitôt.

Au petit jour, la faim et la soif lui tiraillaient le ventre, à parts égales. Malvina se mit en quête de plantes géantes, dont les feuilles ovoïdes conservaient l'eau de rosée dans leurs nervures. Elle se remit en route après avoir étanché sa soif, le point du jour éclairant à peine ses pas. L'air était humide et tiède.

La jeune femme se faufilait discrètement au milieu des arbres, évitant les branchages qui pouvaient casser et trahir sa présence.

Un chemin apparut bientôt. Des herbes étaient couchées sur le sol, la terre y était régulièrement foulée. Sans doute une piste commune utilisée par les caravanes de marchands. Elle longeait l'orée des Bois sombres ; ici la végétation se composait de petits arbres rabougris et la vue portait sur plusieurs centaines de mètres. C'était un espace idéal pour la chasse. Plusieurs fois, alors qu'elle avait emprunté cette voie avec sa mère en quête de plantes médicinales, elle avait croisé des hardes de cerfs qui galopaient en direction de la partie nord de la forêt.

La silhouette gracile de l'adolescente longea bientôt les ruines d'une ancienne bourgade. Des demeures, il ne subsistait plus que quelques murs de brique et de béton noyés dans un enchevêtrement de vignes sauvages et de ronces. D'immenses peupliers avaient fracassé la chaussée, et les vitres des maisons avaient toutes été brisées par les oiseaux. L'eau de pluie s'y était engouffrée, les poutres avaient pourri, les toits s'étaient effondrés. Un épais tapis de mousse, de plantes et de terre recouvrait les anciens carrelages.

Malvina traversa le village fantôme et retrouva la piste qui longeait le fleuve, à l'écart des forêts de mangroves, territoire de chasse des ragondins géants et des crocodiles marins. Ces gros reptiles, au ventre jaune et gris, dépassaient fréquemment les sept mètres de long. Tout comme les albinos, ils étaient redoutables dans l'art du camouflage.

Au crépuscule, Malvina atteignit un chemin plat. Après un bon kilomètre, le rideau de la jungle s'écarta pour laisser apparaître une large clairière, située à proximité du fleuve. C'est là que se trouvaient les restes de Fort Herberouille, destiné à favoriser le commerce entre les cités et les peuples farouches, qui se faisaient face le long des deux rives. Un comptoir fortifié, en bois et en pierre, était aménagé au bord de l'eau ; il servait à l'accostage des navires, au chargement et au déchargement des marchandises.

Le bâtiment reposait dans l'ombre d'un cimecorce, un de ces chênes gigantesques dont le bois était dur comme le granit et à l'épreuve du feu. L'arbre abritait une vaste auberge dans ses ramures. Au-dessus se trouvait une tourelle dentelée de bois dont les ouvertures étaient obstruées par des plaques de verre peintes. Chaque soir, un foyer était allumé au sommet. La lanterne du campanile éclairait à des lieues à la ronde : un repère pour tous les navires.

Fort Herberouille devait son nom aux palissades recouvertes d'épines qui jadis entouraient l'édifice commercial et le bourg avoisinant ; les défenses étaient suffisamment robustes pour qu'un ragondin géant affamé s'y empêtre. Il fut un temps où le gros village inspirait la confiance. Les caravanes qui empruntaient les pistes communes poussaient un soupir de soulagement en apercevant les lumières de la lanterne rouge qui brillaient au faîte du chêne.

Mais plus aujourd'hui.

Malvina observa les abords de la clairière.

Le terrain portait les traces d'un lointain incendie : la végétation était noircie par les flammes, et les ornières, envahies de charbon. Quant au village, ce n'était plus depuis longtemps qu'un tas de ruines. Seuls l'auberge dans l'arbre et le bâtiment fortifié étaient préservés.

Le cœur de l'adolescente se serra. En cette fin d'après-midi, alors que les ombres du soir s'étiraient à l'est, nulle veilleuse ne brillait plus au sommet du grand chêne.

LUDÉRIK

Korak leva sa torche devant lui. Elle vacillait sous l'effet d'un courant d'air venu de lointaines profondeurs. Ludérik regarda machinalement la porte qui s'était refermée derrière eux. Elle était couverte de zébrures, comme laissées par des griffes démesurées, et il se demanda quel genre de monstre avait pu faire de telles traces.

Le froid et le silence guidaient leurs pas. L'officier connaissait les lieux. De chaque côté du couloir qu'ils empruntaient, des ouvertures sombres donnaient sur d'autres couloirs et parfois des salles, de taille variable, que Ludérik ne pouvait qu'entrapercevoir dans la lumière changeante. Certaines étaient vides et tapissées d'une épaisse couche de poussière. D'autres semblaient encombrées d'objets hétéroclites, comme si des mineurs avaient fui en catastrophe, abandonnant tous leurs outils. Le garçon se souvenait qu'à une époque Nantos utilisait des esclaves pour exploiter les gisements d'émeraude. Pourtant, au fil des années, les réserves s'étaient épuisées et la mine avait été laissée à l'abandon. Des brigands avaient tenté de voler le peu qui restait et, bien vite, le monde d'en dessous était devenu un repaire de truands et d'assassins. Alors les autorités avaient décidé de fermer les issues connues et les esclaves avaient été envoyés sur l'île du Malheur. La nouvelle mine d'émeraude était bien plus facile à contrôler, car située au milieu du grand fleuve. Ses eaux étaient infestées de crocodiles marins et, sur ses berges, les ragondins géants menaçaient tout aventurier osant mettre une barque à l'eau, en dehors des embarcadères surveillés par la guilde de Fer.

De son côté, Fondosse était redevenue le domaine des ténèbres éternelles.

– Ne t'écarte jamais du tunnel, lui répéta Korak à plusieurs reprises. Les galeries forment un tel dédale que nous pourrions nous perdre en quelques instants.

Ils avançaient prudemment quand la torche illumina un puits béant au milieu du chemin. Pour le contourner, il fallait se plaquer contre un mur et progresser avec prudence. Ludérik ne put s'empêcher de jeter un bref regard en bas : le trou semblait se perdre dans les entrailles de la terre et des ululements plaintifs s'en échappaient, portés par un vent qui charriait des relents de pourriture.

Ludérik sentit une peur des profondeurs électriser

tout son corps. Il regrettait de s'être séparé de l'épée de son père.

Une fois la fosse contournée, Korak accéléra l'allure. Sur les murs, à intervalles réguliers, des panneaux tachés d'humidité indiquaient les noms des rues et des quartiers qui couraient au-dessus de leurs têtes : Moncanail, Cuirmasque, Grandents, Romonreux… Le chemin était interminable. Toujours des escaliers, tantôt s'enfonçant, tantôt s'élevant. Des tunnels qui se succédaient à l'infini, tous identiques avec leurs parois teintées de vert et de gris.

Ils aboutirent enfin dans une étrange salle peuplée de larges tuyaux qui montaient du sol au plafond, s'enfonçant dans la roche. Un vrombissement lointain descendait des hauteurs.

– Les usines de la zone interdite, lâcha Korak en voyant le regard interrogateur du garçon. Ces tuyaux sont certainement reliés au générateur à vapeur.

Ludérik hocha la tête. Il y a fort longtemps, savait-il, des hommes très savants avaient découvert comment utiliser les anguilles électriques pour trouver d'ingénieuses sources d'éclairage à la cité. Une large caverne inondée, grouillant de ces poissons, se nichait quelque part dans les entrailles de Nantos. Les scientifiques y avaient plongé des capteurs reliés à de complexes rouages mécaniques qui permirent au courant de venir alimenter les lampadaires installés en surface.

Korak et Ludérik poursuivirent leur chemin.

Plus au fond, des racines traversaient la voûte avant de s'enfoncer plus loin sous terre. Ils devaient se trouver sous des jardins, à l'aplomb de grands arbres. Un épais tapis d'agarics laiteux prospérait sur le sol humide. Des lampes à huile éteintes traînaient par terre, la poussière était maculée de traces de pas.

– C'est une champignonnière, commenta Korak. Ces choses sont comestibles.

– Et ça ? fit Ludérik en pointant l'index vers une paroi.

Elle était recouverte d'une fresque, probablement esquissée au charbon de bois. Une scène trônait au centre du mur. On y voyait une horreur velue, de la taille d'un poney et munie de grandes pattes ; elle s'approchait de deux formes anthropoïdes, engluées dans une toile. À l'opposé, un groupe se prosternait en signe d'adoration.

L'adolescent contemplait la scène, fasciné.

– Un sacrifice en l'honneur de la déesse Aranéide, murmura-t-il. Ce n'est donc pas une légende, le peuple du dessous vénère un monstre qui se nourrit d'êtres humains !

Korak haussa les épaules.

– Si des hommes vivent sous nos pieds, dans je ne sais quelles cavernes, ce doit être au milieu des ténèbres, que leur imagination a tôt fait de remplir de légendes et de monstres.

Un boyau continuait à droite de la fresque pour déboucher sur un terre-plein bordant une étendue d'eau. Une mousse phosphorescente baignait toute la grotte d'une lumière voilée et plusieurs statues, plantées au milieu du bassin, brillaient d'une clarté surnaturelle.

– Ces statues, pourquoi les a-t-on mises là ? demanda l'adolescent.

– Ce sont des représentations des anciennes divinités. Telle Danna, la grande albinos, tu ne la reconnais pas ? Depuis que les apôtres de Gator ont déclaré hérétiques tous les autres cultes, ces fanatiques ont jeté à bas toutes les idoles qui faisaient de l'ombre à leur satané saurien. Celles-là ont dû être soustraites à leur vindicte. Et comme il y a un important ruissellement, elles seront probablement englouties d'ici quelques mois, comme tout le reste de la grotte.

– Je croyais que le roi Dankrad avait mis cette secte au pas avant de rétablir la liberté de religion, fit Ludérik.

Le vieux ricana.

– Dankrad a passé plus de temps à guerroyer et à asseoir le commerce des lunettes d'émeraude qu'à surveiller ce qui se tramait dans les couloirs de son propre palais ! Aujourd'hui, le culte de Gator est riche et puissant. Pense à tous ces immeubles prestigieux qu'il possède dans l'enceinte de Propolis, à commencer par la Tour noire, où vivent ses dévotes.

Il est vrai que l'adolescent avait souvent contemplé le

sinistre donjon, profitant d'une de ses promenades nocturnes sur les toits : une colonne large et haute, comme taillée dans le corps d'une immense météorite. Nul ne savait quels sombres secrets recelait la bâtisse, si ce n'est qu'elle était habitée par des femmes qui avaient renoncé à enfanter pour vouer leur existence à l'adoration du dieu saurien. On disait qu'en échange de ce sacrifice la Dame brume les épargnait et leur vision demeurait intacte. Était-ce une légende ? Le garçon l'ignorait.

Korak ajouta :

– Sais-tu que pour disposer de tels emplacements l'organisation doit s'acquitter de nombreuses taxes qui constituent une part importante des ressources de la ville ? Imagine qu'un jour le culte décide de s'acheter sa propre armée au lieu de payer l'impôt à Nantos. Que ferait le roi ?

Ludérik hocha la tête. La secte était bien plus puissante qu'il ne l'avait soupçonné. Il y avait tant de choses qu'il ignorait.

– Et comme si cela ne suffisait pas, ajouta Korak en murmurant, l'Évêché de Gator occupe un siège au grand conseil de Nantos, qui n'en possède que dix. Il sait en abuser et son influence sur la marche du royaume n'est pas une légende. Dankrad mort et son fils à peine sorti de l'enfance déjà sur le trône, le pire est à craindre.

Ludérik songea à Elanée, jamais loin de son esprit.

Que va-t-elle devenir ?

Ils atteignirent une nouvelle porte, en tout point similaire à celle qu'ils avaient empruntée pour descendre dans les profondeurs. Près du verrou, de nouvelles runes étranges.

– Nous sommes presque arrivés, tu seras bientôt tiré d'affaire.

Korak sortit son trousseau de clefs et ouvrit la serrure. La porte grinça et les deux explorateurs durent s'arc-bouter et pousser de tout leur poids pour qu'elle pivote sur ses gonds. Ils se retrouvèrent au fond d'une impasse, à l'air libre.

Ludérik était soulagé. Des immeubles sans fenêtres encadraient la ruelle pavée qui conduisait à une grille facile à escalader. De l'autre côté, ils longèrent une série de maisons avant d'atteindre un sentier qui partait à l'assaut d'une pente rocailleuse. L'adolescent essaya de se repérer. Nantos était construite sur le versant d'une montagne qui s'était affaissée après un glissement de terrain, il y avait plusieurs siècles. Tous les quartiers s'alignaient sur autant de terrasses, plus ou moins inclinées : Château-Doré au sommet et Portbrume tout en bas, en bordure du fleuve. À l'évidence, ils se trouvaient loin du palais. La nuit était tiède, Ludérik accéléra l'allure pour ne pas se laisser distancer par Korak.

Au sommet du monticule, le sentier devint chemin de crête et longea un escarpement abrupt. Ils virent alors se dessiner la silhouette de l'abbaye de Hautfond ; elle se détachait dans la lumière fauve de l'aurore. La bâtisse, à flanc de falaise, dominait les berges septentrionales du fleuve. Le vent chaud de l'ouest rabattait vers cette partie de la montagne les tourbillons de fumée noire que crachaient les usines de la zone interdite. Les sommets de Hautfond étaient ainsi perpétuellement nimbés d'épais nuages charbonneux. L'odeur de suie piquait la gorge et, à cause d'elle, les nourrissons saignaient du nez. Pourtant, Ludérik la préférait aux miasmes des caves qu'ils venaient de quitter.

Un escalier taillé directement dans la roche descendait vers l'entrée du monastère. L'étroit goulet ne permettait qu'à deux hommes de se croiser au milieu des marches. En bas, le passage tourna vers la droite et déboucha sur une plateforme ceinte d'un vieux mur de pierre percé d'une porte unique.

Une prison.

Une cloche de bronze se trouvait au fond d'une alcôve.

– Voilà, fit le vieux gladiateur en contemplant l'entrée, tu resteras caché ici le temps qu'il faudra. Quand les rues de Nantos seront moins surveillées, je viendrai te chercher et te conduirai à Portbrume où nous trouverons le moyen de te faire embarquer pour la cité où habite ton oncle Evaron. Ton père t'y retrouvera.

– Quand te reverrai-je ? demanda Ludérik avec inquiétude.

– Dès que possible. Pour l'instant, c'est à Hautfond que je te laisse. Je connais frère Ganval, le prieur. C'est lui qui dirige le monastère. Il recherche toujours de jeunes novices et te fera bon accueil. S'il t'interroge sur tes motivations, dis que tu souhaites les rejoindre et consacrer le reste de ta vie à l'écriture. Ne lui parle jamais de ton père ni de ton projet de repartir d'ici, compris ? Et n'aie nulle crainte, les moines qui vivent à Hautfond ne mettent jamais les pieds en ville, personne ne te reconnaîtra.

Ludérik hocha la tête. Korak avait sans doute raison, personne ne chercherait à savoir qui il était. À Nantos, une tradition séculaire offrait à quiconque deux moyens d'échapper à la justice du roi. Il y avait d'abord l'anneau de salut – un serpent en fer forgé se mordant la queue – qu'on trouvait rivé dans la pierre, à l'entrée de la Casa de l'escaillé. C'était une somptueuse demeure où logeait le grand maître de Gator : Zaël, de la lignée des Massilia. Elle se trouvait à deux jets de galet de Château-Doré. Selon la tradition, quiconque touchait l'anneau plaçait sa vie dans la gueule du crocodile et l'immunité de Zaël lui était acquise. Des Fils de l'écaille venaient alors chercher le demandeur d'asile pour l'emmener à l'intérieur de la Casa. Ce qu'il advenait de lui ensuite, nul ne le savait.

Quant à l'abbaye de Hautfond, elle était l'autre moyen.

– Tu es prêt ? demanda Korak en fixant l'adolescent.

Lorsque tu seras à l'intérieur, tu n'auras plus la possibilité de reculer.

– Je veux revoir mon père, dit simplement le garçon.

Puis il ajouta crânement :

– Ce n'est pas une bande de vieillards en soutane qui va m'impressionner !

Alors, sans plus attendre, l'officier prit la cloche et l'agita avec vigueur.

MALVINA

Avant de s'engager au milieu des ruines, Malvina aperçut un champ de fleurs pourpres à l'orée de la jungle. Ces plantes paisibles, éclatantes de couleur et ondulant sous la brise, ne la trompaient guère.

Des fleurs sanguines.

Elle s'en tint prudemment à distance.

Les Farouches les utilisaient pour se débarrasser des bouches à nourrir inutiles. C'était le cas des malvoyants affectés par la Dame brume ; la coutume voulait qu'ils aillent s'étendre au milieu de ces fleurs au rouge vif taché de blanc. Elles sécrétaient un musc soporifique qui endormait leurs proies avant que de longues tiges, hérissées d'épines, ne les entourent pour se nourrir de leur sang. La mort, réputée sans douleur, survenait en quelques heures. Toutefois, certaines familles que cette tradition horrifiait refusaient de livrer leurs proches aux plantes hématophages et préféraient les déposer à l'entrée de la clairière, avant de s'en retourner, le cœur gros.

Quelques fragments de l'ancienne clôture de Fort Herberouille protégeaient encore le cimecorce qui se dressait dans la clairière ainsi que le comptoir dont la plupart des fenêtres étaient illuminées, des gardes patrouillant sur la jetée.

Un poste de guet se trouvait à l'entrée de l'unique passage perçant la rangée d'arbustes. Au-delà, on accédait à une porte de fer taillée à la base du tronc, sur laquelle figuraient les armoiries à demi effacées de la lignée des Irondor : un brochet au milieu d'un soleil. Derrière l'entrée, un escalier en colimaçon perçait l'intérieur de l'arbre avant de déboucher six mètres plus haut. C'est là que se trouvait, bâtie sur une large terrasse, l'ancienne escale de Fort Herberouille.

Elle n'avait plus le lustre d'antan mais demeurait la plus grande auberge de toute la province. Par temps clair, ceux qui avaient deux ducats d'argent à dépenser pouvaient louer pour la nuit une chambre et contempler, de l'autre côté du fleuve, les flèches lointaines de Château-Doré. L'auberge était, avec le comptoir, le dernier vestige d'un bourg prospère fondé par le clan des Irondor, jusqu'à cette funeste nuit où des bateaux à vapeur avaient jailli du brouillard. Leurs bouches à feu étaient entrées en action et l'incendie avait dévoré l'enceinte d'épines et la plupart des demeures en bois. Mais le cimecorce avait tenu bon. Il avait aussi résisté aux flèches enflammées et son escalier, dissimulé dans un tronc solide comme un donjon, avait permis à ses habitants de tenir le siège. Pendant que les bâtisses se consumaient à l'extérieur, des dizaines d'individus en armes avaient jailli des navires et lancé une razzia sur la communauté. Ils cherchaient des esclaves pour la mine d'émeraude située sur l'île du Malheur. Les assaillants appartenaient à la guilde de Fer, une compagnie de mercenaires constituée d'anciens soldats de la garde, de nobles désargentés en quête d'aventures ou tout simplement d'hommes qui ne savaient rien faire d'autre que piller et se battre. Ils étaient dirigés par Voras lame rouge, un seigneur et pirate qui régnait sur la côte, dans la cité de Revosse, le plus grand repaire de brigands et d'assassins de tout le royaume.

Depuis cette attaque, un détachement de la guilde était resté à Fort Herberouille pour contrôler l'accès au quai et taxer tous les commerçants désirant emprunter le fleuve ou en débarquer. Le port, même délabré, servait toujours de lieu d'accostage pour les caravanes qui empruntaient les pistes communes. Le bateau à vapeur était le moyen de transport le plus utilisé. Quant à traverser à la nage, c'était une folie, les eaux grouillaient de prédateurs et les courants tourbillonnants ne laissaient aucune chance aux téméraires.

Depuis l'attaque du fort, l'auberge n'était plus que l'ombre d'elle-même. Chaque soir, seule une poignée de voyageurs occupait la salle des repas, l'ambiance était lugubre.

Au pied de la palissade épineuse se dressait la tour de guet.

– Qui va là ? grommela le soldat à son sommet.

– Malvina d'Altrasque, répondit la fille d'une voix timorée.

Les occasions de parler avec des humains étaient rares. La plupart du temps, elle conversait plus volontiers avec les esprits, dont elle disait ressentir la présence. Sa mère adoptive ne l'avait jamais détrompée sur ce point. Malvina n'avait pour toute richesse que son collier, dont quelques-unes des dents creuses contenaient un éclat de cristal violacé ; elle leva en l'air l'une des pierres pour que le garde l'aperçoive.

Il descendit de son perchoir, jeta un regard inquiet en direction des alentours et s'empara de l'améthyste avant de laisser la fille se présenter devant la porte du cimecorce.

Après avoir gravi l'escalier dont les parois étaient badigeonnées du même champignon phosphorescent que celui qu'elle avait utilisé dans la roulotte, Malvina atteignit la grande salle. Les murs étaient blanchis à la chaux. Le comptoir massif reposait sur plusieurs tonneaux dressés à la verticale. Quelques hommes prenaient leur repas ; ils étaient riches, car tous chaussaient des lunettes aux lentilles d'émeraude qui les préservaient de la Dame brume. Des briscards, probablement leur escorte, buvaient et riaient fort avec un type trapu qui racontait des histoires en gesticulant, debout sur une table.

Malvina avait à peine eu le temps d'embrasser la salle du regard que la tenancière, une femme replète, lui fit signe de la rejoindre dans la cuisine.

– Mieux vaut que les hommes ne te lorgnent pas trop, grommela-t-elle en refermant la porte derrière l'adolescente.

La tenancière avait immédiatement reconnu Malvina. Sévérice l'avait soignée d'une piqûre d'insecte douloureuse à l'occasion d'un de ses passages à Fort Herberouille. Elle toisa la gamine.

– Quelle odeur ! Où as-tu trouvé ces hardes ?

Pour ne pas rester nue après sa fuite, Malvina avait enfilé des vêtements miteux, trouvés dans une mansarde abandonnée, non loin du comptoir. Elle avait aussi noué ses cheveux blancs en chignon et les avait enduits de terre pour dissimuler sa condition.

Malvina n'osa pas répondre. Un tremblement parcourait son corps, mélange de peur et de froid.

La grosse femme n'avait pas encore besoin de lunettes, mais la maladie commençait à faire son œuvre. Elle plissa des yeux en regardant les bocaux situés sur une étagère, de l'autre côté de la cuisine.

– Tu peux rester ici un moment, dit-elle. Le temps de manger.

Elle lui tendit un quignon de pain, un bout de lard sucré et un bol de soupe chaude aux radis.

Malvina se jeta sur la nourriture sans se faire prier.

– Ce soir, tu dormiras à l'écurie, tu y seras à l'abri de la pluie. Il y a déjà du monde, essaie de te faire une place. J'ignore ce qui t'amène à Fort Herberouille, mais rien de bon ne t'attend ici.

La tenancière laissa Malvina avant de revenir avec une couverture et une chemise trop grande pour elle. La fille d'un client l'avait oubliée dans une des chambres.

Tandis que l'adolescente se changeait, la matrone lui murmura d'une voix adoucie :

– Dors ici cette nuit, puis sauve-toi, petite, pendant qu'il est temps.

Quand Malvina entra dans l'écurie, l'odeur de crottin était lourde. Hommes, femmes et enfants s'entassaient dans le noir et certains ronflaient. Les chevaux occupaient une autre partie de la baraque ; une simple cloison les séparait des humains et on entendait fréquemment leurs sabots frapper le sol.

Malvina s'allongea le plus loin possible de ces gens. Sa peur viscérale des humains l'empêchait de baisser sa garde. Blottie dans sa couverture, la jeune fille tentait de chasser le souvenir de sa mère adoptive ; cette pensée lui crevait le cœur. Le moment viendrait où elle pourrait se laisser aller, mais pas ce soir. Elle ne voulait pas pleurer au milieu d'inconnus. Le lendemain, il faudrait qu'elle rejoigne le bac qui traversait le fleuve. Son collier possédait deux autres dents contenant des améthystes, c'était suffisant pour payer le tribut exigé par le passeur.

Elle se lova dans la couverture et ses yeux se fermèrent. Avant de sombrer dans le sommeil, son sens de l'odorat, qui était d'une extrême finesse, accrocha un parfum particulier qui flottait sous les effluves de crottin et de terre. Alors, une main de glace emprisonna son cœur. Elle se redressa prestement et ses yeux scrutèrent les ténèbres en frissonnant.

Le garçon qui avait voulu la tuer quelques heures plus tôt.

Son odeur était dans l'écurie.

LUDÉRIK

Quelques minutes après que la cloche avait sonné, la porte grinça et le visage d'un homme apparut. Les lunettes d'émeraude juchées sur son nez empêchaient de distinguer précisément ses traits. Il était vêtu d'un manteau à capuchon et à larges manches.

– Ce jeune homme veut faire son noviciat, dit Korak, conduisez-le au frère prieur.

Comme le moment de se dire au revoir était arrivé, le vieux gladiateur serra l'épaule de l'adolescent et lui souhaita bonne chance. Puis, sans autre formule, il se dirigea vers l'escalier et disparut. Un sentiment de profonde tristesse envahit le cœur de Ludérik. En moins d'une journée, deux êtres chers l'abandonnaient. Le chagrin lui montait aux yeux, mais il n'était pas du genre à se laisser abattre.

Hautfond était l'endroit le plus surprenant qu'il ait jamais vu. Construit sur de hautes terres adossées à la falaise, le monastère dominait le fleuve.

Suivant les pas du moine, Ludérik dépassa un enclos qui renfermait plusieurs chèvres. Non loin se trouvait un carré de verdure laissé à l'abandon : c'était un ancien potager dont les plantes étaient montées en graine. Une mince cascade tombait de la paroi dans une rigole de pierres surélevées dont les eaux affleuraient le bord. Elles se dirigeaient ensuite vers le mur d'enceinte avant de disparaître en bouillonnant dans un orifice creusé dans le sol. Le courant rejaillissait une seconde fois de la montagne, une dizaine de mètres en dessous de Hautfond. Au pied de la muraille, qui ressemblait à celle d'une forteresse gigantesque, la chute formait une nappe d'eau qui se vidait en inondant de grands arbres. Ils poussaient dans la vase et leurs racines aériennes sculptaient un enchevêtrement d'arceaux. Ludérik croyait savoir que les pêcheurs du fleuve évitaient cet endroit, car les ragondins géants y prospéraient.

Le moine qui accompagnait Ludérik se nommait frère Naudin, c'était le convers. À ce titre, il gérait l'intendance et les tâches domestiques. Il était chauve et une longue barbe souillée par les travaux d'entretien lui descendait sur le torse.

Hautfond formait un curieux ensemble troglodyte ; alors que plusieurs bâtiments rectangulaires occupaient le plateau, la plupart des habitations étaient nichées dans la roche. C'était le cas de la vieille église et du réfectoire. Les murs des pièces de vie étaient percés de vitraux qui filtraient la lumière du jour dans un camaïeu de bleu, d'orange et de vert. L'ensemble évoquait une architecture primitive, rude et belle à la fois. Un endroit hors du temps et des malheurs du monde, du moins c'est ce que Ludérik croyait.

Le cloître était formé de galeries ouvertes entourant un jardin de forme carrée. En guise de colonnes, des statues représentaient des personnages religieux que le jeune homme ne connaissait pas. Sur le côté, un passage pénétrait dans la roche et débouchait dans la salle capitulaire : c'est là que se réunissait le chapitre, l'assemblée des moines qui décidait de tout ce qui concernait la bonne marche de l'abbaye. Une vingtaine de cénobites revêtus d'une robe de laine discutaient à voix basse autour d'une large table que présidait le frère prieur, assis sur un siège sculpté dans le mur. Il arborait une fine barbe taillée en bouc et son visage couleur de cendre trahissait le manque de soleil et d'air pur.

L'un d'entre eux, nommé Ganval, mit fin aux conversations en voyant les deux entrants.

Korak n'avait pas menti, l'adolescent était attendu. Ganval ne lui demanda pas d'où il venait, il avait confiance en la parole du vieux gladiateur ; ce que ce dernier lui avait confié à propos du garçon lui suffisait.

– Que sais-tu de Hautfond ? demanda le moine d'une voix chaude.

Les autres cénobites fixaient Ludérik sans un mot. Dans leurs regards, la curiosité le disputait à la réserve.

– Le monastère se trouve au sommet de la montagne d'Encre ; on la nomme ainsi car ses falaises se noient dans des nuages de charbon.

Un silence.

– C'est tout ? fit Ganval.

Le garçon haussa les épaules. Cet endroit était si étrange.

– Hautfond possède un important scriptorium, poursuivit le prieur, c'est là que nos frères recopient les cartes des marais et des bois. Elles sont la propriété de Château-Doré et de la guilde des Commerçants. Ceux-ci nous confient un bien précieux que nous leur restituons en plusieurs exemplaires. En échange, ils nous approvisionnent et nous fournissent les lunettes d'émeraude indispensables à notre travail.

Du coin de l'œil, Ludérik en vit plusieurs, disposées devant les moines.

– Ces cartes sont inestimables, poursuivit Ganval. Sans elles, pas de commerce, et sans commerce, Nantos n'est rien. Nous devons au palais de vivre à l'abri des périls sauvages qui hantent les bords du fleuve et Hautfond prend sa part dans la sauvegarde du monde civilisé.

Un silence sépulcral tomba dans la salle.

– Contrairement aux temps anciens, ce monastère ne vénère aucun dieu. Notre seul sujet d'étude est la topographie du royaume ; nos cartes sont réputées, tout comme notre bibliothèque.

Ludérik acquiesça.

– Sais-tu d'où viennent ces cartes ? ajouta le prieur.

Ce point-là, nul ne l'ignorait à Nantos. Elles étaient l'œuvre des Pisteurs, un peuple d'humains qui vivaient au cœur des Bois sombres, quelque part au milieu de la jungle.

Leur repaire était une vaste cité troglodyte appelée Roncebrume. Leur chef, Azmor, était surnommé « le Cavalier des ténèbres » ou « le Roi gris ». Il était à la tête d'une armée de Pisteurs et d'hommes des bois. Les seuls contacts entre ces hommes et les villes avaient lieu lors de la vente des cartes. Les Pisteurs, qui étaient d'excellents connaisseurs de la jungle, savaient dessiner des plans qui permettaient de traverser les zones marécageuses et les abords immédiats de la forêt sans tomber dans les sables mouvants et en évitant les plantes les plus dangereuses. Certains plans, les plus rares et donc les plus chers, dévoilaient les tronçons oubliés de la route des Cinq Provinces : une ancienne piste pavée qui reliait jadis les différentes cités à travers bois. Ces documents assuraient l'indépendance économique des Pisteurs, et leur permettaient d'acheter des lunettes. Nul n'était épargné par la Dame brume.

Le prieur expliqua ensuite à Ludérik quel était le règlement de la communauté.

– Durant ton noviciat d'un an, tu revêtiras la bure en laine écrue. Tu verras qu'elle noircira sous l'effet du charbon qui flotte dans l'air. Ainsi, chaque fois que tu croiseras un de tes futurs frères, tu feras la différence entre ceux qui nous ont rejoints récemment et les plus anciens. Voici donc le premier commandement : tu devras obéissance et respect aux moines dont la robe est plus tachée que la tienne.

Durant son exposé, et à trois reprises, le prieur dut s'interrompre, la poitrine secouée d'un pénible accès de toux.

Les fumées de la zone interdite les intoxiquent, pensa Ludérik. *Ils doivent tous être malades ! Si je reste trop longtemps ici, je finirai empoisonné par les relents de charbon.*

– La deuxième règle, poursuivit Ganval, c'est le silence : les frères doivent s'abstenir de parler. Les seuls moments autorisés pour les discussions sont les réunions du chapitre, les repas et le travail dans le scriptorium, mais cet endroit ne te concerne pas. Ton rôle sera d'être apprenti convers. Tu commenceras par rendre un semblant de vie à notre potager ; nous aimerions déguster à nouveau de bonnes soupes comme savait les faire le frère herboriste.

À ces mots, un gros moine qui se trouvait près du prieur se passa la langue sur les lèvres. Comme il était fort gras, cette mimique fit rire deux de ses frères.

Ganval les foudroya du regard et ils baissèrent aussitôt la tête.

– La troisième règle, reprit-il, est de loin la plus importante. Elle consiste à garder secret, en toute occasion, ce qui touche aux cartes.

Ganval marqua une courte pause. Sa voix se fit menaçante.

– Si tu trahissais ce commandement, tu finirais parmi les Vigies.

Devant le regard interrogateur du garçon, le prieur se contenta de maugréer :

– Le frère convers te montrera la crypte. C'est là que dorment pour l'éternité nos compagnons décédés. Les gisants profitent d'un repos bien mérité, mais les Vigies endurent mille morts : c'est le prix de leur forfaiture.

Cette dernière remarque doucha Ludérik. Il comprenait mieux les enjeux écrasants qui entouraient la bonne marche de l'abbaye et du scriptorium. Sa curiosité naturelle le titillait déjà et il ne rêvait plus que d'une chose : voir à quoi ressemblait cet endroit si particulier.

Tous ces moines ne m'ont pas l'air bien futés. Je n'aurai aucun mal à les rouler dans la farine, comme je l'ai si souvent fait avec les soldats de Château-Doré.

– À l'issue de ton noviciat, conclut le prieur avant de tousser de nouveau, tu seras tondu comme nous l'avons été et tu jureras obéissance et fidélité au souverain des aigles.

– Je vais voir le roi ? demanda Ludérik.

Il peina à dissimuler sa stupeur.

– Pas le souverain en personne, pour qui te prends-tu !

Les autres moines ricanèrent dans leur barbe.

– C'est le commandant de la garde qui le représente. La cérémonie se fait dans l'église.

Le commandant de la garde, il avait bien entendu ? Si Randolf, l'ennemi juré de son père, le découvrait ici, il aurait tôt fait de le faire arrêter.

– Il vient souvent ici ?

– Ces choses-là ne te concernent pas, rétorqua le prieur.

Ignorant les troubles du garçon, le moine poursuivit :

– Pour le moment, frère Naudin va te montrer le dortoir et ce soir tu mangeras à notre table, revêtu de la bure. Il reste bien des choses que tu ignores sur ces lieux, mais tu les découvriras en temps utile. Je te souhaite la bienvenue parmi nous, jeune novice. Ce sera ton nom jusqu'au prononcé de tes vœux. Tu peux te retirer maintenant.

Le dortoir des moines se trouvait dans une caverne surplombant la terrasse. Ludérik y était parvenu en suivant le convers dans un escalier sculpté dans la roche. Il avait bien remarqué que les marches continuaient plus haut, mais lorsqu'il demanda où elles menaient, frère Naudin lui intima de se taire : il violait l'une des règles ! Il sortit d'une poche de sa bure un chat à neuf queues et son regard se fit intimidant.

C'était un fouet muni de plusieurs lanières. Ludérik avait déjà vu des voleurs en subir la morsure sur une place de Marteau-Fendu, le quartier des artisans. Il en conclut que frère Naudin n'était pas uniquement en charge des travaux domestiques, il faisait aussi régner la discipline. Quant aux marches, elles devaient forcément conduire au scriptorium. Mais depuis la terrasse, le nuage de fumée qui occultait le sommet de la montagne ne permettait pas de l'apercevoir.

Le dortoir était une large pièce ouverte, sans cellules individualisées. Il flottait dans l'air une odeur désagréable de charbon et les murs étaient noirs de suie.

Frère Naudin lui désigna une robe de laine qui l'attendait sur un lit, le sien désormais. C'était une simple couche faite de plantes séchées enfermée dans un sac de toile. Une fois seul, Ludérik explora la pièce. Des ouvertures étroites donnaient une vue d'ensemble du monastère. Une fois seul, il se dirigea vers l'unique fenêtre de la pièce. Elle lui permit de regarder à l'extérieur et d'avoir une vue d'ensemble du monastère. L'entrée, percée dans la grande muraille, se trouvait en face. De la gauche vers la droite, il remarqua la petite chute d'eau et le lit d'un ruisseau empierré qui conduisait l'eau sous les pales d'un moulin entouré d'une bâtisse. Les galeries du cloître étaient dissimulées par des tuiles grossières. À droite se tenait l'église troglodyte où les novices mettaient genou à terre devant le commandant de la garde, jurant de préserver les cartes du royaume.

À cette pensée, son cœur s'emballa imperceptiblement. Son père ignorait-il que son supérieur avait pour tâche de recevoir le serment des novices ? Ou bien avait-il oublié ce détail, dans la précipitation ? Korak viendrait le tirer de cette abbaye sous peu, bien avant l'écoulement des douze mois… Ludérik voulait le croire.

Ses pensées revinrent à son père.

J'espère que tu as pu les semer tous et qu'on se retrouvera bientôt.

Cet endroit lui flanquait la chair de poule.

MALVINA

Malvina hésitait entre quitter discrètement l'écurie à l'aube ou profiter de la nuit pour s'enfuir. Elle décida de rester au chaud, le temps de recouvrer ses forces.

L'adolescente abandonna sa couche au point du jour en faisant le moins de bruit possible. Elle portait sur ses épaules la chemise que lui avait donnée la tenancière ainsi qu'une couverture grignotée par les insectes. Elle longea les buissons épineux jusqu'au poste de guet, à l'entrée du cimecorce. Un brasero était allumé ; deux mercenaires blaguaient en tendant leurs mains au-dessus des braises qui rougeoyaient dans la fraîcheur du matin. L'un d'eux était bâti comme un ours. Une barbe torsadée descendait sur un plastron de cuir renforcé de lames métalliques. Adossés à la palissade, son casque et son bouclier bosselés portaient les vestiges des coups sauvages reçus lors de quelque bataille. En comparaison, son acolyte semblait minuscule, tout comme le gros bonhomme, de dos, qui conversait avec eux.

Malvina longea le mur de retranchement et passa près du groupe d'hommes à pas de loup. Elle avait l'habitude de se fondre dans le paysage, c'était chez les albinos une seconde nature. Elle aurait facilement déjoué la vigilance des gardes si l'obèse n'avait pas été là, occupé à la regarder passer dans son champ de vision.

Ses yeux s'arrondirent bêtement avant qu'il ne murmure, mâchoires serrées :

– La sorcière albinos !

Les deux soldats ne comprirent pas sur l'instant, mais Malvina se mit aussitôt à courir. Elle n'avait pas couvert cent mètres qu'elle entendit dans son dos les vociférations haineuses du marchand qu'elle avait réussi à fuir.

– Tuez-la, tuez-la ! Cette démone a estropié mon gamin !

Au bout de la clairière, l'orée de la jungle était loin. Malvina se retourna et vit le géant qui enfourchait un cheval ; une barde de mailles grises le recouvrait de l'encolure à la croupe.

Le soldat lui piqua rudement les flancs et le destrier se cabra en hennissant. Au même moment, Malvina reprenait sa course à toute vitesse. Les sabots ferrés du canasson faisaient trembler le sol. L'instant d'après, le cavalier traversait l'ancien bourg au grand galop. La bête aux naseaux fumants passa au milieu des ruines comme un boulet de canon.

Le barbu rit en dépliant un fouet. Il le gardait toujours

accroché à sa selle ; les hommes de la guilde de Fer les utilisaient pour attraper les esclaves en fuite. Le procédé était efficace : la lanière de cuir s'enroulait autour du cou du fugitif et le cavalier le traînait au sol sans stopper son élan.

Le garde voyait la fille détaler à l'autre bout des ruines, prête à s'engager dans la jungle. Il ricana dans sa barbe : elle n'avait aucune chance de lui échapper. Pourtant, une pensée le traversa. Et si elle usait de sorcellerie ? On disait les albinos versés dans toutes sortes de diableries. Il décida de ne pas lui laisser ce loisir et éperonna de nouveau sa monture.

Les herbes étaient hautes, mais en se hissant sur les étriers il n'avait aucun mal à la suivre des yeux. Quand la végétation devint plus dense et que la gamine se mit à ralentir, le barbu décida qu'il fallait en finir. Il sauta à bas de sa selle.

– Tu te fatigues pour rien, gamine ! cria le mercenaire en avançant à grandes enjambées.

Elle s'était arrêtée au pied d'un arbre, le souffle court, la mine défaite. Courir des jours dans les bois, se nourrir à peine, boire tout autant. Son corps la trahissait. Elle n'en pouvait plus. Dans son dos elle sentait l'écorce d'un de ces arbres qui l'avaient vue grandir. Un confident pour ses rêves, un compagnon pour ses jeux. Elle cherchait autour d'elle un secours quelconque. Une plante urticante ou des racines épineuses en guise d'arme improvisée. Mais rien de tout cela. Juste le géant barbu qui la recouvrait de son ombre en brandissant son épée.

– Les dents d'albinos portent chance au combat, lança le garde d'une voix enjouée. Je mettrai tes belles canines dans la garde de mon épée et tout le monde me craindra sur les champs de bataille.

Sur ses mots, il attrapa Malvina sans ménagement par les cheveux et leva son épée pour lui trancher la tête.

L'adolescente poussa un grand cri.

Un gémissement dans la bouche du soldat lui fit écho. Le barbu regardait la fille comme si un détail clochait. Quelque chose venait de le piquer, ou plutôt de le *frapper* dans le dos. Il chercha du bout des doigts l'objet qui s'était enfoncé dans sa nuque, au milieu des cheveux gras. Il l'ôta sans se soucier de la douleur. C'était une étoile aux pointes aiguisées, de celles qu'utilisent les assassins expérimentés. Il voulut se retourner, mais le sang remonta dans sa gorge et sa vue se brouilla. Il fit un pas de côté puis tomba lourdement dans les herbes. Il mourut avant de toucher terre.

Stupéfaite, Malvina se recroquevilla au pied du grand arbre.

Autour d'elle, les herbes s'agitaient.

Un instant, une peur irraisonnée lui suggéra que c'étaient des ragondins géants.

Les créatures des marais ne lancent pas de projectiles, pauvre sotte ! se sermonna-t-elle.

Des formes humaines émergèrent des herbes et s'approchèrent, l'encerclant sans précipitation. Elles étaient vêtues de bottes, de justaucorps de cuir, de fines chemises renforcées de mailles et de houppelandes à la capuche rabattue. De longs cheveux encadraient de fins minois dont seul le bas était apparent. Des filles… L'une d'elles s'avança en se dévoilant. C'était une adolescente à la toison roussâtre, les yeux espiègles et la peau du visage semée de taches de son. Elle portait un arc en bandoulière et, au poignet de sa main droite, un gantelet en fer. La fille se pencha sur le corps, ramassa l'étoile restée dans sa main, l'essuya dans l'herbe avant de la replacer dans un compartiment dissimulé sur son poignet. C'était ce mécanisme qui lui avait permis de terrasser le garde.

Malvina regardait le groupe de filles ; elles étaient quatre et toutes la dévisageaient. D'ordinaire, la couleur de sa peau lui valait des regards chargés de défiance, mais pas cette fois-ci.

– Tu es albinos ? demanda la rousse.

L'adolescente hésita avant de répondre.

– Ça ne se voit pas ?

– Que fais-tu ici, isolée au milieu de la jungle ?

Malvina était d'un naturel sauvage et parler avec des inconnus n'était pas dans ses habitudes. Toutefois, elle ne manquait pas d'intuition. Quelque chose lui murmurait que ces filles étaient bien intentionnées. Du reste, ne venaient-elles pas de lui sauver la vie ?

Elle se décida à raconter son histoire : la fuite dans la grotte avec sa mère (elle n'évoqua pas sa transformation), les villageois hystériques, son arrivée à Fort Herberouille et sa course pour échapper à la guilde de Fer. Elle dit qu'elle voulait traverser le fleuve pour rejoindre Nantos.

Celle qui avait terrassé le géant lui décocha un sourire espiègle.

– Je m'appelle Fanielle et tu vas venir avec nous, nous allons te présenter à notre chef.

Encadrée par les quatre filles, Malvina fut conduite sur un sentier qui s'enfonçait au cœur de la jungle.

LUDÉRIK

Cela faisait deux heures que Ludérik s'échinait sur le potager, un carré de terre envahi de plantes sauvages. Il avait troqué sa tenue parée de riches velours pour la désagréable robe de bure qui lui irritait la peau. À ses pieds, la terre était dure. Le frère herboriste n'y avait plus touché depuis des lustres. Quand Ludérik avait demandé à frère Naudin où se trouvait son prédécesseur, le moine avait tiqué du bout des lèvres avant de murmurer, pour toute réponse : « Il nous a quittés. » Le garçon se dirigea vers le canal de pierre qui transportait l'eau de la première cascade. Il s'agenouilla près du courant pour se débarbouiller. L'odeur du charbon était entêtante, la suie lui piquait les yeux. Il songea que le vent d'ouest qui soufflait en continu sur Nantos mettait ses habitants à l'abri des fumées toxiques. Mais c'était pour le malheur des moines, contraints de vivre dans une atmosphère perpétuellement souillée.

Ludérik décida qu'il en avait terminé avec sa corvée

du matin et, comme frère Naudin n'était pas dans les parages, il en profita pour explorer l'ancienne église, creusée à même la roche. De forme allongée, la nef principale s'élevait à vingt mètres de hauteur. Sur le sol de pierre régulier, des bancs latéraux servaient lors des cérémonies.

C'est donc là que Randolf vient recueillir les serments des novices…

Ludérik se jura de ne jamais plier l'échine devant celui qui vouait à son père une haine sans bornes. Sur les murs autour de lui, les fresques peintes s'étaient diluées avec le temps et l'humidité, se teintant d'une uniforme couleur verdâtre. La plupart des vitraux avaient disparu, à l'exception d'une grande rosace. Ses fragments de verre, finement ouvragés, représentaient les personnages et les faits marquants d'une mythologie fondatrice du royaume. Ludérik n'eut aucun mal à en déchiffrer le fil, tous les enfants de Nantos avaient été bercés par cette légende.

Au centre, la scène décrivait Danna, la déesse albinos à l'origine du ciel, du soleil, du fleuve et de la jungle. Au-dessous, un vitrail rayonnant en colonne vers l'extérieur évoquait l'amour qu'elle porta à un jeune prince, Hannon. Elle était descendue sur terre sous la forme d'une sylphide albinos pour le rejoindre. Deux garçons naquirent de leur union : Tial, qui deviendrait un adolescent beau et doux, et Gator, que la nature avait doté d'une tête de saurien. Objet de moqueries et persuadé que Danna lui préférait son frère, il devint jaloux et son cœur se remplit de haine. Un jour, il défia Hannon et le tua avant de cacher son corps dans les marais. Apprenant la nouvelle, Danna fut accablée de colère et de chagrin ; elle punit Gator en transformant le reste de son corps en crocodile et le condamna à vivre au fond du fleuve. On dit que depuis cette malédiction, les jours de pleine lune, les reptiles du fleuve n'attaquent pas les humains, car l'œil de la déesse les regarde. De pâles rayons recouvrent les mangroves, pareils à de longues mains argentées. Danna cherche le corps de son enfant chéri. Selon Hagen, cette légende expliquait pourquoi la secte de Gator détestait autant les albinos : Danna était à leur image et d'elle venaient toutes les souffrances du dieu saurien.

– Fini de jardiner ? lança une voix moqueuse dans le dos de Ludérik.

Perdu dans sa contemplation, l'adolescent sursauta. En se retournant, il vit un jeune moine qui se tenait dans l'encadrement de la porte de l'église, les bras croisés et le sourire narquois. Son crâne était entièrement tondu.

– Je suis frère Pariel, copiste et illustrateur de cartes au scriptorium. Content de voir un peu de jeunesse, ça va me changer.

Ne sachant quoi dire, Ludérik bredouilla quelques mots.

– C'est la règle du silence qui te fait peur ? Rassure-toi, nous sommes seuls. Et puis, les règles sont faites pour être contournées, tu t'en rendras vite compte, surtout avec ce bon frère Naudin. Il s'occupe de la discipline et fouetter les jeunes hommes est son grand plaisir. Pourtant, c'est le premier à fricoter à l'extérieur de l'abbaye.

Ludérik jeta un bref regard alentour puis lui fit signe de le rejoindre au fond de l'église. Ils seraient tranquilles pour parler.

– Tu as prononcé tes vœux ? lui demanda Ludérik.

L'adolescent s'exprimait avec une autorité naturelle, ce qui surprit le jeune moine. Il s'attendait à trouver un petit nouveau, apeuré comme l'étaient les autres.

– Depuis quelques mois, répondit-il. J'étais dans la salle capitulaire quand Naudin t'a présenté au prieur. Sais-tu que nous sommes les deux plus jeunes de tout Hautfond ?

Ludérik examinait le moinillon, songeur. Il le trouvait un peu trop démonstratif pour être honnête.

Et si c'était un piège que me tend le prieur ?

– Je suis de la lignée des Brycham, dit Pariel avec fierté. Et toi ?

– Maisonclair.

– Tu es de sang noble, alors. Voilà d'où venaient tes beaux vêtements. On raconte que les Maisonclair sont rompus au maniement des armes et qu'ils sont au service de la garde depuis plusieurs générations.

– Donne-moi une épée et je te montrerai s'il y a du vrai dans cette rumeur, lâcha Ludérik d'un ton laconique.

Voyant que le jeune moine ne comprenait pas la plaisanterie, il ajouta :

– Aujourd'hui, nous ne sommes plus que des moines sans héritage.

– Parle pour toi, répliqua frère Pariel. Je n'ai pas l'intention de perdre ma jeunesse dans ce lieu oublié. Si je suis là, c'est parce que ma famille a contracté de lourdes dettes. Les Brycham sont d'illustres administrateurs, à commencer par mon père : Senaculus, le grand intendant. C'est lui qui a ouvert la mine d'émeraude.

– Sur l'île du Malheur ?

– Oui, mais la direction de la mine lui a échappé et… des difficultés l'ont contraint à recourir à mes services. Par chance, je suis doué en calligraphie et mes études me permettent d'interpréter de nombreuses cartes, y compris celles qui sont codées. En ces murs, je ne travaille pas pour rien et mon père compte sur mon efficacité pour renflouer ses caisses.

Ludérik fronça les sourcils.

– Tu veux dire que tu es coincé ici jusqu'à ce que la dette de ton père soit effacée ?

– Exactement. À chaque carte que je copie, l'équivalent en ducats d'argent est placé dans une caisse dont moi seul ai la clef. Je travaille vite et bien et dans quelques semaines à peine j'aurai accumulé l'argent nécessaire pour mettre fin aux ennuis de mon père. Adieu, les vioques. À moi la liberté !

Ludérik opina de la tête.

– Je comprends mieux ton attitude par rapport au règlement.

– Je suis doué et Hautfond a trop besoin de mes talents pour me chercher des noises avec ces foutues règles.

Ludérik voyait que les yeux de Pariel étaient gonflés d'orgueil. Ce dernier ajouta :

– Quand le compte sera bon, je ne resterai pas ici une minute de plus.

Déjà fatigué des fanfaronnades du jeune moine, Ludérik fit quelques pas vers le fond de l'église. Il avait remarqué une arcade.

– Où mène ce passage ?

– C'est la crypte, je vais te montrer. Mais fais attention, les marches sont glissantes.

Ludérik entra dans une pièce de forme rectangulaire, entièrement taillée dans la falaise. Il distingua dans le demi-jour huit colonnes rangées en deux lignes parallèles et, sur la gauche, une dizaine de dalles couvertes d'inscriptions. C'étaient les tombes des moines décédés à Hautfond. Du côté droit de la crypte, face aux plaques de pierre, se trouvaient des alcôves tapissées de dessins macabres ; certaines étaient fermées par un mur de brique.

– Les reclusoirs, fit Pariel d'une voix sourde. Il n'y en a que trois d'occupés, comme tu peux t'en apercevoir. Ce qui laisse de la place… Un avertissement à l'attention de la communauté.

– De quoi s'agit-il ? murmura Ludérik.

– C'est ainsi que Hautfond punit les moines qui trahissent leur vœu ou qui enfreignent les règles. Faire sortir des cartes de l'enceinte du monastère est le plus grand des crimes. Pour les fous qui s'en rendent coupables, une seule sanction : la mort. Elle est horrible. Le coupable est placé à l'intérieur d'une alcôve et ses frères l'emmurent vivant. Il devient une Vigie, condamnée à veiller sur le repos de ses frères.

Ludérik fit un pas en arrière. Ce devait être son imagination, mais il aurait juré entendre une voix étouffée provenant de derrière le mur.

– Il est pratiquement impossible de voler des cartes au scriptorium, ajouta le jeune moine. Frère Naudin inspecte les robes des copistes avant qu'ils en franchissent le seuil et c'est lui qui ferme l'atelier en dernier.

– Et lui, qui le surveille ? demanda Ludérik.

Pariel lui jeta un regard complice.

– C'est là tout le problème, justement. Naudin ne rend compte qu'au frère prieur. Je me souviens que lorsque frère Gildas a été emmuré, ce dernier n'a eu de cesse de clamer son innocence. Et tu sais qui l'avait accusé de vol ?

– Frère Naudin ? osa Ludérik.

– Tu commences à comprendre la situation, le convers de l'abbaye est un vrai serpent. Je suis persuadé qu'il dérobe des cartes pour les revendre à prix d'or. Après tout, c'est le seul qui est autorisé à sortir de l'abbaye pour ravitailler la communauté ; il s'approvisionne sur les marchés de Marteau-Fendu. Tu verras qu'un beau jour il se sera volatilisé, parti profiter de son magot dans une cité de la côte, loin des miasmes des marais.

Ludérik sentait la pointe du soupçon lui titiller le crâne.

– Pourquoi me racontes-tu tout cela ? Tu ne me connais même pas. C'est un test ?

L'autre écarta cette remarque d'un revers de manche.

– Tu as faux sur toute la ligne, car même si l'accès m'en est interdit, j'ai la possibilité de consulter certains ouvrages de la bibliothèque et je sais que l'un d'eux parle de ton père : Hagen de Maisonclair !

Une main de glace se referma sur le cœur de Ludérik.

Ainsi donc, il sait depuis le début !

Pariel poursuivit :

– J'ai parcouru *Les Chroniques d'Isidargues*, et un chapitre est consacré à la garde : nomination et rang des officiers, détails sur leurs origines. Le nom de ton père est sur la dernière page, c'est pour cela qu'il m'est resté en tête. On raconte comment il a aidé Dankrad à renverser Marnor patte velue, l'ancien monarque.

Ludérik coupa le moine en l'attrapant par l'encolure.

– Mais que cherches-tu, à la fin ? Tu veux me dénoncer à frère Naudin pour qu'on m'enferme dans un reclusoir, moi aussi ?

L'autre éclata de rire et le son se répercuta dans toute la crypte.

– Je sais que tu n'as pas l'intention de prononcer tes vœux ni de moisir à Hautfond pour le restant de tes jours. Les rumeurs de Nantos viennent jusqu'ici, figure-toi. La tête de ton père est mise à prix par la guilde de Fer. Si je le voulais, je pourrais te dénoncer et empocher une coquette somme, de quoi solder les dettes de mon paternel.

Le visage de Pariel était devenu grave.

– Mais je ne le ferai pas, car nous pouvons nous entraider. Je t'ai dit que mon père avait des engagements, c'est la vérité. Mais il y a pire. À l'heure où je te parle, il s'échine dans la mine d'émeraude comme un esclave. On l'a accusé d'avoir mal géré l'exploitation, d'avoir détourné de l'argent. C'est forcément un complot, mais le temps presse, j'ai peur qu'il ne meure comme un rat.

Un bruit dans l'église les fit taire. Ils se dissimulèrent dans le renfoncement d'une alcôve et attendirent, le cœur battant.

Le silence retomba.

Pariel profita qu'il se tenait contre Ludérik pour lui murmurer à l'oreille :

– Je veux savoir si mon père est vivant. Aussi, je t'aiderai à t'enfuir pour que tu le retrouves. Quelques ducats d'argent suffisent pour négocier avec les mercenaires. Une plus grande ration de nourriture, une gourde d'eau supplémentaire et même une cellule individuelle. De quoi survivre plus longuement. Trouve dans quelle partie de la mine mon père est détenu et graisse la patte à ses gardiens, le temps que je sorte de l'abbaye. Ensuite, je rachèterai sa liberté.

– Mais pourquoi attendre ? s'étonna Ludérik. Tu sembles connaître Hautfond comme ta poche. Tu n'aurais aucun mal à t'évader.

Le visage du frère copiste se rembrunit.

– Ce n'est pas si simple. Il n'existe qu'un chemin pour s'échapper et il est dangereux. Moi, je suis lourd et lent. Je serai rattrapé avant d'avoir atteint Portbrume ; toi, tu es vigoureux et agile. Déserter le scriptorium est aussi grave que livrer des cartes à une cité rivale. Si j'échoue dans mon évasion, je finirai au reclusoir.

Ludérik ne savait quoi répondre. Fuir Nantos et retrouver son père était déjà bien dangereux. Mais atteindre une île située au milieu du fleuve, gardée par une armée de mercenaires, c'était pure folie. Pourtant, Pariel était son seul allié, il ne pouvait prendre le risque de le perdre.

– Je vais réfléchir à ta proposition.

L'autre hocha la tête.

– Nous aurons le temps de reparler de tout cela. Pour le moment, je te conseille de regagner ton potager, frère Naudin doit se demander où tu es passé.

Le soir venu, allongé sur son lit au milieu du dortoir et épuisé par sa journée de corvées, Ludérik entendait le souffle des autres moines qui roupillaient. Les pensées se bousculaient dans sa tête et il ne savait quelle attitude adopter. Se méfier du jeune moine et rester à l'écart des ennuis en espérant que Korak ne tarde pas à revenir était le plus sage. Mais il n'oubliait pas non plus les dernières paroles prononcées par son père sur la terrasse : « Trouve et récupère coûte que coûte un livre très précieux. À l'intérieur, un texte est consacré à l'*Abrazia liliale*. » Où pouvait bien se nicher cet ouvrage, si ce n'est à la bibliothèque ? Et qui d'autre, excepté Pariel, pourrait l'aider à mettre la main dessus ?

Une certitude l'assaillit. Tout seul, il n'y arriverait jamais.

II
LE CAUCHEMAR RAMPANT

NEIL

L'île du Malheur se trouvait en plein milieu du fleuve. C'était un vaste monolithe écrasé de soleil dont le promontoire était envahi par les rochers. Des centaines d'esclaves travaillaient dans la mine d'émeraude qui s'enfonçait dans les entrailles du bloc. Tous avaient commencé leur séjour sur l'île en débarquant sur la plage qui se trouvait au pied du versant nord. Un détachement complet de la guilde de Fer encadrait les captifs fraîchement arrivés. Non loin, au large, mouillaient les navires qui les avaient transportés. Les esclaves étaient majoritairement des Farouches, victimes de razzias opérées dans leurs villages. Après le débarquement, et pendant plusieurs heures, des palabres occupaient les marchands, les ingénieurs de la mine et les trafiquants venus de tout le royaume en quête d'une bonne affaire. Les uns cherchaient des bras vigoureux pour tenir des pioches et extraire l'émeraude des parois de schiste, les autres, des forçats pour alimenter les fourneaux de la zone interdite. Pour l'entretien des machineries aux rouages délicats, les petites mains des jeunes enfants étaient privilégiées. Les femmes, quant à elles, étaient réservées pour les harems de la côte.

Les esclaves étaient mis à genoux dans le sable et attendaient leur sort. Les mercenaires étaient vigilants quand venait le moment de séparer les enfants des parents ; il fallait souvent jouer du fouet pour étouffer dans l'œuf tout début de rébellion.

Si des albinos étaient au nombre des captifs, il pouvait arriver qu'un marchand pressé, coutelas au poing, arpente les rangées en quête d'une amulette. Il désignait un malheureux à la peau d'albâtre qu'il faisait mettre à l'écart, bras tendu sur un rocher ou bouche ouverte. Tranchant dans le vif, il récoltait un pouce, une main ou quelques dents, destinés à une parure, un bijou ou la garde d'une lame. Parfois, il s'agissait d'une commande pour compléter les ingrédients d'une préparation occulte.

Neil, un adolescent captif ramené de Nantos, avait été le témoin d'une de ces scènes barbares, mais il n'avait pas cillé. D'un naturel distant, il n'aimait guère se mêler des affaires des autres. Il attendait que finisse le calvaire de cette première journée, passée sous un soleil de plomb. On expliqua aux nouveaux venus de quoi seraient faites leurs journées, désormais : travailler comme des forçats dans l'immense termitière que formait la mine d'émeraude. Ceux qui flanchaient seraient jetés au fleuve, depuis une plateforme de roche qui s'avançait au-dessus des eaux grises. Les corps serviraient de déjeuner aux sauriens qui abondaient dans cette partie du fleuve. Même chose avec les morts : creuser des tombes était une perte de temps, on se débarrassait des cadavres par le même chemin.

L'adolescent n'avait pas tardé à comprendre pourquoi personne ne s'évadait jamais de l'île du Malheur. Le fleuve et ses eaux en furie rendaient la fuite impossible et le labeur était trop éreintant pour que les esclaves puissent nourrir l'espoir d'une révolte.

Aux dernières lueurs du jour, le soleil relâcha son étreinte implacable sur les hommes. Tous mouraient de soif et des geignements parcouraient leurs rangs. Ils purent abandonner leurs outils et se traîner en titubant vers le campement où ils reçurent de l'eau et une maigre pitance.

Les esclaves logeaient sur la plateforme, dans de curieuses cellules alignées les unes à côté des autres, composées de murs épais et dont l'entrée était fermée par une porte en fer. En guise de toit, une lourde grille et, tout autour, un chemin de ronde avec une rampe en bois d'où les sentinelles avaient une vue plongeante sur l'intérieur des mitards.

Les esclaves enchaînés pouvaient néanmoins s'allonger, avec pour tout matelas la poussière et la pierre du sol.

Neil était un adolescent de grande taille, large d'épaules, à la crinière brune et hirsute. Son regard taciturne était plongé dans de douloureux souvenirs. Son menton et ses joues étaient presque imberbes et, sans cela, on lui eût donné dix années de plus. Ses mains étaient protégées par des gants en cuir et le dernier qui avait tenté de les lui dérober en conservait un souvenir cuisant.

Une fois la nuit tombée, le garçon apercevait le ciel immaculé à travers les barreaux. Certains prisonniers avaient perdu la raison ; on les entendait proférer un mélange de hurlements et de caquètements qui glaçaient le sang. Au loin leur répondaient le sifflement d'une harpie féroce ou le jacassement des singes qui colonisaient une forêt de palmiers.

Neil sentit du bout des doigts le collier de bronze qu'on lui avait solidement attaché autour du cou, et sur lequel était poinçonné un symbole étrange. Il sut plus tard que c'était l'emblème du nouveau gouverneur de l'île, Arnizan de Vellinus, un riche marchand qui avait fait fortune dans le charbon. Une inscription gravée dans le mélange de cuivre et d'étain disait : « Attrape-moi, car je suis en fuite. Mon maître est Vellinus. »

Il y avait aussi ces lanières de cuir épaisses qui lui enserraient les chevilles, desquelles pendaient des grelots. Ils servaient à ameuter les guetteurs aveugles qu'on postait aux quatre coins de l'île. D'anciens esclaves pour la plupart qui ne pouvaient désormais espérer survivre qu'en jouant les vigies. À chaque bruit suspect, ils donnaient l'alerte en frappant une cloche en bronze.

Durant les jours qui suivirent son arrivée, Neil se familiarisa avec son nouvel environnement. Sur le rocher, les esclaves se partageaient en trois catégories. La première, majoritaire, composait les rangs des forçats : ils descendaient dans les profondeurs de la mine à bord d'une nacelle qui empruntait le puits d'aérage principal, large de dix mètres. Elle s'arrêtait à différents paliers, chacun conduisant à son propre réseau de tunnels. Plus on s'enfonçait sous terre, plus la chaleur était suffocante. Les esclaves n'avaient droit qu'à une gourde d'eau et quelques-uns portaient un masque de fer, mais Neil ne trouva personne pour lui expliquer l'utilité de ce châtiment. À en juger, il devait à peine permettre de respirer. Dans la mine, le travail consistait à attaquer les parois de schiste en quête de veines de calcite. Les bruts d'émeraude étaient ramenés à la surface en fin de journée par les esclaves, minutieusement fouillés avant qu'on ne les laisse regagner leurs cellules.

Plus chanceuse était la catégorie affectée à la roue des larmes. Bien que harassant, ce travail se déroulait en plein air. Là, on ne risquait pas de mourir dans un effondrement de galerie, un accident de nacelle ou suite à l'explosion d'une poche de gaz souterraine. La besogne imposait de pousser une poutre qui tournait le long d'un axe ; elle entraînait une vis sans fin dont le mouvement de rotation se transmettait à plusieurs engrenages qui actionnaient un immense soufflet. Ce dernier envoyait de l'oxygène dans le puits d'aérage et les conduits en fonte qui alimentaient les galeries. Sans la roue, la mine ne pouvait pas fonctionner. Il suffisait qu'elle s'arrête cinq minutes pour qu'aussitôt l'atmosphère au fond des boyaux devienne délétère.

La dernière catégorie concernait les minouches, de jeunes esclaves élevés au rang de domestiques. Ils travaillaient dans la demeure du gouverneur. La besogne était infiniment moins pénible que dans la mine ou sur la roue ; ils étaient vêtus convenablement, vaquaient à des occupations d'intérieur à l'abri du soleil et dormaient dans des cases situées derrière la villa, au bout d'une terrasse en marbre agrémentée de pots remplis d'arbustes tropicaux. Les minouches étaient jalousés par tous les autres esclaves et se gardaient bien de traîner du côté du campement. La seule chose qu'ils redoutaient, c'était l'épouse du gouverneur, une grosse femme poudrée du matin au soir qui ne se déplaçait jamais sans ses servantes, de petites orphelines qui agitaient des éventails pour lui épargner les effets de la chaleur. Leur maîtresse geignait sans cesse, regrettant Propolis et trouvant la vie sur l'île bien trop ingrate pour une femme de sa condition. Elle faisait donner le fouet pour un oui ou pour un non, et tous les minouches la craignaient.

Un haut mur d'enceinte faisait le tour de la villa, de telle sorte que la propriété vivait à l'écart de la mine et de ses drames.

Neil n'oublierait jamais sa première descente dans la fosse. Le grincement de la nacelle, et ce silence dans les profondeurs du puits. Il avait progressé dans un dédale de couloirs tortueux et oppressants, croisant des gamins hallucinés de fatigue et couverts de poussière de silice. De vrais morts-vivants…

Dès lors, son univers s'était singulièrement rétréci. Fini les grands espaces aperçus depuis la plateforme : les clochetons de Nantos au nord, la jungle au sud et les eaux grises du fleuve. Juste le martèlement des pioches, les plaintes des prisonniers et, comme en écho, les claquements d'un fouet joints aux vociférations des gardes. Parfois, il entendait un désespéré qui sanglotait dans le noir. Alors, le cœur de Neil se remplissait de haine.

Au fond de la mine, il perdait la notion du temps. Chaque fois qu'il serrait sa pioche et malgré les gants de cuir, ses paumes rongées par l'acide lui rappelaient son ancienne vie.

Seule l'idée de fuir l'empêchait de perdre la raison.

Une perspective vague et folle à la fois.

Un soir, alors qu'il s'apprêtait à rejoindre la nacelle,

un long cri sortit des ténèbres. Il provenait d'un tunnel, non loin. La scène qui s'ensuivit, jamais Neil ne devait l'oublier. C'est à cette occasion qu'il entendit parler pour la première fois du cauchemar rampant.

LUDÉRIK

Frère Naudin lui avait demandé de balayer la nef de l'église. Le vent sifflait dans l'édifice, charriant suie et feuilles mortes. Quelques semaines plus tôt, une harpie féroce s'était retrouvée enfermée par inadvertance dans l'église. Elle était convoitée par un mâle qui avait fracassé les vitraux pour la rejoindre à l'intérieur. Ces grands aigles forestiers étaient l'emblème de Château-Doré. Malgré les dégâts qu'ils occasionnaient durant les périodes de reproduction, il était interdit de les chasser. Ces prédateurs redoutables pouvaient peser une dizaine de kilos à l'âge adulte et n'hésitaient pas à s'attaquer aux ragondins géants. Avec leurs serres et leur bec aiguisés, ils fondaient sur leur proie en émettant un cri qui semait l'effroi parmi les créatures des marais. La seule raison pour laquelle les habitants de la cité les appréciaient.

Ludérik passa deux bonnes heures à balayer. Puis le convers vint lui signaler qu'il était l'heure de déjeuner.

Au moment où ils approchaient du réfectoire, le moine le prit à part et lui dit sèchement :

– Ne crois pas une seconde que je n'ai pas remarqué ton petit manège avec le frère copiste. Je sais que vous avez comploté dans l'église.

Ludérik voulut s'expliquer, mais le vieillard pointa un doigt chenu vers son torse.

– Laisse-moi te dire une bonne chose, dans ton intérêt. Frère Pariel fait le coup à tous les nouveaux arrivants ; il leur raconte qu'il est issu d'une grande famille et qu'il n'est là que pour amasser des ducats avant de s'en aller comme bon lui semble. Il est bouffi d'orgueil et croit qu'il est à l'abri du règlement et de mon martinet. Mais ce sont des mensonges et il n'y a que les novices pour prêter l'oreille à ces calembredaines. Frère Pariel ne quittera jamais cette abbaye, il a prononcé ses vœux. Il demeurera ici, quoi qu'il s'imagine. Au début, je le corrigeais pour le punir de monter le bourrichon aux nouveaux. Mais avec le temps, je me suis rendu compte qu'il délirait. Ce pauvre garçon croit sincèrement ce qu'il raconte, c'est bien triste. En lui prêtant ton oreille, tu lui fais plus de mal qu'autre chose.

Plus tard à table, Ludérik aperçut le visage enjoué de frère Pariel qui lui faisait un clin d'œil. La scène était surréaliste, car au même moment, en bout de table, le frère convers le toisait avec aigreur.

Le garçon ruminait tout en avalant sa soupe.

C'est peut-être vrai, après tout. Et s'il était fou ? Dire que j'ai cru à ce qu'il me racontait. Comme j'ai été bête !

Le plus ennuyeux dans l'histoire, c'était que Pariel connaisse sa vraie identité. Comment s'assurer qu'il ne le dénoncerait pas à la première occasion, racontant que Ludérik était le fils du régicide, l'homme le plus recherché de tout le royaume ? Cette question le tarauda durant tout le repas.

Il consacra l'après-midi à ranger la réserve. Les étagères étaient pleines de salaisons, de fruits et de légumes, certains déjà rabougris.

Ludérik transportait un bocal plein de cornichons quand la voix du moine copiste le fit tressaillir. Décidément, il avait le chic pour le surprendre chaque fois.

– On dirait que tu m'évites, dit Pariel.

– Laisse-moi tranquille, je ne veux pas d'ennuis.

L'autre en resta coi.

– Des « ennuis » ? Tu penses les éviter en me tenant à l'écart ? Ce sera tout le contraire ! Je suis le seul à qui tu peux te fier.

Ludérik serrait les poings, rageur.

– En ce cas, prouve-moi que tu es sincère, que tout ce que tu m'as raconté est vrai. Les reclusoirs et tout le reste.

L'autre parut réfléchir.

– Tu veux des preuves ? Très bien, alors écoute celle-ci. Tu vas passer tes journées à remettre sur pied les plantations du potager. Veux-tu savoir ce qui est arrivé à ton prédécesseur, frère Mathias l'herboriste ? Officiellement, il est mort piqué par une plante vénéneuse. Le vent en aurait déposé les graines dans son lopin de terre et la plante aurait poussé sans qu'il la remarque avant de le piquer à la cheville. Couic ! On l'a fait inhumer au plus vite et seuls trois moines assistèrent aux obsèques : Naudin, Ganval et Melmoth, le frère bibliothécaire. Ceux-là sont complices de tout ce qui se fait de louche à Hautfond !

Ludérik inspecta la cour. Frère Naudin n'était-il pas en train de les épier ?

Le copiste parlait avec une pointe de fièvre dans la voix.

– Les autres moines les craignent et personne n'a osé demander pourquoi aucune des dalles de la crypte ne portait le nom de Mathias. La vérité, c'est qu'ils l'ont tué avant de faire disparaître son corps. À Hautfond, les fortes têtes finissent ainsi.

Ludérik ne savait qui croire. Le copiste ou le convers ? Ils semblaient tous les deux dérangés. Peut-être que cette abbaye était l'antre de la folie ?

Encore quelques mois à ce régime et toi aussi tu battras la breloque ! lui susurra une petite voix dans sa tête.

Il jeta sur le copiste un regard méfiant.

– Comment peux-tu savoir tout cela, s'il n'y a pas eu de témoins ?

– Le scriptorium se trouve en hauteur, dans une ancienne grotte située à l'aplomb du cloître.

– On y accède en montant vers le dortoir ?

– Oui, en empruntant le même escalier. Comme mon chevet de travail fait face à une fenêtre, j'ai une vue plongeante sur tout le plateau. Je t'ai vu arriver l'autre jour, par l'escalier à flanc de montagne. Le jour où le frère a disparu, j'ai remarqué Naudin et Melmoth qui tiraient un gros sac vers le portail d'entrée. C'était certainement la dépouille du malheureux. Ensuite, ils l'ont balancé dans la cascade comme une vulgaire charogne.

D'où ils étaient, les deux garçons entendaient le bruit de l'eau qui chantait dans la rigole et le mouvement de la roue qui brassait le courant.

– Il faut que tu partes d'ici le plus vite possible, lança Pariel, mon père ne tiendra pas le coup longtemps. Tu dois me croire quand je te dis que nul novice, nul moine ne peut s'enfuir sans risquer sa vie. Je suis ton unique chance de t'en sortir.

Voyant que l'autre hésitait encore, le jeune moine abattit sa dernière carte.

– Aide-moi à sauver mon père et je t'aiderai à retrouver le tien.

Ludérik entendait bien garder l'initiative. Il fit un signe de la tête pour marquer son approbation, non sans ajouter :

– Je ne partirai pas d'ici sans un ouvrage rangé quelque part dans la bibliothèque. Tu penses pouvoir m'aider à le récupérer ?

Pariel était stupéfait.

– Tu déraillles ? Le règlement interdit de sortir un ouvrage du cabinet de lecture. Sinon, c'est le martinet direct !

Ludérik sourit. Il avait passé l'âge des fessées.

– Alors c'est là qu'il me faut aller.

Frère Pariel secoua la tête. Ce garçon ne manquait pas de détermination.

– Tu crois que c'est si simple ? Seuls trois frères peuvent consulter les livres de la réserve.

Ludérik se gratta le bas du menton.

– Laisse-moi réfléchir : les trois comploteurs ?

– Tout juste. Et concernant la bibliothèque, elle se trouve dans une salle creusée dans le flanc de la montagne. On y accède par la crypte.

– Où se trouve-t-elle, exactement ?

– Dans le cellier.

– Tu peux être plus clair ? demanda Ludérik.

– À l'intérieur du cellier se trouvent quatre grands tonneaux disposés contre le mur. L'un d'entre eux est creux : il conduit à une galerie remplie de toiles d'araignées, une espèce troglodyte dont la soie est jaunâtre. L'astuce, c'est qu'on ne peut accéder à la bibliothèque sans barbouiller sa robe de filets collants. Un bon marqueur pour désigner les frères trop curieux !

Ludérik se souvint de la première image qu'il avait eue de frère Melmoth : un vieux moine à la bure crasseuse.

Ainsi, ce qu'il avait pris pour des ronces ou de la sève, c'était l'œuvre des arachnides.

– Comment faire ? s'interrogea Ludérik à voix haute. Difficile de s'y rendre sans attirer l'attention. La nuit, on ne peut pas quitter le dortoir sans se faire remarquer et, durant la journée, frère Naudin ne me lâche pas d'une semelle.

Pariel regardait en direction du potager, songeur.

– J'aurais bien un plan, mais je dois vérifier une ou deux choses avant. Avec un peu de chance, ça pourrait marcher.

NEIL

Les esclaves firent cercle autour d'un cadavre gisant dans la poussière.

C'était l'un des leurs.

À l'évidence, ce n'étaient pas les cicatrices zébrées dans son dos ni la marque des coups sur son visage qui l'avaient tué. C'était quelque chose d'autre. Quelque chose qui lui avait brisé les membres comme du bois sec et avait fait éclater les os de sa cage thoracique. Elle était tout enfoncée, comme si un gorille l'avait entraîné dans une danse macabre avant de l'enlacer mortellement. Un des gardes se pencha vers le visage et sa lanterne éclaira la langue du malheureux qui sortait de sa bouche ; il ressemblait à ces pendus qu'on laissait accrochés aux gibets de Nantos.

Le cadavre réveillait des peurs anciennes et superstitieuses dans les rangs des esclaves, et certains se mirent à pousser des cris hystériques. « Cauchemar rampant ! Cauchemar rampant ! » glapit l'un d'entre eux, et le mercenaire, un instant décontenancé, usa de son fouet pour les faire refluer vers l'arrière.

Neil recula dans l'ombre et s'y cacha. Il en profita pour examiner les lieux. La cavité où il se trouvait était plus humide que tous les autres tunnels qu'il avait connus jusqu'alors. Il vit de la moisissure et des champignons sur les murs : une espèce phosphorescente. Et sur le sol, un mélange de boue et de glaise sur lequel une chose large et pesante avait glissé. Il fit quelques pas dans un tunnel qui descendait en pente douce. L'air était frais et la végétation s'accroissait sur les parois. Bientôt, une odeur iodée lui monta aux narines.

Et si ce passage conduisait au fleuve ?

Dans le crépuscule, les feux des gardiens crépitaient et le fumet de viande grillée qui s'échappait des brochettes tourmentait l'estomac des esclaves. Alignés en rangées devant leur cellule, chaînes aux poignets, les prisonniers devaient se contenter d'un potage d'eau tiède où flottaient quelques légumes rachitiques. Ils ingurgitaient le tout à grandes lampées. Quelques adolescents, la peau cuivrée par le soleil, n'avaient pas de chaînes aux pieds. Ils déambulaient librement parmi leurs congénères et se baissaient, de temps en temps, pour piocher avec leur écuelle des portions de soupe dans les bols en bois d'autres esclaves. Ceux qui étaient lésés se contentaient de serrer les dents, regardant droit devant eux.

– Pourquoi font-ils cela ? demanda Neil à un jeune adolescent assis à côté de lui.

Il ne devait pas avoir douze ans et son corps était maigre à faire peur. Il s'était dépêché d'enfourner sa ration.

– Ils ont la chance de ne pas travailler dans la mine ; ils poussent la roue des larmes, dit-il à voix basse, c'est grâce à eux qu'on peut respirer là-dessous.

– Je ne comprends pas, grommela Neil.

– Ils profitent de la situation ; si on ne les laisse pas prendre « leur part » dans notre bouffe, ils ralentissent le mouvement de la roue et c'est nous tous qui suffoquons. Tu vois, ils nous tiennent par l'oxygène. On ne peut rien y faire.

Neil suivait leur manège du coin de l'œil.

– Les gardiens laissent faire ?

– Ils ne se mêlent pas des affaires des esclaves ; tant que les éclats d'émeraude remontent dans les paniers… Ces garçons sont vicieux. Une fois, l'un d'eux a simulé un malaise pour punir un groupe qui avait osé protester. La roue n'a cessé de tourner qu'une minute, mais pour nous au fond, ce fut interminable.

Le gamin avait à peine fini de parler qu'un des pousseurs, large d'épaules et les bras noueux, se planta devant lui. Ses yeux luisaient d'un éclat mauvais.

– Tu as déjà terminé ? Et ma part, sale lardon, où est-elle ?

L'autre était tétanisé.

– Tu l'as fait exprès !

Il lui décocha un violent coup de pied dans le ventre. Le garçon se plia en deux sous l'effet du choc et son visage vira au rouge. Le pousseur éructait de rage ; il tourna autour du gamin et ajusta son geste pour le frapper de nouveau, en pleine tête. Il prit son élan, mais son coup ne porta jamais. Quelque chose lui avait brutalement saisi le pied. C'était la main gantée de Neil. Les muscles saillants de son bras témoignaient de sa force. D'un mouvement sec, il renvoya le pied en arrière et le grand s'étala de tout son long.

Au bruit qu'il fit en tombant, les autres esclaves tournèrent la tête dans leur direction. Ils étaient frappés de stupeur.

Neil ne laissa pas au costaud l'occasion de retrouver ses esprits, il bondit sur lui à la vitesse d'un tigre et utilisa la chaîne qui reliait ses deux poignets pour l'étrangler. Il était couché sur lui et maintenait sa prise, sans cesser de fixer ses congénères. Les surveillants, blottis autour du feu, n'avaient rien remarqué. Dans les yeux de Neil brûlait une détermination farouche. Il avait grandi sous la trique et ce qu'il connaissait de l'existence se résumait en un mot : survivre. En lui couvait l'instinct d'une bête sauvage qui n'accordait sa confiance à personne.

Les autres reculèrent.

Alors, Neil se pencha vers l'oreille du garçon à la peau tannée et, relâchant imperceptiblement sa prise, lui murmura quelques mots. Puis il le libéra de son étreinte et plus jamais lui ni aucun de ses acolytes ne revinrent piocher dans la gamelle du gamin.

LUDÉRIK

Cette nuit-là, Ludérik rêva de la princesse Elanée. Depuis sa fuite de Château-Doré, c'était la première fois qu'il repensait à elle. Que lui était-il arrivé depuis que son père avait été retrouvé mort ? Qu'avait-elle pensé, quand le détestable Randolf était venu lui annoncer que c'était Hagen qui avait ôté la vie à celui qu'elle chérissait le plus au monde ? Avait-elle brandi le poing vers le ciel en maudissant Ludérik ? Cette évocation lui perça douloureusement le cœur. Et que ferait Thibault, une fois sur le trône ? Le roi Dankrad n'avait jamais caché qu'il préférait Elanée à son frère. Elle était d'une intelligence vive, quoiqu'un brin rebelle, avec sa passion pour les machines volantes et tout ce qui concernait les sciences, des domaines réservés aux hommes. Qu'allait-elle devenir face à ce frère qui la jalousait ?

Ludérik se faisait du souci pour elle. Il aurait donné cher pour la revoir et se tenir un moment à ses côtés, comme lorsqu'ils jouaient, enfants, dans les jardins de

Propolis ou dans les mausolées labyrinthiques de la grande terrasse, là où son père lui avait révélé le secret de sa botte.

Il sentit à travers les brumes du sommeil une araignée velue qui remontait sur son épaule. Il se redressa brutalement sur sa couche et vit que c'était la main du frère copiste qui l'avait réveillé.

– Chut… fit-il en plaçant un index sur ses lèvres. Lève-toi et suis-moi sans un mot.

Il faisait nuit noire, les moines ronflaient bruyamment. Les deux silhouettes traversèrent le dortoir et descendirent dans le cloître ; la lune projetait leurs ombres sur les colonnes gothiques.

– Que dira-t-on si on nous attrape dans la cour ?

Pariel ricana.

– Il y a peu de chances, j'ai drogué la soupe du soir. Ils ronflent tous comme des sonneurs.

Ludérik apprécia l'astuce.

– Voilà pourquoi tu étais volontaire au service. Tu t'es arrangé pour remplir les écuelles et mettre les nôtres de côté !

– Tu as tout compris. Quant à la potion, ma foi, travailler sur les cartes des Pisteurs m'a permis d'apprendre bien des choses sur les marais et ce qui y pousse. En observant le potager, l'autre jour, j'ai déniché une des plantes à fleurs roses qui affectionnent d'ordinaire les bords du fleuve ; j'ai reconnu une *Valeriana fortisia.* Ses propriétés somnifères sont redoutables. Et comme elle n'a aucun goût, nos chers frères ont eu droit à double ration !

Ils quittèrent le cloître et entrèrent dans l'église pour rejoindre la crypte. Une fois descendu dans le cellier, le copiste se dirigea à l'arrière d'un tonneau, se pencha et récupéra un sac de toile qui contenait deux robes de bure.

– Mets-en une à la place de la tienne. Cet après-midi, je les ai trouvées qui séchaient sur des pierres, près du moulin. Elles sont mouillées et elles empestent le charbon, mais au moins on ne salira pas les nôtres avec les toiles d'araignées.

Ludérik se déshabilla et enfila la robe. Le contact humide le fit frissonner ; la laine avait la consistance du vieux cuir.

Frère Pariel se plaça devant le deuxième tonneau en partant de la gauche. Ses mains tâtèrent la paroi avant de pousser le panneau qui s'ouvrit sur le côté. Le passage était libre. Ludérik s'attendait à un couloir plongé dans les ténèbres, mais il n'en était rien. Une ampoule pendait du plafond et diffusait une lumière tremblotante.

– C'est le moulin qui nous fournit l'électricité, fit Pariel. Grâce à lui, le scriptorium, la salle capitulaire et la bibliothèque sont éclairés en permanence. Cette technologie est l'œuvre du fondateur de l'abbaye : un riche savant qui a dessiné les plans du monastère ainsi que tout le réseau hydroélectrique. C'est notre ami le frère convers qui gère les réserves d'ampoules. S'il fallait les remplacer par des lampes à huile, l'air deviendrait aussi vicié à l'intérieur qu'à l'extérieur.

Le couloir se terminait par une porte en bois munie d'un anneau. Elle n'était pas fermée ; ils entrèrent dans la bibliothèque.

De forme rectangulaire, elle se trouvait sous terre, éclairée par de petites ampoules tremblotantes. Sur des tables au centre de la pièce étaient éparpillés des manuscrits aux couvertures taillées dans les matières les plus diverses : toile, bois, cuivre ou carton. Tous les sujets semblaient abordés, de la zoologie à l'art des combats aériens en passant par l'astronomie et la botanique.

Plusieurs tapisseries pendaient aux murs ; elles étaient très anciennes et décrivaient le monde d'avant. Les couleurs passées laissaient entrapercevoir une sorte de grande grue posée près d'un fleuve, beaucoup moins large que celui qu'ils connaissaient, mais aussi la silhouette d'un animal mécanique géant muni d'oreilles immenses, de deux dents proéminentes à l'avant et d'une sorte d'appendice accroché à sa gueule. Il y avait aussi un château et des édifices inconnus, témoignant d'un savoir architectural raffiné.

Des rayonnages couraient tout le long des murs ; certains croulaient de textes, d'autres étaient pratiquement vides.

– Par où commencer ? lança Ludérik avec une pointe de découragement.

– Si tu me disais ce que tu cherches ? répliqua le frère copiste.

– Un ouvrage sur l'*Abrazia liliale.*

– Voyons l'étagère consacrée à la botanique.

Ils la trouvèrent dans un renfoncement. La collecte fut maigre : à peine quelques herbiers aux bords moisis. Il y avait aussi un carnet qui contenait une liste de potions et de recettes, ainsi que des illustrations peintes à la main. On voyait toutes sortes de plantes dont certaines étaient tristement connues des marais : roseaux du chagrin, fougères acides, orchidées voraces, buissons tiges-lames…

Ludérik tournait fébrilement les pages quand son regard tomba sur une fleur à la beauté troublante. Son pédoncule était blanc comme le lys et ses pétales, d'un pourpre foncé, s'ouvraient en corolle majestueuse. L'*Abrazia liliale* était représentée au sommet d'une fougère arborescente géante. Dans la marge, un numéro indiquait le rayonnage où se trouvait l'ouvrage décrivant le végétal. À eux deux, les adolescents mirent une bonne dizaine de minutes avant de repérer l'étagère et la boîte.

– Un coffre de sûreté ! gémit Pariel.

Ludérik demanda où était le problème et le frère copiste désigna la serrure.

– Elle est forgée en ludium, dit-il, un métal rare et

incroyablement résistant. Les cartes les plus précieuses du scriptorium sont rangées dans des tubes du même matériau.

– On ne peut pas la forcer ?

– C'est peine perdue. Je connais ce style de coffres, ils sont fabriqués par les meilleurs artisans du roi et contiennent souvent des objets de valeur. Le bois est du cimecorce, il résiste au feu et à la hache. Quant au ludium de la serrure, il s'effrite quand on l'attaque et dégage des poussières toxiques qui font saigner du nez. J'ignore quels maléfices se cachent derrière ceux qui fabriquent de tels objets, mais crois-moi, jamais on ne pourra l'ouvrir.

Ludérik caressa prudemment la serrure. Elle était vraiment étrange. Nul orifice destiné à recevoir une clef, juste une figure taillée dans le renfoncement du métal.

– Un sceau du Roy, murmura le jeune homme. J'en ai déjà vu au palais. On les utilise pour verrouiller des armoires, des coffres et même des livres munis d'un fermoir métallique. Seul le souverain peut en autoriser l'ouverture.

– Ton manuel doit être bien précieux pour qu'on l'enferme dans un coffre pareil !

Ludérik se mit en quête d'une lampe à huile qu'il approcha de la serrure pour en détailler la forme. Son cœur s'emballa.

Il jeta un coup d'œil à son compagnon, comme s'il

voulait sonder le niveau de confiance qu'il pouvait lui accorder, puis se décida à retirer le gant de sa main droite. Il vit sur la chevalière de son père le chaton plat gravé d'une vouivre ; l'escarboucle rouge brillait à la lumière d'une lampe. Il plaça la bague devant la serrure ; elle s'y logea parfaitement. Il poussa et un léger déclic se fit entendre.

Le coffre venait de s'ouvrir.

NEIL

Le lendemain, ils étaient de nouveau côte à côte pour avaler leur mauvaise soupe ; ce fut pour Neil et Till, l'adolescent chétif, l'occasion d'échanger quelques mots. Le second était originaire de Bassecombe, le quartier le plus misérable de Nantos, où pullulaient indigents, aveugles et autres parias. Tombé sous la coupe d'un chef de bande, il avait pendant des mois été envoyé avec son hérisson – une brosse installée au bout d'une perche – pour nettoyer les cheminées des maisons bourgeoises. Certains conduits étaient si étroits que seul un gosse famélique pouvait s'y engager. Son chef le nourrissait juste ce qu'il fallait car, pour continuer à se faufiler à l'intérieur, il ne devait ni grossir ni grandir trop vite. Un jour que la faim se faisait trop forte, il était descendu au port quémander un peu de poisson. Il espérait trouver un marin compatissant. Au lieu de cela, il était tombé sur des mercenaires en bordée et se retrouva vite enchaîné dans les cales d'un bateau à vapeur, en compagnie d'une douzaine d'enfants qu'on destinait aux mines d'émeraude.

Il était là depuis trois semaines et son seul objectif était de devenir minouche au domicile du gouverneur.

– Où sont tes parents ? lui demanda Neil, d'une voix rugueuse.

– Ma mère est morte à ma naissance et je n'ai pas connu mon père. Avec mes frères, on s'occupait des bûchers de Mortedune, le grand cimetière. C'est là que mon maître m'a trouvé avant que je devienne ramoneur.

– Mortedune… fit Neil, pensivement. On dit que les habitants brûlent leurs morts, car ils craignent qu'ils ne reviennent de l'au-delà pour réclamer des comptes aux vivants. Des imbéciles superstitieux ! Là où j'ai grandi, sur les bords du fleuve, on se contente de livrer les malades aux fleurs sanguines. Les plantes vampires s'en débarrassent aussi efficacement que le feu.

Le gamin restait silencieux et Neil poursuivit d'un ton monocorde. Cela faisait une éternité qu'il n'avait pas autant parlé.

– Mes parents étaient pratiquement aveugles et nous n'avions plus d'argent. Alors, ils m'ont vendu à un tanneur de Marteau-Fendu, le quartier des marchands. C'est à force de tremper mes mains dans des colorants et de la chaux diluée que je me suis ravagé la peau.

Maintenant elles sont brûlées et je dois porter des gants pour ne pas avoir trop mal.

Neil jeta un bref coup d'œil sur le cuir et les coutures, qui n'étaient pas toutes en très bon état.

– On m'a raconté que mes parents ont fini par s'allonger dans un de ces fichus champs de fleurs sanguines ; je pense qu'ils n'ont pas souffert.

Neil avait prononcé ces derniers mots sans émotion. Ses yeux étaient secs. Le chagrin était pour lui un sentiment trop ancien pour qu'il s'en souvienne.

La journée de travail s'achevait. Neil montra à Till un groupe de mineurs qui confectionnaient une statuette étrange. Elle était peinte de différentes couleurs et ressemblait vaguement à un humanoïde doté d'ailes membraneuses rappelant celles des chauves-souris, d'une tête allongée et d'une queue de lézard.

– C'est une évocation du cauchemar rampant, un seigneur-démon qui hante les profondeurs de l'île, murmura le gamin d'une voix blanche. Certains disent qu'il vit dans une grotte proche du fleuve et que des mineurs ont percé par imprudence un tunnel menant à son repaire. Depuis, il a faim. Lorsque des inondations envahissent les niveaux inférieurs, on prétend qu'il en est la cause. Certains esclaves se protègent en descendant travailler avec une statuette représentant le démon ; il y en a même qui se privent de nourriture pour lui faire des offrandes.

Neil n'ajouta rien. Pour lui, quelle que soit l'horreur qui se tapissait au fond du puits, rien ne pouvait être pire que de rester prisonnier de cette île.

Deux jours plus tard, avant que la nuit tombe, un gardien s'approcha des cellules. Les esclaves étaient enchaînés, les portes, fermées. De gros nuages noirs dressaient une couche menaçante au-dessus de leurs têtes et, bientôt, l'orage éclata. En guise de plafond, les grilles laissaient passer l'eau qui inondait les cases et transformait le sol en tourbe boueuse. Les malheureux étaient trempés jusqu'aux os.

Criant au milieu du déluge, un garde demanda s'il y avait des volontaires pour travailler dans les mines sombres. Visiblement, la découverte du cadavre avait semé la panique parmi les esclaves et le fouet ne suffisait plus pour les contraindre à descendre. Le gouverneur avait changé de stratégie : après le bâton, la carotte. Les recrues auraient double ration de nourriture et la possibilité de dormir sans chaînes.

En levant les yeux vers le ciel tourmenté, Neil se décida vite.

Les mines sombres se trouvaient au point le plus bas ; la nacelle descendait tout au fond du puits d'aérage et une galerie en pente conduisait les esclaves vers un nouveau réseau de tunnels fraîchement creusés. Ils desservaient des blocs de formation rocheuse en cours d'exploitation. Les malheureux affectés aux profondeurs devaient y rester une semaine sans pouvoir remonter. Passer autant de temps sous terre était éprouvant et certains y perdaient l'esprit.

Il n'y avait aucun réseau électrique dans cette portion des mines, d'où leur qualificatif de *sombres*. Pourtant, la présence de cristaux rayonnants coulés dans des plis de roche et l'étrange moisissure scintillante à poils bleus et jaunes qui recouvrait une partie des minerais offraient une clarté suffisante pour travailler.

Certains tunnels étaient envahis d'un ruban d'eau terreuse et débouchaient dans de grandes cavernes aux voûtes polies. C'est là que les mineurs étaient les plus nombreux. Pour les garder, nul sbire de la guilde de Fer, mais d'autres esclaves, évadés récidivistes, qui n'avaient échappé aux mâchoires des crocodiles qu'en acceptant d'être enterrés vivants, sans espoir de remonter un jour. Leur tâche était de surveiller leurs congénères. On les appelait Goules. Comme elles n'avaient plus rien à perdre, maltraiter les autres esclaves était devenu leur passe-temps.

L'une d'elles, Avinosh, était particulièrement sadique. C'était un homme aux membres puissants et velus. Ses yeux ressemblaient à ceux d'un rat et ses lèvres exprimaient une moue fielleuse. Il portait un gilet de cuir bouilli déchiré, laissant apparaître sur une épaule le tatouage de la confrérie du Crâne écarlate, un groupe de pirates et de scélérats qui avait concurrencé jadis, dans le commerce des esclaves, le puissant seigneur de Revosse, siège de la guilde de Fer. À l'issue d'une bataille navale de grande ampleur, la confrérie avait perdu et la vengeance de Voras lame rouge avait été terrible : de nombreux hommes furent jetés aux crocodiles et d'autres, vendus comme esclaves. Ce fut le cas d'Avinosh, qui depuis ruminait sa déchéance et faisait payer aux autres ses rêves de richesse enfuis.

Tous les soirs, les mineurs devaient empiler le collectage du jour dans un monte-charge qui redescendait ensuite avec les rations de nourriture. Comme à la surface, les Goules prélevaient leur dîme et les mécontents récoltaient des coups de fouet pour leur impertinence.

Neil se tenait à l'écart des pugilats entre esclaves et s'efforçait d'observer son environnement, en quête d'informations. D'où venait ce courant d'air ? Y avait-il un passage vers le fleuve ?

Les forçats dormaient dans des cavités aménagées dans la roche. Les entrées n'étaient pas fermées par des portes ou des grilles, à l'exception d'une seule, occupée par deux silhouettes dont le visage était dissimulé par un masque de fer. Ils participaient aux travaux comme les autres, mais du fait du simple orifice aménagé devant leur bouche, ils respiraient avec peine et devaient régulièrement s'arrêter pour reprendre leur souffle. C'étaient des prisonniers avec lesquels on ne devait pas communiquer, comme Neil l'apprit par la suite. Le masque de fer punissait ceux qui en étaient à leur deuxième tentative d'évasion – la première se soldait par une marque au fer rouge, alors que la troisième condamnait au grand saut : le malheureux était conduit sur la plateforme qui surplombait le fleuve et jeté aux crocodiles marins.

Un des deux hommes masqués était émacié, le corps couvert de boutons. C'était la victime attitrée des Goules qui lui volaient fréquemment de la nourriture.

Le masque n'était guère commode pour boire et il arriva qu'une fois Neil l'aide à tenir sa gourde.

– Merci, hoqueta le prisonnier en s'étouffant.

Il était surpris par ce jeune homme qui osait défier la loi des Goules.

– Depuis quand portes-tu cette chose sur la tête ?

– Trop longtemps, gémit l'autre. Les démangeaisons me rendent dingue. Et toi, qu'as-tu fait pour mériter les mines sombres ?

– Je suis volontaire, dit Neil à voix basse, volontaire pour m'enfuir d'ici.

L'homme au masque eut un brusque mouvement de recul.

– Tais-toi donc, sinon tu finiras dans la gueule d'un saurien.

Une Goule approchait ; ils se remirent à piocher jusqu'à ce qu'elle s'éloigne.

– Je pourrais te dénoncer, siffla le souffreteux sous son masque.

À ces mots, Neil saisit une des mains de l'homme et la retourna pour examiner ses ongles, étrangement colorés.

– Cette teinte jaunâtre, je l'utilisais quand j'étais tanneur. C'est la première fois que j'en vois dans la mine. Tu en as sous les ongles... Tu as creusé bien plus profond que je ne l'ai fait. Aurais-tu trouvé un passage qui s'enfonce au travers de la roche ? Un tunnel pour t'évader ?

L'autre tremblait.

– Ce n'est pas moi, chuchota-t-il, mais un esclave qui occupait ma cellule, bien avant que je prenne sa place. Selon ses dires, il aurait creusé durant des mois un tunnel qui mènerait droit vers un conduit de renouvellement d'air. Il m'a tout déballé avant de mourir d'épuisement.

Neil prit l'homme par une épaule et le tira à l'abri des regards, derrière une stalagmite grande comme un cheval.

– Si ce que tu dis est vrai, pourquoi es-tu encore là ?

L'esclave au masque soupira.

– J'ai essayé de m'enfuir, mais il y a un obstacle que je n'avais pas prévu. Après une bonne centaine de mètres, le conduit bute contre des rochers et, malgré le marteau et le burin que j'ai laissés dans le tunnel, je n'ai jamais eu la force de les casser.

Neil l'écoutait avec attention.

– Mais toi, tu es fort, dit l'homme en posant ses mains sur les épaules noueuses du garçon. Je t'ai vu utiliser ta pioche, tu fais des merveilles. J'ai aussi remarqué que les Goules évitent de te chercher querelle. À nous deux, nous pourrions y arriver !

Neil eut un geste d'indifférence, comme pour se donner le temps de réfléchir. S'encombrer d'un homme au bout du rouleau n'aiderait guère son plan.

– Il suffirait que tu me rejoignes dans ma cellule après une journée de travail et nous en profiterions pour filer.

– Et l'autre type masqué ? objecta Neil.

– Il ne cause plus depuis qu'il a perdu la raison, pas de danger de ce côté-là.

Neil n'était guère confiant. Il lança :

– Les Goules n'autorisent que deux prisonniers par cavité, que faire de lui ? Avinosh t'a à l'œil et jamais il ne me laissera passer.

Neil avait bien une idée, mais elle impliquait qu'il supprime le compagnon de cellule de son interlocuteur pour prendre sa place. Et tuer un innocent de sang-froid, il n'était pas sûr d'en être capable.

– D'accord pour tenter quelque chose, dit-il finalement. Si nous restons là, nous mourrons à petit feu.

L'autre approuva d'un geste de la tête.

– Quel est le nom qu'on te donne, ici ?

– Senaculus. J'étais le grand intendant de cette mine

avant de tomber dans un traquenard combiné par mon successeur, ce bâtard de Vellinus. Ces souterrains, j'en ai étudié tous les plans. Mon tunnel nous mènera tout droit vers la liberté, fais-moi confiance.

LUDÉRIK

La surprise fut à la hauteur de sa déception : le coffre était vide.

– Le livre a été volé ! pesta Ludérik. Qui possède ce genre de chevalière, à Hautfond ?

Pariel fit la moue.

– Le frère prieur et le frère bibliothécaire.

Ludérik n'arrivait pas à contrôler sa frustration.

– Mon père m'a demandé de trouver cet ouvrage à tout prix ! Je dois mettre la main dessus.

Ils cherchèrent encore, en vain. Pariel rappela que la drogue ne ferait effet que jusqu'au petit matin, ils devaient se dépêcher.

En remuant de la poussière au milieu d'une pile de parchemins, Ludérik tomba sur quelque chose d'intrigant. C'était un lourd manuscrit aux pages friables et brunies. La reliure était abîmée et la couverture en cuir représentait une lune au milieu d'un vitrail. Un titre fait de lettres ouvragées annonçait : *Confessions de frère Tibérian*. Elles étaient datées du troisième jour du cycle de Tarasque, année du serpent. Une étrange intuition lui fit tourner les pages. Une longue introduction à la plume narrait l'histoire de la construction de Château-Doré. Ensuite venaient des schémas compliqués et probablement le plan d'un labyrinthe. En manipulant le livre, un parchemin vierge glissa au sol ; il était dissimulé dans l'épaisseur de la couverture.

– Il faut partir sans plus attendre, gémit Pariel, sinon je ne réponds plus de rien.

Ludérik ramassa la feuille qui dégageait une odeur intrigante. Il la rangea soigneusement sous sa robe et ils s'en retournèrent à travers le passage envahi de filaments gluants.

Près du moulin, ils voyaient déjà l'aurore qui dressait sur la jungle une ligne pâle.

Frère Pariel posa une main sur l'épaule de Ludérik. Un geste affectueux.

– C'est maintenant que tu dois fuir.

– Et toi ? On te suspectera vite de m'avoir aidé, tu sais. Cette vipère de convers dira qu'elle nous a vus comploter.

Il secoua tristement la tête.

– Je te l'ai dit, je ne peux te suivre, le chemin que je vais t'indiquer est trop risqué. Je connais mes limites.

Ludérik essaya de le convaincre.

– Tu es condamné si tu restes !

– Frère Naudin se fera une joie de me donner du martinet pour le principe, répondit Pariel, mais les preuves ne seront pas faciles à réunir, d'autant que les deux frères dont j'ai emprunté la robe devront s'expliquer sur les toiles d'araignées qui les recouvrent ! Et puis, les autres ont trop besoin de mes talents de copiste. Le travail ne manque pas et tous ces vieux grincheux doivent l'honorer s'ils veulent que Nantos continue de les ravitailler. Tu as vu les réserves de nourriture ? Ce n'est pas à ton potager rachitique qu'on les doit. Hautfond n'existerait pas sans Nantos, et inversement. Ces cartes valent une fortune. Je ne parle même pas des lunettes d'émeraude, tous nos frères en sont dotés. Château-Doré en offre une paire à chaque novice qui prononce ses vœux. Sans cette aide, la plupart des moines seraient déjà aveugles.

– Je vois que tu es décidé, conclut Ludérik. Où se trouve ton passage ?

Pariel désigna le bâtiment derrière le moulin.

– Les latrines s'évacuent dans la rivière. Il existe une plaque en bois qui s'ouvre sur un puits. Des marches métalliques fixées dans la maçonnerie conduisent vers le réseau des collecteurs qui charrient les eaux usées de Nantos vers la grande cascade.

– Toutes les immondices de Nantos passent sous le monastère ?

Le frère copiste ricana.

– Nantos nous asphyxie avec ses fumées et nous embaume avec ses excréments, n'est-ce pas magnifique ? Mais assez bavardé, suis-moi.

Le puits était là. Pariel avait emporté une petite lampe à huile, un briquet d'amadou ainsi qu'une bourse de cuir.

– Te voilà riche de trente ducats d'argent, c'est assez pour que la vie de mon père s'améliore au fond des mines.

Ludérik rangea la bourse dans une poche de sa robe, à côté du parchemin volé dans la bibliothèque.

– Merci de ton aide.

Pariel détourna la tête, mal à l'aise.

– Quand je t'ai vu arriver au réfectoire avec le convers, j'ai su que tu ne serais jamais moine. Promets-moi de faire tout ce que tu peux pour aider mon père.

– Tu as ma parole. Prends garde à toi, surtout.

– Toi aussi. Tu n'as pas idée de l'endroit où tu mets les pieds…

Pariel attendit que Ludérik se tienne sur le rebord du collecteur. La chaussée pavée longeait une fosse remplie d'une tourbe écœurante.

Après s'être assuré que sa lampe fonctionnait correctement, Ludérik fit signe au jeune moine. Son crâne lisse auréolé du ciel rougeoyant de l'aurore fut la dernière chose qu'il vit de lui avant que le couvercle des égouts ne se referme.

NEIL

En observant le masque de Senaculus, Neil remarqua qu'il était composé de deux parties qui pivotaient sur un axe, verrouillées par un cadenas.

– C'est Avinosh qui a la clef, murmura le vieillard. Ils sont tous construits sur le même modèle.

– Combien y en a-t-il dans les mines sombres ? demanda Neil.

– Une dizaine, peut-être plus. L'ironie de l'histoire, c'est que j'en ai fait poser plusieurs quand j'étais gouverneur. Je vivais dans la crainte des évasions et je n'avais aucune idée des tourments que j'infligeais. Je me console en me disant que je n'étais pas si cruel, comparé à Vellinus et sa mégère.

Neil n'avait que faire de ces remords, ses pensées se concentraient sur le moyen de fuir ce tombeau.

Le temps s'écoulait, indéfinissable ; il pouvait s'agir de jours ou de semaines, l'astre du jour n'était pas là pour rythmer l'écoulement des heures. Neil maigrissait, ses mains le faisaient souffrir et Senaculus n'était pas en meilleure forme.

Un matin, Neil retrouva son compagnon tout excité.

– C'est pour ce soir ! lâcha ce dernier à mi-voix.

– Qu'est-il arrivé ?

– L'homme qui partageait ma cellule est mort durant la nuit ; j'ai trouvé son cadavre en me réveillant et je l'ai dissimulé derrière une roche. Il se trouve dans un angle mort, les Goules ne remarqueront rien avant un moment. Nous devons partir ce soir.

– Et où comptes-tu aller, ensuite ? lui demanda Neil.

Il n'était pas sûr que le vieux survive à leur aventure.

– J'ai un ami de longue date, c'était le chef de la guilde des Commerçants de Hautfond, à Nantos. Aujourd'hui, la Dame brume lui a ôté la vue et ses jambes ne lui obéissent plus, mais il continue de diriger une société secrète très importante : les Colliers rouges.

– J'ai travaillé à Hautfond et je n'en ai jamais entendu parler, objecta Neil.

– C'est justement parce qu'elle est secrète, ce qui ne veut pas dire qu'elle n'est pas influente ! Les Colliers rouges possèdent un vaste réseau d'informateurs au sein des artisans et ouvriers de la ville basse ; ils la renseignent sur tout ce qui se passe.

– Cet ami, comment s'appelle-t-il ? demanda Neil.

– Johannes Helmbird. Depuis qu'il est aveugle, il ne

bouge plus de l'auberge *Au Gobelet d'Argent* ; elle se trouve juste après la porte de Moulinfer, à la frontière entre Marteau-Fendu et Bassecombe.

Neil opina du chef. Cette porte était tristement célèbre : elle permettait aux autorités de la ville de claquemurer les hauts quartiers de Nantos en cas de grabuge : une fois refermée et sévèrement gardée par des archers, Moulinfer tenait à l'écart de la ville opulente tous les parias que comptait Bassecombe.

Après leur discussion, quelques heures passèrent. Profitant qu'ils se trouvaient tous les deux à l'écart du reste des esclaves, Senaculus tomba au sol en se tordant de douleur. Sous le masque, les gémissements ressemblaient à des gargouillis.

– Lève-toi, chien ! hurla Avinosh en jaillissant.

Sa main était posée sur le pommeau d'une dague. Il allait frapper l'homme à terre quand Neil, profitant de ce qu'il lui tournait le dos, heurta son crâne avec une pierre. Mais l'ancien pirate était méfiant comme un tigre. Pressentant le danger, il bougea légèrement. Le coup manqua son but et Neil tomba au sol avec le gardien. Dans la clarté cristalline remplie d'ombres et de reflets bleus, un combat féroce s'engagea. Neil savait qu'il jouait sa vie. Si Avinosh parvenait à dégainer son arme, il était mort. Et si l'affrontement s'éternisait, les renforts surgiraient.

Neil était naturellement plus vigoureux que son

adversaire, mais l'ordinaire de la mine avait altéré ses forces. De son côté, Avinosh portait un plastron qui amortissait les coups. Alors Neil rassembla toute son énergie pour ne former qu'une masse compacte de muscles et de nerfs. Il lui suffisait d'ôter ses gants pour que le souvenir de l'acide sur ses mains se réveille ; rendu fou par la douleur, il voyait alors ses forces démultipliées l'espace de quelques secondes. Aussi, tandis que le pirate se jetait à sa gorge pour l'étrangler, l'adolescent lui projeta un violent coup qui atteignit sa mâchoire avant que son genou ne le frappe en pleine cuisse.

Avinosh cracha une parole inintelligible et ses doigts saisirent férocement la gorge de Neil. Animé par une rage ultime, le garçon plongea une main vers l'épée du pirate et enfonça celle-ci sous la base du plastron. La pression d'Avinosh, dont les yeux flamboyaient, ne baissa pas pour autant. Neil sentait des bourdonnements dans ses oreilles et les cercles d'une lumière étrange qui ondoyaient devant lui. Dans un dernier sursaut, il faucha du pied l'un des appuis du gardien qui tomba à genoux. La lame plantée dans son ventre s'enfonça un peu plus. Avinosh roula sur le côté et y demeura, inerte.

Le visage de Neil était en sueur et ses mains, souillées du sang du pirate. Tout son corps tremblait d'une peur rémanente.

– La clef, prends-la ! cria Senaculus.

Avant cela, le garçon prit le temps de renfiler ses gants ; ses mains étaient au comble du martyre et, déjà, l'adrénaline refluait de ses muscles. Alors qu'il tirait le corps d'Avinosh dans une galerie sombre, il fut pris d'une nausée soudaine. C'était le contrecoup de la douleur, il s'y attendait.

Il lui fallut quelques instants pour reprendre le dessus.

Son compagnon s'était emparé d'un sac que la Goule portait en bandoulière.

Dans la caverne où se trouvaient leurs outils, la faible luminosité ne permettait pas de remarquer les taches de sang au sol. Une chance.

– C'est maintenant que tout se joue, souffla Senaculus.

La journée de labeur touchait à sa fin, les esclaves regagnaient leurs cellules. Avinosh n'étant pas à son poste, un moment de confusion s'installa. Les deux hommes en profitèrent. À peine eurent-ils gagné la cellule de Senaculus que l'adolescent prit la clef du pirate et ôta le cadenas qui pendait sur la nuque de son comparse. Le masque de fer tomba au sol. Ce fut une délivrance, mais l'autre n'avait pas le temps de la savourer ; chaque seconde comptait. Il se dirigea vers une paillasse et récupéra un petit sachet de cuir enterré en dessous ; il le rangea aussitôt dans le sac pris sur le corps d'Avinosh, puis tâtonna la voûte du cachot. Il dégagea une planche moisie qui dissimulait un orifice menant à la conduite d'aération. Neil lui fit la courte échelle. Un courant d'air glacé les fit claquer des dents. Mais cet air sentait bon la vase et le fleuve. Un parfum de liberté. L'homme avait vu juste.

Ils commençaient à ramper quand de puissants coups de gong résonnèrent dans la mine.

Le signal d'alerte, songea Neil.

On s'était aperçu de leur fuite.

LUDÉRIK

L'adolescent remontait prudemment la chaussée qui bordait le collecteur. Une odeur lourde et fétide saturait l'air. Derrière lui, le courant nauséabond s'enfonçait dans les ténèbres puis ressortait en un jet puissant en haut de la cascade. Il en percevait le grondement. Tomber dans la tourbe noirâtre le condamnerait à chuter de plus d'une centaine de mètres de hauteur avant de se fracasser à la surface du petit lac.

Il avait en tête les consignes de frère Pariel : remonter le collecteur jusqu'à une pièce octogonale aux murs de brique. Ensuite, prendre le tunnel de droite et continuer sur quelques mètres pour atteindre un autre carrefour, poursuivre à droite et arriver au pied d'un puits dont les marches en fer remontent vers un passage en terre. Où menait-il, d'ailleurs ? Le moine copiste l'ignorait, il ne s'était jamais aventuré plus loin.

Quand il arriva au croisement, Ludérik leva sa lampe devant lui ; la pièce était large et haute de près de trois mètres. Il remarqua bien le couloir qui partait à droite, mais sur la gauche, un autre corridor l'intriguait. Après une courte réflexion, il décida de s'y engager pour assouvir sa curiosité. Le collecteur était derrière lui et, devant, le sol de la galerie recouvert d'une vase malodorante présentait un fort dénivelé. Il devait redoubler de prudence pour éviter de glisser.

Il arriva au pied d'un escalier en colimaçon qui s'élevait vers les hauteurs de la montagne. Les marches étaient étroites et il devait progresser de profil. Ludérik grimpa ainsi durant une bonne quinzaine de minutes. Il transpirait et son cœur battait fort dans sa poitrine. L'escalier déboucha sur un nouveau corridor.

Il ne tarda pas à remarquer une lueur verdâtre qui sourdait du mur. C'était le dessous d'une porte imposante, renforcée de plaques d'acier. Elle lui rappela l'entrée de Fondosse dans la cave du moulin. Il la détailla avec sa lampe ; pas de serrure, excepté un mécanisme qui lui était familier.

Un sceau du Roy.

Sans trop réfléchir aux conséquences, il pressa la chevalière sur le dispositif.

Le son d'une ouverture résonna dans le tunnel. Le passage était libre. Ludérik entra.

Il se trouvait dans une grande salle taillée dans la montagne, insoupçonnable depuis la plateforme où se nichait Hautfond. Des lampes suspendues de-ci de-là diffusaient la même lumière tremblotante que dans le cellier. Le fouillis qui l'entourait n'avait rien à envier à la bibliothèque : fatras d'étagères encombrées de fioles et remplies de liquides aux couleurs peu engageantes, pots garnis de plantes inconnues, créatures empaillées. Partout où la vue se posait se trouvaient des végétaux : désordre de lianes et de tiges lanugineuses, carapaces d'épines, fleurs aux pétales agités de légers tremblements. Toute cette verdure rendait l'atmosphère étouffante.

Près d'une étagère, Ludérik détailla quelques étiquettes sur des flacons et pensa qu'il se trouvait dans la petite boutique des horreurs : venin de vipère à tête noire, mousse paralysante, huile prélevée de racines de lotus noir, apisin de frelon géant et tous les poisons et extraits toxiques des créatures les plus repoussantes de la jungle et des marais.

Soudain, quelque chose bougea dans son dos. Un claquement sec précéda un chuintement et, l'instant suivant, l'étagère au-dessus de sa tête explosa. Ludérik n'eut que le temps de se jeter à terre et d'éviter un flot de liquide corrosif qui libéra une fumée blanche en touchant le sol.

Une bordée d'injures s'ensuivit. C'étaient les mots d'un vieillard.

– Dégagez d'ici, salopard de moine ! J'ai une arbalète. Si… si vous ne décampez pas, mon prochain carreau vous clouera au mur comme une mouche.

– Je ne suis pas moine ! cria Ludérik.

L'autre fit un pas dans la lumière. Il était courbé et crasseux. Ses longs cheveux emmêlés faisaient penser à ces prisonniers condamnés aux oubliettes. Ses petits yeux dévisageaient l'adolescent avec une acuité singulière. Il ne semblait pas souffrir de la Dame brume mais se déplaçait avec peine, car son pied droit supportait une prothèse dont le mécanisme manquait d'huile, à en juger par le couinement qu'elle faisait à chaque pas.

L'homme disait vrai à propos de l'arbalète, mais il ne devait pas beaucoup l'utiliser : il pointait son arme sans avoir placé de nouveau carreau dans la rainure.

Ludérik se releva prudemment.

– Qui êtes-vous ?

Le garçon hésita.

– Je ne veux pas être moine, juste quitter cet endroit.

Le vieil homme s'avança. Sa robe de bure, couverte de taches, avait été rapiécée à la va-vite.

– Comment avez-vous pu entrer, tout est verrouillé !

Ludérik leva une main, paume tournée vers l'intérieur.

– Un sceau du Roy, dit-il avec sang-froid.

Perdant toute prudence, l'homme lâcha son arme et se précipita vers l'adolescent pour examiner la chevalière.

– Où l'avez-vous trouvée ?

– Un don de mon père.

– J'en possédais une identique, il y a longtemps. Mais je l'ai perdue et, depuis, je vis ici.

– Vous êtes de la communauté ?

– Je suis frère Mathias.

Cette dernière phrase frappa Ludérik de stupeur.

– L'herboriste ? À Hautfond, tout le monde dit que vous êtes mort.

– Mensonge, siffla le moine en se renfrognant. Je suis juste cloîtré dans ce laboratoire depuis des années.

– Pourquoi rester ici ? demanda Ludérik.

– C'est mon refuge. Je me tiens à bonne distance des autres frères, à commencer par Ganval. L'influence des dévots du dieu crocodile se fait sentir jusque dans cette abbaye. Mais toi, mon jeune ami, tu es la première personne que je vois depuis mon enfermement involontaire !

Frère Mathias expliqua à Ludérik qu'ils se trouvaient à l'intérieur de la montagne, une bonne dizaine de mètres au-dessus de l'abbaye. La présente pièce possédait, sous forme de hublot, une fenêtre étanche qui perçait la roche. En s'approchant, l'adolescent ne vit que de la fumée. Il s'imagina à bord d'un dirigeable, traversant des bancs de nuages sombres.

Le moine, trop heureux d'avoir de la compagnie, fit visiter son antre. Un escalier en métal conduisait à une grande salle où trônait un télescope. Il ne servait plus à grand-chose depuis que les fumées des usines saturaient l'air. Par manque d'entretien, ses rouages étaient grippés.

Mathias expliqua que l'observatoire était l'œuvre du

célèbre savant Seth Gilmoor et Ludérik songea que c'était sous le monument funéraire de ce scientifique qu'il avait dissimulé l'épée de son père. À cette pensée, une pointe invisible lui fouailla le ventre.

– Gilmoor était un génie qui fonda le Cercle de mécanique, commenta l'herboriste avec admiration. Cette société, qui réunissait des savants de tout bord, était destinée à redécouvrir les inventions du passé pour le bien de l'humanité. Les vapo-machines sont presque toutes issues des travaux de cette organisation. J'ai eu la chance d'en être membre. Sais-tu qu'on doit à Gilmoor la construction de Hautfond et des premiers ateliers de la zone interdite ? Au début, les savants des autres cités faisaient des pieds et des mains pour venir travailler avec lui. La zone était bien différente, à l'époque. Tout le monde était libre de partir et l'endroit ne ressemblait pas à une prison. Il en allait de même pour l'abbaye. Les règles du noviciat s'assuraient uniquement que les moines mettaient leur travail au service de la collectivité et pas d'une cité adverse. Mais depuis que le commerce des lunettes s'est imposé et que Nantos en tire puissance et richesse, tout a été dévoyé. La discipline est devenue féroce et on a institué le châtiment du reclusoir.

La voix de frère Mathias s'érailla dans une forte quinte de toux. Il s'essuya la bouche d'un revers de manche et guida Ludérik vers une serre qui donnait sur un ciel encombré de fumées. Ils étaient au sommet de la montagne. Des rangées de terre étaient recouvertes de fleurs et de plantes étranges. Ludérik n'en avait jamais vu de pareilles. Un puits se trouvait au fond. L'accès était condamné par une planche, maintenue par de grosses pierres.

– Je suis herboriste et les végétaux, c'est ma partie.

– Vous allez peut-être pouvoir m'aider, répondit Ludérik en sortant le parchemin vierge qu'il avait trouvé à la bibliothèque de Hautfond.

Frère Mathias renifla la feuille en plissant les yeux.

– Du venin de méduse indigo, fit-il en hochant la tête. Une variété qu'on trouve dans les bayous, le long du fleuve. Utilisé comme encre, il a la particularité d'être invisible.

– C'est donc ça, fit Ludérik. Mon père m'avait appris que les messagers du roi l'utilisaient pour transmettre des missives secrètes aux souverains des cités libres. Je n'en avais jamais vu jusqu'à maintenant.

– Cette encre est très dangereuse, précisa le moine. Une seule petite goutte au contact de la peau et c'est la promesse d'une mort affreuse.

– Comment le déchiffrer ? demanda Ludérik.

– Pas sans quelques difficultés. Seule la lumière de lune peut en révéler le contenu. Ce n'est pas ici que tu assouviras ta curiosité !

Mathias changea de sujet, seul son potager l'intéressait. Il fit un signe dans sa direction.

– Je me nourris de légumes. Et il y a un collecteur d'eau raccordé à la rivière qui fait tourner le moulin. C'est suffisant pour survivre.

Ludérik rangea son parchemin, surpris.

– Vous n'avez jamais songé à quitter cet endroit ? À vous échapper du monastère ?

Le moine secoua la tête.

– Avec ma prothèse, descendre la montagne est impossible. Aujourd'hui on me croit mort de faim, et c'est très bien comme ça.

Il parla à Ludérik de ses mois d'enfermement ; il avait fini par apprécier cette solitude, à l'écart des intrigues de l'abbaye et de la vindicte de Nantos.

Une nouvelle toux sèche.

– Je dois tenir mon poste, car si je m'enfuis, des choses horribles pourraient arriver.

– Quel genre de choses ?

Le visage de l'herboriste se rembrunit.

– Suis-moi, tu vas comprendre.

Le puits se trouvait au bout d'un parterre de fleurs défraîchies. Mathias fit rouler les pierres posées sur la planche et découvrit un trou vertical.

– Ne te penche pas trop, murmura le frère, *il pourrait t'attraper*.

Les yeux de Ludérik s'acclimatèrent doucement à l'obscurité ; il distingua dans la fosse d'épais rideaux de plantes grimpantes qui tapissaient les parois.

Du cimelierre !

Ludérik le reconnut aussitôt. À Nantos, la muraille sud, au niveau de Portedure, l'entrée principale de la ville, était couverte de cette plante puante et carnivore, dont les racines crampons, solides comme du fil de fer, s'accrochaient vigoureusement aux murs. Une unité spéciale de la milice était chargée, tous les matins, de trancher les extrémités de cimelierre qui étaient parvenues à atteindre le chemin de ronde durant la nuit. Sans cela, la cité pouvait être submergée en quelques semaines. Depuis le fleuve, on voyait ces immenses amas de parasites frémir et onduler ; ils semblaient doués d'une intelligence diabolique, capables de communiquer avec toutes les espèces toxiques de la jungle.

Ludérik observa l'intérieur du puits avec dégoût : un amas de tentacules avides s'enlaçaient, et certains atteignaient presque le rebord.

– Tu dois te demander comment cette saloperie a fait pour venir jusque-là, pas vrai ? Eh bien, lâcha Mathias d'une voix basse, c'est moi le responsable. Lorsque j'ai construit cette serre, avec Gilmoor, Hautfond était un endroit respecté et sa bibliothèque concentrait tous les savoirs accumulés par le Cercle de mécanique : le secret des machines à vapeur et celui des plantes médicinales.

« Je voulais faire de ce lieu un laboratoire du vivant,

consacré à l'étude des végétaux les moins connus du royaume. Sans m'en rendre compte, j'ai emmené dans la serre des semences de cimelierre. Cette chose possède des graines qui ressemblent à s'y méprendre tantôt à d'innocents pépins de corbeille d'or, tantôt à ceux des courges écarlates. Planté dans mon potager par inadvertance, le cimelierre a commencé à croître et à étouffer les plantes qui l'entouraient. Au lieu de le brûler, j'ai tout arraché et jeté dans le puits. La suite, tu la devines : le cimelierre a pris racine au cœur de la montagne. En quelques semaines, la plante a colonisé tout le conduit. J'ai utilisé tous les acides et toutes les potions à ma disposition pour tenter de brûler ou tout simplement de freiner cette chose. En vain. Le cimelierre ne s'arrêtera jamais de croître… *Il me veut pour son déjeuner.* »

L'herboriste avait lâché ces derniers mots sur un ton fataliste.

– Je dois couper régulièrement les tiges qui atteignent la margelle du puits. Mais je ne serai pas éternel ; à ma mort, le cimelierre envahira toute la serre et, comme il sera furieux de trouver ma dépouille, il se vengera en dévorant tout le monastère. La fin de Hautfond est programmée !

Ludérik se dépêcha de remettre la planche et les pierres pour ne plus entendre le bruissement horrifique.

– La porte que tu as franchie pour entrer ici, fit

Mathias, je craignais qu'elle ne donne sur un passage envahi de cimelierre.

Le garçon n'était guère rassuré, mais il n'en voulut rien montrer.

– Je n'ai rien vu de tel, mais au bas d'un grand escalier, on rejoint le collecteur des égouts : c'est la voie vers la sortie. Vous pourriez quitter cet endroit avec moi.

L'herboriste haussa les épaules.

– Tu oublies ma prothèse mécanique. Je n'irais pas loin. Et puis, à mon âge, que puis-je espérer dehors ? Je préfère rester ici et continuer mon œuvre.

Sur ces mots, il désigna à l'adolescent un carré cultivé de fleurs alanguies.

Ludérik se pencha et ses doigts caressèrent les pétales d'un pourpre foncé.

– Des *Abrazia liliale* !

Frère Mathias sembla stupéfait.

– Cette fleur est le secret le mieux gardé de tout le royaume, comment peux-tu la connaître ?

Ludérik était trop excité pour mentir.

– Je cherche un livre qui parle de l'*Abrazia*. Il se trouvait dans un coffre de la bibliothèque mais quelqu'un l'a pris. Je dois absolument mettre la main dessus.

– Pourquoi donc ? fit Mathias d'un ton soupçonneux.

– Mon père court un grave danger. S'il m'a demandé de me le procurer, c'est qu'il y a une bonne raison à cela.

– Qui est donc ton père ?

Ludérik prit le risque de raconter toute son histoire une seconde fois, depuis la mort du roi cette sombre nuit jusqu'à sa fuite vers Hautfond et son projet d'évasion.

Mathias réfléchissait. Finalement, il le guida vers une cabane transformée en atelier. Des fioles poussiéreuses, un sécateur et des papiers remplis d'une écriture en pattes de mouche s'étalaient sur un bureau. Au fond se trouvait un gros livre ouvert sur un tréteau.

Ludérik avait déjà vu des ouvrages de ce type : des herbiers sur vélin. Les couvertures étaient confectionnées à partir de peaux de veau mort-né. Elles enserraient des pages blanches reliées par des cordons de cuir. La collection était magnifique : des croquis de botanique aux couleurs éclatantes alternaient avec de superbes plumeaux de feuilles, des tubercules et toute une galerie d'animaux – harpies féroces, ragondins géants ou vautours macabres.

– Voici *Sapienta plantae*, *La Sagesse des plantes*, fit l'herboriste d'un geste respectueux. Le plus ancien et le plus complet des ouvrages consacrés à l'*Abrazia liliale*. C'est moi qui l'ai dérobé à la bibliothèque, la nuit où je me suis réfugié dans cette serre. J'avais de bonnes raisons de penser que le frère prieur le ferait saisir. Soit pour le donner à Château-Doré, soit pour le détruire. Et cela, je ne pouvais l'accepter.

– Pourquoi ce livre est-il si important ? demanda Ludérik en tournant précautionneusement les pages.

Le vieil homme lui jeta un regard sombre.

– Si tu venais à l'apprendre, mon pauvre ami, ta vie ne vaudrait plus grand-chose.

NEIL

Neil rampait devant Senaculus qui, débarrassé de son masque de fer, respirait avec plus de facilité ; une vigueur nouvelle traversait ses membres. Le bruit de la cloche s'estompa dans les profondeurs de la mine, au fur et à mesure qu'ils s'éloignaient des cachots de pierre.

Ils avaient replacé la planche à l'entrée du puits ; il faudrait un moment pour que les Goules comprennent par où ils s'étaient enfuis. À l'heure qu'il était, elles devaient ratisser les couloirs et s'assurer que la nacelle n'était pas remontée avec les fuyards.

Le passage souterrain descendait en pente douce avant de déboucher dans une autre cavité. Les hommes progressaient désormais dans une semi-obscurité, les cristaux lumineux se faisant plus rares.

Ils atteignirent bientôt l'endroit obstrué par les rochers. Senaculus avait dit vrai : élargir le passage n'était pas une mince affaire. Mais il avait laissé des outils sur place. Alors, Neil se mit au travail et il lui fallut une heure pour venir à bout des cailloux. Ensuite seulement, ils purent continuer leur progression.

Après plusieurs dizaines de mètres dans le noir, ils atteignirent un rocher en forme de promontoire qui s'ouvrait sur une cavité profonde et abrupte. À sa verticale se trouvait un large bassin rempli d'une eau turquoise et translucide. On la devait aux eaux de pluie qui s'infiltraient par une brèche dans la voûte, une douzaine de mètres plus haut. C'est par cet orifice vaguement circulaire que le soleil plongeait ses rayons obliques dans l'immense vasque émeraude, avant de les refléter sur les parois, dessinant de prodigieux jeux de lumière. L'eau était si claire qu'on devinait aisément le fond : des algues ondulant dans des nuances de jade et d'absinthe, des coquillages, de petits fossiles et les vestiges d'un radeau.

Outre quelques stalactites, le plafond hébergeait d'immenses racines dont les appendices formaient une chevelure acajou ; elles avaient percé la fine couche de calcaire et pendaient dans le vide, à mi-hauteur.

Une chaleur tiède et parfumée régnait dans la caverne, il y faisait pratiquement jour. Un vrai soulagement après avoir rampé dans les entrailles des mines sombres.

Ludérik contempla longuement le gouffre. Pour le traverser, il fallait soit nager, soit emprunter une fine corniche qui courait à flanc de caverne. Elle aboutissait à un rivage de galets gris, face au promontoire.

Au bout de la plage, de larges marches conduisaient aux vestiges d'un grand portail dont seules demeuraient les colonnes, surplombées d'un linteau de marbre. Au pied des piliers, de gros troncs faisaient barrage.

– La porte d'Hamondum ! s'écria Senaculus.

– Tu sais où elle mène ? demanda Neil.

– Vers les berges du fleuve. Hamondum était un aventurier venu d'un continent lointain ; il aurait remonté le fleuve depuis son embouchure jusqu'à cette île. Ses hommes ont découvert un passage dans la falaise et, au bout, il y avait cette caverne. À l'époque, les murs étaient constellés d'émeraudes. Hamondum décida de s'y installer pour exploiter les pierres précieuses. Il fit ériger ce portail monumental afin de protéger les gemmes. À l'origine, il y avait de lourdes portes.

Neil l'écoutait d'une oreille distraite ; il fixait quelque chose au fond de l'eau.

Senaculus le remarqua.

– Sais-tu nager ?

Neil haussa les épaules.

– Je ne me risquerais pas là-dedans, à ta place.

– Pourquoi donc ? Je n'ai pas pris de bain depuis une éternité.

– Ce pourrait être ton dernier, alors.

Neil désigna des brindilles blanches près d'un massif d'algues aquatiques.

– Quoi ? Ces coquillages ?

Senaculus plissa les yeux ; il avait passé trop de temps sous terre, la luminosité l'aveuglait.

– Ce ne sont pas des coquillages, mais des ossements humains ! Et il y en a beaucoup.

Senaculus en resta coi.

Neil jugea plus prudent de tenter sa chance avec le chemin de corniche. Celui-ci était recouvert de mousse, mais la réverbération du soleil sur l'eau l'avait asséchée. Il engagea précautionneusement un pied puis s'adossa à la paroi avant de progresser à pas chassés. N'osant imaginer ce qui pouvait se tapir au fond de l'eau, il préférait regarder où il posait les pieds sans relâcher sa concentration.

Il avait parcouru une bonne dizaine de mètres quand un cri aigu brisa le silence du gouffre. Il leva la tête vers Senaculus et vit avec horreur qu'il se débattait avec Avinosh. La Goule n'était pas morte ! Elle avait surgi du tunnel, le visage déformé par la haine, et venait de larder le vieux prisonnier d'un coup de lame. Les deux hommes s'empoignaient rageusement au sol et la Goule avait clairement le dessus.

Le temps que Neil rejoigne la plateforme, l'ancien pirate avait poussé Senaculus dans le bassin. Son corps en creva la surface et des ondes concentriques se propagèrent à travers tout le réservoir ; les premières atteignirent la berge grise, au seuil de la porte d'Hamondum.

Le vieux surnageait en s'efforçant de se rapprocher

du bord pour agripper une racine et, autour de lui, l'eau rougissait.

Neil posa un pied sur la plateforme et défia Avinosh, dont le visage était livide. Ce dernier ne proféra aucune imprécation, ne poussa aucun cri, mais chargea l'adolescent avec le couteau qui avait poignardé Senaculus. Neil n'était pas désarmé, il venait de dégainer la dague volée au pirate et attendait, immobile comme un fauve qui guette sa proie. Avinosh frappa en piqué, visant le ventre. Neil repoussa l'assaut du plat de sa lame et le fracas du fer résonna dans la grotte.

Les deux hommes étaient déjà au bout de leurs forces quand Senaculus atteignit le contrebas de la plateforme : un rocher lisse parcouru de racines gluantes. Il s'accrocha à l'une d'elles, mais ne réussit qu'à la faire glisser dans l'eau. Du dessus lui parvenaient les bruits du combat : halètements, raclements des sandales sur la pierre et fracas des armes blanches. Après un nouvel essai infructueux, son regard se porta sur le portail et quelque chose capta son attention.

Les troncs d'arbres bougent tout seuls !

Pétrifié dans l'eau, Senaculus voyait ce que son esprit ne parvenait pas à admettre.

Ce n'étaient pas de grosses racines qui recouvraient les marches menant à la porte d'Hamondum, mais les anneaux lovés d'un serpent. Un grand constrictor des cavernes dont les écailles brillaient d'un éclat bleuâtre.

Dans un glissement répugnant, la créature se déroula en direction de la plage.

L'homme aperçut distinctement la tête triangulaire et les deux yeux pâles qui le fixaient de l'autre côté du bassin.

Au moment où le boa pénétrait dans la vasque, Senaculus se débattait toujours dans l'eau.

Un hurlement jaillit de ses lèvres. Il venait de réaliser leur erreur à tous les deux.

Ce n'était pas vers la sortie qu'ils s'étaient dirigés, mais droit dans la gueule du cauchemar rampant.

LUDÉRIK

– **Peu m'importe,** fit l'adolescent en tenant tête à l'herboriste, je ne partirai pas d'ici sans savoir. Je le dois à mon père.

Un sourire se dessina sur les lèvres de frère Mathias.

– Si tu cherches ce livre, c'est que tu en sais déjà beaucoup, n'est-ce pas ?

Il jeta un regard vers *Sapienta plantae* et caressa le bord d'une page, perdu dans ses pensées.

– À l'origine, reprit-il, ce recueil se défendait tout seul : les enluminures étaient imprégnées d'une poudre hallucinogène. J'ai entendu dire que sans masque approprié il était impossible de finir une page sans éprouver une peur cauchemardesque. Plus d'un imprudent aurait péri d'une crise cardiaque… Heureusement pour nous, le temps a passé et la substance s'est estompée. C'est sans danger, désormais.

– C'est pour cela qu'il se trouvait dans un coffre de sûreté ? hasarda Ludérik.

Frère Mathias hocha la tête.

– Tu sais, je n'ai pas toujours été cloîtré dans la serre d'un monastère, à tenter de faire pousser des fleurs capricieuses. Tu n'étais pas né que je dirigeais une échoppe d'herboriste réputée en plein cœur de Propolis. Parmi ma clientèle fortunée se trouvait un vieux scientifique qui souffrait de tuberculose. C'était Seth Gilmoor en personne. Je l'apaisais comme je pouvais avec des inhalations à base d'huiles essentielles. Un jour, il est venu m'annoncer qu'il recrutait une équipe de découvreurs de tous bords, pour travailler à un projet capital pour le royaume. C'est là que j'ai entendu parler pour la première fois du Cercle de mécanique. Il voulait que je fasse partie de son groupe. Comment refuser ? C'était il y a quarante ans, mais j'ai l'impression que c'était hier. L'ambiance était incroyable, les savants de tout le royaume se battaient pour adhérer au Cercle et travailler sur les machines de Gilmoor, un génie à l'esprit sans cesse en ébullition.

L'herboriste prit un tabouret pour se reposer. Il n'avait plus l'habitude de parler autant.

– Le Cercle de mécanique comportait trois branches. La première s'occupait des recherches sur le charbon ; elle était composée d'explorateurs et d'aventuriers prêts à monter des expéditions dans la jungle en quête d'une nouvelle mine. La deuxième était consacrée aux dirigeables à vapeur et la dernière, dans laquelle je travaillais, était dédiée aux plantes médicinales.

Nouvelle toux. Mathias sortit un mouchoir et y cracha un mélange de glaire et de sang.

– Gilmoor voulait que je m'installe à Hautfond car il venait de réhabiliter le monastère pour en faire un lieu d'étude. Il n'était pas question de robes de bure ou de noviciat à l'époque, toutes ces absurdités sont venues après. De mon côté, je tentais de faire pousser des *Abrazia liliale* sous serre. On trouve ces plantes au sommet des arbres, dans la jungle. Il faut un dirigeable pour s'en approcher et les cueillir. L'exercice est coûteux et dangereux. Gilmoor disait que mon travail était vital, mais sans en préciser la raison. J'étais trop heureux d'avoir intégré le Cercle, je me suis mis au travail sans poser de questions. Ensuite, le temps a passé et, progressivement, j'ai perdu Gilmoor de vue. Plus tard, un frère prieur fut nommé à la tête de Hautfond.

– Frère Ganval ? suggéra Ludérik.

– Oui. Il a commencé à établir de nouvelles règles, des tas de trucs mystiques qui n'avaient rien à voir avec mon travail ou la copie des cartes dans le scriptorium. Les robes de moine et le noviciat ont fait leur apparition, ainsi que les coups de fouet et surtout ces horribles reclusoirs. Nombre de frères n'approuvaient pas. Mais s'opposer était impossible, à moins d'accepter d'être renvoyé sans lunettes à l'extérieur ou, pire, de finir emmuré. La terreur s'est vite installée, surtout quand Ganval a commencé à s'appuyer sur Randolf et sa garde. Les novices devaient lui prêter serment, car il représentait le souverain, et du moment que les cartes étaient copiées dans les délais, le commandant cautionnait tout ce qui se tramait à l'abri des murs de l'abbaye.

Ludérik ne laissa paraître aucune émotion et Mathias continua son récit, le regard fiévreux.

– Ma tâche consistait à faire pousser ces fleurs dans du terreau alors que ce sont des parasites habitués à vivre sur les arbres. Je rendais compte de l'avancée de mes travaux chaque mois, mais j'allais d'échec en échec. Je commençais à avoir peur, je me disais qu'on allait me châtier pour mon incompétence et que, tôt ou tard, je finirais dans un reclusoir. Un jour, pourtant, tout changea. Le roi Dankrad venait de prendre le pouvoir par la force et il ne s'intéressait pas aux plantes, leur préférant les mines d'émeraude. C'est lui qui a relancé l'exploitation de l'île du Malheur et le commerce des lunettes. Il décida aussi d'enfermer tous les membres du Cercle de mécanique dans la zone interdite ; il aura suffi d'une seule nuit pour que les savants soient enlevés puis ceinturés d'une haute muraille de brique, prisonniers de leurs ateliers. Dankrad ne pensait qu'à s'enrichir : il misa tout sur les machines volantes et les lunettes d'émeraude que tout le royaume réclamait pour atténuer les effets de la Dame brume. La fortune ne tarda pas.

Frère Mathias toussa encore.

– Qu'avez-vous fait à ce moment-là ? interrogea Ludérik.

– Comprenant ce qui était à l'œuvre, je me suis rendu à la bibliothèque du monastère en cachette où j'ai dérobé *Sapienta plantae* avant de me réfugier dans mon laboratoire où je me suis enfermé à double tour. La priorité, c'était de sauver le livre : il démontrait par sa seule existence que Dankrad était un criminel.

À ces mots, les yeux de Ludérik s'ouvrirent en grand.

– Vous divaguez, le roi a toujours été juste et éclairé. Qu'il veuille faire fortune n'en fait pas un tyran pour autant.

Mathias ricana.

– Pauvre innocent ! Tu as vécu trop longtemps dans la soie pour savoir de quoi tu parles.

Ces derniers mots piquèrent Ludérik à vif.

– Dankrad était un pirate qui a conquis le trône du seigneur des aigles par traîtrise, persista le vieil herboriste. Ensuite, il a comploté pour que le commerce des lunettes soit la seule réponse de Château-Doré à la Dame brume… pour le malheur de son peuple.

Voyant l'adolescent choqué par ce qu'il venait de dire, Mathias perdit patience.

– Le mal qui frappe les adultes n'est pas une fatalité, c'est une maladie transmise par un insecte qui vit sur les bords du fleuve : une sale petite mouche noire !

– Une mouche ?

– Eh oui, pas plus grande que l'ongle de ton pouce ! En nous piquant, elle nous injecte des larves qui se transforment en vers ; ils ont l'aspect de petits fils qui se déplacent à travers notre corps en provoquant des choses très désagréables : myopie, cécité…

Ludérik était stupéfait.

– Les disciples de Gator affirment que la malédiction a été envoyée sur les hommes pour les punir d'avoir pris fait et cause pour Danna, la déesse du ciel, au détriment de son fils, l'homme à tête de saurien.

Le frère herboriste éclata de rire.

– Ne me dis pas que tu crois à ces calembredaines ? La vérité, c'est que la malédiction n'existe pas. C'est un de ces fléaux transmis par des mouches comme le monde en a connu dans les anciens temps, avant le chaos. Ne trouves-tu pas singulier que cette damnation touche presque exclusivement les Farouches et tous ceux qui sont contraints de vivre au bord du fleuve ou dans les bas quartiers de Nantos, non loin des berges ? C'est parce que les mouches foisonnent dans les zones humides. Voilà l'horrible vérité : un remède existe, mais on se garde bien d'en faire profiter le peuple.

Le garçon fixait le moine, incrédule. Le vieux ajouta :

– Regarde mes pupilles, ma vue est parfaite. Je me suis guéri tout seul ! Il suffit de cueillir une *Abrazia liliale* fraîche, puis de la faire bouillir dans une préparation composée d'ingrédients très ordinaires. Ensuite, en la mélangeant à de l'argile, on obtient un onguent naturel et, une fois appliquée sur les yeux, la pommade élimine les larves en quelques jours.

– Pourquoi le dissimuler ? s'étonna Ludérik. Il pourrait sauver des milliers de gens !

– Tu oublies sur quoi repose la puissance de Nantos, mon jeune ami. Sur la vente des lunettes et l'exploitation des esclaves qui extraient l'émeraude. Guérir le peuple de la Dame brume reviendrait à tuer la poule aux œufs d'or, et la suite se devine aisément : Château-Doré perdrait son emprise, ce serait la révolution. Dankrad l'a compris dès son accession au trône. Le calcul a été vite fait : sans les esclaves pour faire tourner les chaudières de ses hangars, la cité perdrait son avantage technologique sur les cités concurrentes, telle Angenor. La guerre serait inévitable.

Ludérik digérait tout ce qu'il venait d'entendre. Voilà sans doute pourquoi son père et bien d'autres n'avaient jamais souffert de la Dame brume. Château-Doré était à bonne distance des marais.

– Avant que Dankrad ne renverse le roi Marnor, son prédécesseur, poursuivit le vieux moine, le Cercle de mécanique se destinait à la science et au bien-être du peuple, comme je te l'ai déjà dit. Hélas, après l'arrivée du boucanier, l'association a périclité et ses membres, désormais emprisonnés dans la zone interdite, furent condamnés à travailler sur des projets militaires. Le plus ambitieux est un vapo-dirigeable capable de cracher du feu et de détruire une cité en quelques minutes. Tu vois, on est bien loin de mes petites fleurs, désormais. Quant à Seth Gilmoor, disparu *accidentellement* après l'arrivée de Dankrad, on n'a jamais retrouvé son corps. La cour lui a organisé des funérailles princières, mais c'était pour faire oublier qu'on avait trahi ce pour quoi il s'était battu toute sa vie durant. Le pauvre doit se retourner dans sa tombe à l'heure qu'il est.

– Mais j'ai vu des gens porter des lunettes à Château-Doré, murmura Ludérik, comment l'expliques-tu ?

– Elles sont factices, en verre teinté.

Ludérik songea aux lunettes que portait Korak. Il ne pouvait imaginer son ami complice d'une mascarade aussi cruelle.

– Me laisserez-vous ce livre ? demanda Ludérik.

Le son de sa voix dévoilait sa détermination.

Le vieux haussa les épaules.

– Je n'ai plus grand-chose à craindre de quiconque et ma place est ici. Prends *Sapienta plantae* et file au plus vite. J'ignore comment tu comptes quitter l'abbaye et échapper au dédale de Fondosse, mais laisse-moi te donner un conseil : cherche la gueule de miséricorde. C'est, dit-on, la seule entrée dans le cloaque qui n'est pas verrouillée.

Sa tête retomba lentement.

– Va maintenant, tous ces palabres m’ont épuisé, je dois me reposer.

Ludérik salua l’herboriste et se dirigea vers la porte de fer qu’il enclencha avec sa chevalière. Avant qu’elle ne se referme derrière lui, il vit Mathias accroupi au pied de la cabane. Il fixait le puits.

NEIL

En proie à l'épouvante, Senaculus se rua sur le bord de la vasque. Ses pieds tentèrent de trouver une prise ou une liane suffisamment accrochée, mais ses sandales ripèrent sur la pierre et il glissa de nouveau dans l'eau.

Sur le promontoire, les hurlements du vieil homme détournèrent l'attention de Neil et du pirate, occupés à s'empoigner l'un l'autre. Leurs deux lames avaient glissé hors de portée. L'adolescent aperçut les gestes désordonnés de Senaculus et, à moins de dix mètres, le grand constrictor qui progressait dans l'eau cristalline.

Avinosh devait contempler le cauchemar rampant pour la première fois. Il eut un mouvement de recul et la pression qu'il exerçait sur les poignets de Neil se relâcha. Le garçon en profita pour lui décocher un coup de poing dans l'estomac. Le garde hurla de douleur en relâchant sa prise. Neil s'arracha à son étreinte, roula en arrière et ramena ses genoux contre son torse, avant de projeter ses deux pieds sur son adversaire qui bascula dans le bassin au milieu d'une gerbe d'eau.

Le boa constrictor perçut des remous, plus proches que ceux causés par Senaculus. Il dressa sa tête et oscilla au-dessus de l'homme qui remontait péniblement à la surface. Une langue bifide frétillait hors de sa bouche, à quelques centimètres du visage d'Avinosh, tétanisé de peur. Alors, les gros anneaux s'enroulèrent autour du corps du pirate dans une étreinte irrésistible et tous deux coulèrent au fond du bassin.

De la terrible Goule, il ne restait plus qu'un nuage pourpre, qui se dissipa bien vite dans l'eau.

S'arrachant à l'horreur de la scène, Neil se pencha au bord de la vasque et tendit une main à son complice pour l'aider à sortir.

Ils rejoignirent le chemin à flanc de muraille. À mi-parcours, la queue du boa pointa hors de l'eau en fouettant l'air et les anneaux relâchèrent l'étreinte autour de ce qui avait été Avinosh le cruel, désormais réduit à l'état de chairs sanglantes. L'animal n'allait pas tarder à avaler sa proie et les deux hommes avaient le temps de s'échapper.

C'est épuisés qu'ils franchirent la porte d'Hamondum, mais la perspective d'être rattrapés par le constrictor leur donnait des forces qu'ils n'auraient jamais cru posséder.

Le passage était large et de bonne hauteur. Plus loin, ils pataugèrent dans des flaques de plus en plus profondes à la surface desquelles flottaient des feuilles mortes et des brindilles. L'eau atteignit rapidement leurs genoux et l'odeur caractéristique du fleuve vint leur chatouiller les narines. Ils débouchèrent enfin à la sortie, dans la lumière aveuglante du jour. C'était marée haute et un courant fort menaçait de les repousser à l'intérieur du conduit. Devant eux, le fleuve s'étendait à perte de vue et la clarté ne permettait pas d'en distinguer les berges.

L'eau leur enserrait la taille et ils devaient s'accrocher au bord de la muraille pour ne pas être emportés. Le courant bouillonnait dans un bruit sourd et les deux fuyards s'entendaient à peine.

– Maudite soit la marée ! s'écria Senaculus. Je n'avais pas pensé que le niveau de l'eau serait si haut. Je croyais qu'on tomberait sur la plage où Hamondum avait débarqué avec ses hommes et qu'on trouverait de quoi confectionner un radeau pour s'enfuir… Mais s'il y a des tourbillons, on risque de se noyer !

Neil l'agrippa par un bout de ses haillons et ils se laissèrent emporter par le courant qui les ramenait dans les entrailles de l'île, dans le repaire du grand serpent.

À mi-chemin entre le portail de pierre et la sortie, ils remarquèrent une cheminée naturelle et, tout en haut, ils distinguèrent un bouquet de feuilles palmées qui se détachait du ciel. Le soleil au zénith éclairait les parois en calcaire, ornées de cannelures laissées par l'érosion.

– Il n'y a qu'une issue, cria Neil, on doit monter.

Il maintenait d'une main Senaculus par la taille et, de l'autre, s'agrippait à une roche en saillie ; le courant grondait toujours plus fort.

– Je n'y arriverai jamais, pleura le vieil homme, c'est trop haut !

– Dix mètres à peine, cria Neil. On n'a pas le choix. Je vais te faire la courte échelle et tu pourras te hisser jusqu'à cette prise, devant toi.

L'instant d'après, Senaculus était au sec et l'adolescent le rejoignit.

La progression dans le conduit dura une éternité, ils devaient souvent faire des pauses. Par chance, la paroi était modelée par les infiltrations ; on pouvait s'y maintenir de différentes manières pour reposer ses muscles.

À mi-hauteur, ils s'arrêtèrent encore une fois. Les blessures et la faim leur donnaient des vertiges. Ils faisaient ce qu'ils pouvaient pour coincer leurs pieds dans une fissure ou agripper les racines qui parsemaient la paroi.

– Si je ne t'avais pas rencontré, souffla Senaculus, jamais je n'aurais entrepris cette aventure.

– Tu as des regrets ? lâcha Neil en épongeant d'un revers de manche la sueur qui perlait sur son front.

Le vieux sourit faiblement.

– Non, bien au contraire. Sans toi, j'aurais fini mon existence sous le fouet de cette canaille d'Avinosh, sans revoir la lumière du jour. Malheureusement, je n'en ai plus pour très longtemps, mes forces m'abandonnent. Jamais je ne pourrai fuir cette île maudite à la nage. Mais qu'importe, je vais sentir une dernière fois la chaleur du soleil sur mon visage. Merci, mon ami.

Et ce disant, il tendit une main à Neil qui la serra dans la sienne.

– Tu sais, je dois te faire un aveu.

– Lequel ?

– Quand je t'ai dit que mon compagnon de cellule était mort pendant la nuit, j'ai menti. C'est moi qui l'ai tué. J'ai ôté ma chemise et je l'ai utilisée comme un bâillon. Il était beaucoup plus faible que moi, alors je me suis allongé sur lui et j'ai obstrué son masque de fer jusqu'à ce qu'il cesse de bouger. Je me disais que sans cela il donnerait l'alerte. Je me suis peut-être trompé ?

Neil ne savait quoi répondre. Qu'aurait-il fait à la place du vieux ?

– Je t'ai dit que j'ai un fils ?

L'adolescent secoua la tête.

– Il doit avoir ton âge, maintenant. Il est très intelligent, même s'il n'a ni ta force ni ton courage. Il essaie de me faire sortir de cette misère, c'est un bon garçon. Je vais lui causer de la peine…

Neil l'interrompit.

– C'est trop tard pour avoir du remords et ça te vole tes dernières forces. On continue !

Senaculus grimaça de souffrance pendant que Neil s'accroupissait sous lui pour le pousser vers la prise suivante. Au prix d'un ultime effort, il atteignit la margelle.

Après que le corps du vieux eut rejoint la terre ferme, Neil ajusta ses pieds sur une racine et s'apprêta à sortir. Le soleil recouvrait ses épaules et il entendait le souffle du vent dans les branches du palmier.

Une main posée sur la bordure, il sentit la pierre chaude et le parfum entêtant des fleurs. Il tira une dernière fois sur ses bras tétanisés par l'effort et sa tête émergea du puits.

Quatre hommes de la guilde de Fer, casqués et revêtus de leur armure légère, se tenaient aux côtés de Vellinus, qui maintenait une main sur la bouche de Senaculus pour l'empêcher de crier.

Le gouverneur exultait.

– Comme c'est aimable de vous joindre à nous ! fit-il. Mes espions avaient vu juste. Eh quoi, vous ne pensiez tout de même pas être les premiers à franchir la porte d'Hamondum et emprunter ce puits ? La plupart de ceux qui s'y sont risqués n'en sont jamais sortis. Quant aux autres, nous les avons tous cueillis à la surface.

Sa voix se mit à tonner.

– On ne s'évade pas de l'île du Malheur, chiens d'esclaves !

Neil n'en croyait pas ses yeux.

Tous ces efforts pour rien !

Le gouverneur aboyait toujours :

– Lorsque j'ai appris que cet imbécile de Senaculus avait mis son plan d'évasion à exécution, j'ai réfléchi à ce que j'aurais fait à sa place. Sur la carte, il n'y avait qu'une seule option.

Sur ces mots, il toisa le vieil homme.

– Tu vas retourner dans la mine sur-le-champ, ricana le gouverneur de l'île. Tu croyais avoir connu l'enfer, tu verras que ce n'en était qu'un avant-goût.

Il fit un geste et un garde s'empara de Senaculus avant de l'emmener.

Vellinus tourna la tête vers l'adolescent dont les mains s'accrochaient toujours à la margelle.

– Quant à toi, jubila le gouverneur, les crocodiles t'attendent !

Neil plongea ses yeux dans ceux du gouverneur et ce dernier y vit la détermination d'un loup pris au piège.

– Neil est libre ! hurla-t-il avant de lui cracher au visage.

Et à cet instant, l'instinct de survie qui n'avait cessé de brûler en lui s'éteignit. Il lâcha prise et, d'un dernier coup de reins, échappa aux mains des geôliers.

Son corps tomba comme une pierre dans la gueule béante du puits.

III
LE NOIR RÉGENT

ELANÉE

Elanée se souviendrait jusqu'à son dernier souffle de cette effroyable nuit. C'était Randolf de Torlieu, le commandant de la garde, qui l'avait réveillée. Les bougies des chandeliers faisaient danser l'ombre du soldat sur les teintures pourpres, donnant l'impression qu'elle était douée d'une vie propre.

– Princesse, avait crié l'officier, levez-vous et suivez-moi, il est arrivé grand malheur au roi !

Rongée par l'angoisse, la jeune fille s'était contentée d'enfiler une robe de chambre violette rehaussée de rubans dorés, et de se précipiter à la suite de Randolf, le pressant de questions auxquelles il n'avait pas répondu.

Il l'avait conduite droit dans la salle du grand moniteur. C'était là, une fois par semaine, que le roi Dankrad réunissait ses conseillers pour discuter des affaires du royaume. Son trône, sculpté dans un bois aux teintes miellées, se dressait sous les vitraux de grandes baies ogivales – des scènes mémorables, batailles, parties de chasse, mariages fastueux et illustrations de poèmes épiques où la réalité et le mythe se mêlaient étroitement. Les autres murs étaient recouverts d'une immense tenture qui narrait les fondations de Nantos et le début de son histoire. On y voyait les vestiges de l'ancien monde : grues monumentales, monstre mécanique et maisons à l'architecture singulière.

Elanée avait eu la surprise de trouver Thibault, son frère cadet, assis sur le trône de leur père. Il avait revêtu la couronne et le manteau armorial, les symboles de la puissance du seigneur des aigles. Lui aussi avait été fraîchement arraché au sommeil. Les cheveux défaits, il jetait des regards inquiets aux hommes qui l'entouraient. Outre Randolf s'y trouvaient l'archimage, l'argentier en charge des finances du royaume, le connétable, qui commandait les unités de combat aérien – des dirigeables équipés de canons qui crachaient le feu grégeois –, et le sinistre Varkor de Kreff. C'était le Grand Inquisiteur et, à ce titre, le diligent serviteur de Zaël, le plus important dignitaire religieux de la cité. Ce dernier, très âgé, ne dirigeait plus grand-chose et on murmurait que Varkor complotait pour le remplacer.

Elanée détestait viscéralement Varkor et elle ne put réprimer un frisson en voyant sa silhouette élancée aux côtés de son frère. Le visage du cultiste était reconnaissable entre mille : une peau sèche et sans émotion, un nez aquilin et des yeux plissés qui détaillaient en permanence son entourage. Comme à l'accoutumée, il arborait une ample pièce d'étoffe noire, accrochée sur l'épaule par une broche d'argent à tête de crocodile. Cette tenue rappelait les robes de bure tachées de suie des moines de Hautfond, mais la comparaison s'arrêtait là. La toge de Varkor était noire comme les ailes des corbeaux. En dessous se trouvait la cuirasse squamifère des Fils de l'écaille, robuste et légère, et autour de sa taille un baudrier de cuir qui accueillait une épée.

C'est son frère qui annonça d'une voix tremblante à Elanée que leur père était mort.

La jeune fille était tétanisée.

– Ce n'est pas un accident, Sa Majesté a été assassinée, précisa Randolf avec la délicatesse dont il était coutumier.

Abasourdie, la princesse tomba à genoux. Personne ne vint la relever.

– Le roi avait de la mousse bleue à la commissure des lèvres, ajouta l'archimage, c'est le signe d'une intoxication à l'extrait de fougère acide. Un poison très virulent.

Ces derniers propos plombèrent un peu plus l'ambiance.

Irrité, Randolf se tourna vers Thibault de Niville.

– Majesté, l'enquête ne fait que commencer et je pense qu'il est trop tôt pour avoir des certitudes.

– Bien au contraire, grommela le vieil archimage, le

poison de fougère acide est un des plus faciles à reconnaître. Sauf pour les ignorants, évidemment.

Le chef de la garde lui jeta un regard mauvais. Au même instant, l'inquisiteur se pencha à l'oreille de Thibault pour lui souffler quelques mots. Le garçon opina du chef avant de déclarer à voix haute :

– Monsieur l'archimage, monsieur l'argentier, connétable, je vous remercie pour vos bons conseils et vous prie de nous laisser.

Les trois autres se regardèrent, surpris.

– Mais, Majesté, fit l'un d'entre eux.

– Le roi a parlé, gronda le commandant de la garde. Retirez-vous !

Les ministres s'éloignèrent, la mine contrite.

Le religieux se plaça devant le trône et s'inclina avec déférence.

– Majesté, votre père nous avait en bien piètre estime, nous autres disciples de Gator. Mais l'heure est venue de vous montrer notre fidélité, à commencer par la mienne, en tant que Grand Inquisiteur. Alors que la garde continuera de veiller sur votre personne, je me place sous votre haute autorité et m'engage à vous servir et vous conseiller.

Elanée était en plein cauchemar. Voilà que Thibault héritait du trône, lui, l'enfant paresseux et capricieux. Cette vipère de Varkor devait savourer sa victoire. En fin stratège, il avait vite remarqué que Dankrad délaissait son héritier, le jugeant craintif et incapable de gouverner. Au lieu de lui enseigner comment tenir les rênes du royaume, le souverain utilisait son temps à superviser l'exploitation des mines d'émeraude ou livrer bataille contre des cités lointaines. L'inquisiteur avait eu le champ libre. Alors que le roi méprisait son fils Thibault, Varkor le couvrait d'attentions. Jouant de flatterie, il lui avait fait miroiter l'accès à de prétendus secrets, inconnus du commun des mortels. Les efforts avaient payé, car désormais le nouveau roi ne jurait plus que par ce fanatique adepte du dieu crocodile.

Elanée avait bien cherché à détourner son frère de son ombre, en vain. Entre eux, les disputes étaient fréquentes et plus d'une fois son frère lui avait reproché d'être la préférée de leur père. Et il n'avait pas complètement tort car, si elle n'avait pas été femme, Dankrad aurait été comblé de la savoir sur le trône après sa mort. Mais Elanée se moquait du pouvoir et des responsabilités, seules les machines volantes et l'aventure l'intéressaient.

– Je vais renforcer la surveillance devant la chambre de Sa Majesté, confirma Randolf.

Varkor fit un pas dans la lumière des candélabres, rabattit sa capuche et dit d'une voix doucereuse :

– Hagen de Maisonclair est bien le régicide, mais il n'a pu accomplir son terrible geste sans bénéficier de complicités au sein de la garde. De cette dernière nous connaissons l'engagement et la droiture, mais l'influence du félon y était puissante. Aussi, je suggère à Sa Majesté de placer temporairement la princesse sous la protection des Fils de l'écaille. Ils l'escorteront jusqu'à la Tour noire où elle sera en sécurité, le temps d'identifier tous les auxiliaires du traître.

Le cœur d'Elanée manqua un battement. Elle allait protester, mais déjà la voix de son frère, étonnamment assurée, s'élevait :

– Qu'il en soit donc ainsi : je confie ma sœur à la protection de la Tour noire.

VARKOR

L'arche des Preux, percée de plusieurs alcôves latérales et profonde d'une dizaine de mètres, rendait hommage aux membres les plus héroïques de la garde. La plupart étaient morts au combat, d'autres, en protégeant leur souverain d'un attentat. C'étaient désormais leurs statues qui fixaient ceux qui empruntaient le passage. Au moment des fêtes de solstices, quand la structure était baignée d'une lumière particulière, les nouvelles recrues de la garde venaient y prêter serment. Au-delà de la voûte se trouvait un chemin de ronde qui longeait le plus haut mur d'enceinte de Château-Doré. C'était la construction la plus septentrionale de Nantos, elle culminait à plus de vingt mètres au-dessus du sol et dominait l'intérieur des terres, tournant le dos au fleuve qui s'étendait à l'exact opposé. Peu de soldats arpentaient ce passage, qui ne comportait d'ailleurs ni parapet ni échauguette. La base de la muraille était composée d'eucrite, une pierre météorite réputée incassable et lisse comme le verre. Elle servait depuis longtemps à protéger les édifices des assauts du cimelierre, dont les crochets ne pouvaient s'agripper à sa surface. Au pied du rempart, les fourrés diaboliques stagnaient à moins de deux mètres de hauteur. La plante enrageait de ne pouvoir escalader les murs et ses tiges s'entortillaient comme un amas de serpents affamés. Elle provenait des marais, en bordure du fleuve, et avait progressé au fil du temps, finissant par encercler la cité tout entière.

Une silhouette encapuchonnée venait à peine de dépasser l'arche des Preux qu'une autre vint à sa rencontre.

– Vous voilà bien pressé, messire Varkor, dit l'homme vêtu d'une tunique bleu nuit, comme en portaient les membres de la guilde des Hermétistes.

C'était Senestror, l'archimage du roi en personne. La veille, il se trouvait aux côtés du jeune héritier quand ce dernier l'avait congédié avant de confier sa sœur aux dévotes de la Tour noire. La nouvelle l'avait consterné au plus haut point.

L'autre sembla surpris.

– Et vous êtes loin de vos quartiers, répliqua l'inquisiteur, une pointe de défiance dans la voix. Me suivriez-vous ?

Le vieil archimage esquissa un sourire.

– Vous n'êtes pas le seul à connaître ce raccourci, dit-il en désignant le chemin de ronde. Je l'emprunte parfois. C'est d'ailleurs une chance que je vous croise, il fallait que je m'entretienne avec vous.

– À quel sujet ?

– La fougère acide. J'espère ne pas vous avoir mis mal à l'aise, hier.

Les yeux de Varkor s'étrécirent comme ceux d'un reptile.

– Pourquoi l'aurais-je été ?

– Eh bien, la fougère acide ne pousse pas n'importe où. Elle n'a même rien de naturel ; elle est apparue avec les pollutions humaines, il y a des siècles. Pour la cultiver, il faut de la dextérité et… beaucoup d'inconscience. Ce n'est pas pour rien que notre guilde interdit sa culture.

– Je ne vois pas où vous voulez en venir, grogna Varkor.

Senestror se tenait devant lui, le regard franc.

– Vous n'ignorez pas que la Tour noire se dresse au milieu d'un jardin luxuriant.

– Les nonnes aiment y faire pousser de belles fleurs, en effet.

– On y trouve aussi des roses de minuit, messire, du pavot noir et des massifs de fougères acides de la taille d'un homme. Les allées odorantes du jardin recèlent bien des pièges.

– Vous m'accusez ?

L'inquisiteur avait ôté sa capuche, dévoilant deux taches sombres à l'emplacement de son regard.

– Nullement, messire, mais récolter ses feuilles nécessite beaucoup d'habileté si on ne veut pas s'empoisonner. Il est donc logique de penser que celui qui s'est procuré cette substance connaissait l'endroit où la cueillir. Aussi, messire, je vous enjoins de diligenter sans tarder une enquête au sein de la Tour noire. Notre meurtrier y réside, j'en ai la conviction.

Varkor s'approcha du bord de la muraille.

– Vous semblez à ce point catégorique, messire Senestror.

– La chose est trop grave, le roi a été empoisonné. Son meurtrier court toujours et je ne crois pas Hagen coupable.

Un léger sourire passa sur le visage du clérical.

– Si nous devons enquêter dans cette direction, la discrétion est de rigueur.

– Bien sûr.

– À qui d'autre avez-vous parlé de vos doutes ?

– À personne, l'affaire est délicate.

– C'est très bien, fit Varkor, vous me simplifiez la tâche.

Avant que Senestror ne puisse réagir, l'inquisiteur lui envoya un violent coup de poing dans le foie. L'archimage s'effondra dans les bras de son agresseur qui l'attrapa par les épaules avant de le faire basculer par-dessus le mur.

Senestror poussa un bref glapissement avant de

s'écraser au milieu du fourré de cimelierre qui se referma sur lui. Un bruissement abominable remonta jusqu'aux oreilles de Varkor qui observait, fasciné, les contorsions de la plante.

Ce chemin de ronde était bien connu des assassins de Nantos, c'était l'endroit idéal pour faire disparaître un corps.

L'inquisiteur le savait et Senestror, pour son malheur, l'avait oublié.

ELANÉE

Elanée avait demandé à récupérer des vêtements de rechange et sa longue-vue, avec laquelle elle adorait contempler les toits de Nantos et tous les dirigeables qui en parcouraient le ciel. Avec le temps, elle était devenue incollable pour reconnaître les différents blasons. Son préféré était celui des unités de combat aérien : leurs armoiries figuraient une harpie féroce, ailes déployées, la flamme d'un feu grégeois entre ses serres. À Nantos, les femmes n'avaient pas le droit de piloter de machines volantes, mais Elanée avait trouvé le moyen de contourner cette coutume stupide. Elle dissimulait ses cheveux sous un casque d'aviateur et enfilait une combinaison de pilote toute miteuse qu'elle avait dénichée dans une poubelle et recousue elle-même.

Plus d'une fois, à la faveur de la nuit, escaladant un mur ou crochetant une serrure au passage, elle avait rejoint son ami, Octavius Gilmoor, fils du célèbre savant, qui travaillait dans un atelier dissimulé dans le grenier d'un commerce de Marteau-Fendu. Octavius était un ancien pilote de dirigeable qu'un accident avait cloué dans un fauteuil roulant. Son handicap lui avait permis d'échapper à l'attention des Capes noires, toujours en quête de chercheurs pour les enfermer dans la zone interdite et les contraindre à servir l'effort de guerre.

La maison du savant comportait plusieurs issues et son lot de passages secrets. L'un d'eux conduisait dans un grenier rempli d'étranges appareils mécaniques ; c'est là qu'il cherchait à mettre au point sa « grande œuvre », un secret qu'il gardait pour lui seul.

Pour l'heure, Elanée bouclait son sac. En relevant la tête, elle croisa son reflet dans un miroir. Un visage ovale à la peau laiteuse, des yeux bleus et un nez légèrement retroussé.

Elle se dirigea discrètement vers la porte de sa chambre et la verrouilla sans bruit. Derrière, les Fils de l'écaille attendaient de la conduire à la Tour noire.

Ils peuvent bien prendre racine !

Elanée était de sang royal et personne ne l'emprisonnerait dans un couvent où des cinglées se prosternaient devant un crocodile en pierre !

Elle gagna le rebord de la fenêtre de sa chambre et jeta dans le vide les draps de son lit ; elle les avait noués pour en faire une échelle improvisée. Vêtue de sa tenue préférée, un pantalon et un gilet de cuir, une chemise ajustée au corps et cousue à une capuche rabattue sur sa chevelure blonde rassemblée en une queue-de-cheval, elle descendit le long de la muraille et atteignit un chemin de ronde, quelques mètres en contrebas.

Son plan était simple : quitter le palais et rejoindre la maison de son ami Gilmoor. Personne n'aurait l'idée de la chercher là-bas. Plus que le chagrin d'avoir perdu son père, c'était la crainte que lui inspirait Thibault qui l'animait. Entre les mains de Varkor, il pouvait devenir le pire des tyrans.

Elle progressa en longeant les murs, évita la ronde de plusieurs sentinelles et s'apprêta à descendre dans une cour, son visage toujours dissimulé. Elle connaissait les lieux par cœur. Dans sa prime jeunesse, seul Ludérik parvenait à la débusquer lorsqu'ils jouaient à cache-cache. Mais il n'était plus là.

Avait-il été capturé ? Était-il en danger ?

Son cœur se serra.

Dans la cour, elle remarqua un carrosse sombre, sans armoiries. Il était d'ordinaire réservé aux visiteurs du soir, de riches négociants ou les princes de contrées voisines que le roi recevait en catimini pour des négociations secrètes.

Qui pouvait être accueilli par une nuit pareille ? Quand tous pleuraient le roi et que les complices du régicide étaient traqués dans tout le palais ?

Elle dépassait le véhicule quand une portière s'ouvrit

de son côté. Une silhouette en armure lui faisait signe de l'intérieur.

Elanée marqua un temps d'arrêt. Elle regardait autour d'elle, flairant un piège. La tête de Randolf apparut brièvement dans l'encadrement de la porte.

– Princesse Elanée, montez, je vous prie !

Que faire ? Elle n'aimait pas beaucoup le commandant, mais la garde valait mieux que les Fils de l'écaille. La jeune femme grimpa dans le carrosse.

L'officier lui demanda de fermer la portière avant de frapper trois fois avec l'extrémité de son bras mécanique contre la cloison qui les séparait du cocher. Elle entendit un fouet claquer et, aussitôt après, ils quittèrent le palais en empruntant la grand-route qui descendait vers Propolis.

– Je ne voulais pas vous effrayer, princesse, mais les yeux de Gator sont partout à Château-Doré et il ne vaut mieux pas qu'on m'aperçoive à vos côtés. Il y va de nos vies.

Elle était sur la défensive.

– Comment saviez-vous que je passerais par la cour ?

Il afficha un sourire rusé.

– Sauf votre respect, vos petites escapades nocturnes n'ont jamais eu de secret pour la garde. C'est son travail de surveiller les abords des appartements royaux.

Elanée se sentait humiliée.

– Mais qui pouvait savoir que je fausserais compagnie aux Capes vertes ?

– Cela, je l'avais deviné tout seul, fit l'officier. J'avais demandé qu'on vous place sous ma protection, mais cet intrigant de Varkor a suggéré à notre jeune roi de vous faire enfermer dans la Tour noire. Ce n'était pas mon idée, croyez-le bien. Je n'ai guère apprécié que Varkor remette en cause la probité de la garde.

Elanée s'était blottie au fond de la banquette.

Pouvait-elle avoir confiance en cet ancien mercenaire, toujours en quête de reconnaissance ? Sa réputation n'était pas flatteuse ; il s'était élevé dans la hiérarchie de la garde en acceptant de basses besognes et, au palais, tout le monde savait qu'il complexait terriblement d'être né Farouche, sans la moindre goutte de sang noble dans les veines. Tout était bon à ses yeux pour faire oublier une telle infamie.

– Où me conduisez-vous ? demanda la princesse.

– Là où nul ennemi n'aura l'idée de vous chercher, le temps que l'enquête se termine.

– Et mon frère, que dira-t-il s'il apprend que vous avez désobéi à ses ordres ?

Il fit un geste pour éluder cette question, mais elle poursuivit :

– Le père de Ludérik n'est pas un traître, il a aidé mon père à conquérir Château-Doré. Pourquoi voudrait-il le tuer ? Ça n'a aucun sens.

– Vous faites bien d'évoquer ce garçon, car je dois absolument lui parler, rétorqua l'officier. Si Hagen est innocent, et c'est ma conviction, alors son fils nous aidera à le prouver. Savez-vous où il se cache ?

Elanée haussa les épaules.

– S'il n'est pas dans sa maison, il peut être n'importe où. *Château-Doré ne manque pas de recoins où se cacher.*

La voix de Randolf se fit plus forte. Elle couvrait à présent le bruit des roues cerclées de fer sur les pavés.

– L'heure n'est plus aux devinettes, jeune fille. Où est Ludérik ?

Ce changement de ton la stupéfia.

– Je vous ai dit que je l'ignorais. Maintenant, j'exige de descendre, vous m'entendez ?

Il ramena vers lui son bras mécanique et l'adolescente vit à son extrémité la pince en fer. Elle était imposante et capable, disait-on, de briser le fémur d'un homme comme s'il s'agissait d'une brindille.

Avant qu'elle ait pu esquisser le moindre geste, la tenaille s'était refermée sur sa gorge. Elle sentit aussitôt l'étreinte irrésistible de l'acier. Plus elle se débattait, plus la pression s'amplifiait.

– Inutile de lutter. Nul n'échappe à l'accolade de ma chérie, et comme c'est à une femme que je dois ce prolongement de fer, ce serait justice qu'une femelle périsse sous sa poigne.

Sa face de brute au menton couvert d'une fine barbe drue se trouvait à quelques centimètres de son visage.

– Je répète ma question : où est Ludérik ?

Elle pouvait à peine parler.

– Je ne l'ai pas revu depuis… notre dispute. C'était il y a plusieurs jours, près des grandes terrasses. Je le jure…

Elle était prête à s'évanouir. Randolf grimaça en relâchant sa prise.

Cette petite catin ne sait rien !

Le carrosse venait de s'arrêter.

Il ouvrit une portière et poussa rudement la princesse à l'extérieur.

Elanée se redressa et vit qu'on l'avait conduite dans une cour circulaire éclairée de flambeaux. Derrière elle se refermait une porte à deux battants et, en face, les marches d'un escalier montaient jusqu'à un porche en pierres noires, sculpté de créatures reptiliennes rehaussées d'ivoire.

Plusieurs silhouettes entouraient la jeune princesse, drapées d'une même robe longue et verdâtre. C'étaient des femmes de tout âge, le crâne chauve et tatoué d'écailles.

Elanée sentit l'affolement la gagner. Elle venait de comprendre. Randolf de Torlieu lui avait tendu un piège. Il venait de la livrer aux servantes du dieu crocodile.

VARKOR

Depuis la fenêtre ouverte de la salle du grand moniteur, on voyait la pluie qui faisait briller les toits de la cité. Le dignitaire de Gator, une liasse de feuillets sous le bras, fixait ce paysage sans prêter beaucoup d'attention au rapport que le connétable présentait au nouveau roi. Ce rapport concernait les agissements des cités rivales, à commencer par Angenor, la plus querelleuse. Si le chef des armées avait toujours fidèlement servi l'ancien roi Dankrad, il n'avait jamais manifesté beaucoup de sympathie pour la garde, qu'il jugeait moins disciplinée que les unités de combat aérien en charge des aéronefs. Il exerçait son commandement sur ces dernières et c'est certainement grâce à elles que Nantos avait conservé son indépendance. Elles l'avaient protégée, elle et ses réserves d'émeraude, des dirigeables ennemis, moins rapides et moins bien équipés en canons à feu grégeois. Le connétable était un homme d'honneur et l'un des personnages les plus influents du conseil. Il venait d'achever son rapport et le jeune Thibault de Niville l'autorisa à se retirer. Le chef des armées jeta un regard en biais à Varkor avant de disparaître.

Le nouveau roi sortait d'une nuit agitée, les horreurs de la veille imprégnaient encore son visage poupin. Le trône où il siégeait semblait beaucoup trop grand pour lui.

– De bien mauvaises nouvelles que voilà, souffla-t-il d'une voix craintive.

– Oui, Majesté, répondit Varkor.

– On me raconte que les espions d'Angenor ne cessent de comploter contre nous. Ils veulent percer les secrets de nos machines à vapeur.

– Ces manigances étaient déjà connues de votre père.

– Il paraît que cette cité maudite a missionné son meilleur espion. On le dit assassin redoutable, crocheteur habile et maître dans l'art du déguisement. Mais le pire, c'est que nous ne savons ni quel est son nom ni à quoi il ressemble. Il y a de quoi s'inquiéter !

– L'Œil sombre et sa cohorte d'espions convoitent nos secrets depuis des années, Majesté. Mais vos ennemis ne sont jamais parvenus à leurs fins. Qu'ils s'agitent, nous les attendons de pied ferme. À ce propos, il y a un autre sujet dont vous devez être avisé.

L'inquisiteur avait pris sa voix la plus mielleuse, comme chaque fois qu'il sollicitait l'assentiment du roi.

– Il vous faut signer ces quelques documents, Majesté.

Varkor lui présenta la liasse qu'il tenait dans ses mains.

– Quelques-uns ont trait à la cérémonie funèbre de votre père, mais la plupart concernent la sécurité de Nantos en général et de Château-Doré en particulier.

Thibault signa ce qu'on lui présenta, lisant à peine. Un organigramme retint toutefois son attention. En haut, le tampon « sceau du Roy » précisait qu'une fois paraphé le texte serait scellé dans un tube de ludium que seuls le roi et ses plus proches ministres pourraient ouvrir.

– De quoi s'agit-il ?

– L'ordre d'alerte générale : le nouveau plan de sécurité de la ville, expliqua Varkor d'un ton détaché. Il est destiné à protéger le palais.

Le jeune roi parcourut le document. Il vit que quelque chose clochait.

– La garde n'est pas mentionnée dans le dispositif. Elle est pourtant la première concernée !

– En effet, Majesté. L'explication en est simple : nous savons que votre père a été victime d'un complot dont les racines proviennent de la garde elle-même. Aussi, je vous suggère de ne pas commettre la même erreur que lui. Ce document prévoit qu'en cas de nouvelle trahison, qu'elle provienne des Capes noires, de la garde ou de l'armée, le présent ordre signé de votre main retirera tout pouvoir à ces unités. Bien évidemment, cette procédure doit rester secrète pour ne pas inquiéter inutilement les membres des autres brigades.

– Donc, en cas de rébellion, seules les Capes vertes auraient le pouvoir ! s'écria le jeune roi.

Une pause.

Varkor de Kreff plongea son regard dans celui du jeune monarque.

– Majesté, les choses doivent changer. Alors que vous accédez au trône, un signal fort doit être envoyé au peuple. Pour votre sécurité et celle de votre sœur, je vous suggère de renforcer le pouvoir de Gator. Nos Fils de l'écaille seront votre bouclier le plus efficace.

Thibault paraissait troublé.

– Mais que faites-vous de la garde ?

Varkor prit un air rusé.

– La garde n'a pas pu protéger le roi Dankrad, elle a failli ! Vous devez en tirer toutes les conséquences et la cantonner à des missions subalternes, comme la protection des environs du palais, par exemple. Pour ce qui concerne la sécurité de votre royale personne et vos proches, c'est aux Capes vertes d'y pourvoir.

– Comment voyez-vous les choses ? demanda le roi.

– Le plan de sécurité se décline en trois points : en cas de tentative d'agression contre votre personne, nos hommes seront libres d'aller et venir sans que le corps du guet et ses Capes noires ne puissent ni les arrêter ni les contraindre d'une quelconque manière. Deuxième point : le culte de Gator obtiendra les pouvoirs les plus larges pour traquer vos ennemis, au sein de nos murailles comme au-delà. Pour ce faire, et c'est le dernier point, des tribunaux d'exception pourchasseront les cultes forestiers des albinos et s'assureront dans les villages farouches que nulle agression n'est fomentée contre votre personne.

Thibault de Niville ne savait que penser de tout cela. Varkor, qui le voyait, décida de pousser son avantage.

– Majesté, vous devez frapper les esprits dès les premiers jours de votre règne. Nul ne doit douter de votre autorité ni de votre détermination. Et pour ce faire, toute velléité d'opposition doit être écrasée, impitoyablement.

Thibault fronça les sourcils.

– Pouvez-vous me jurer que mon père, s'il s'était tenu sur ce trône, aurait approuvé tout cela ?

Le regard de Varkor ne cilla pas une seconde.

– Je vous le jure, Majesté.

ELANÉE

La trahison de Randolf avait terriblement choqué la jeune princesse. Ainsi, toute la méfiance qu'elle nourrissait envers lui s'était révélée exacte. Elle pleurerait son père plus tard : sa colère dépassait son chagrin et elle se fit le serment de découvrir ce qui lui était arrivé.

Elanée contemplait la chambre dans laquelle on l'avait enfermée.

Une cellule de prison…

Pour le moment, aucune des nonnes en robe couleur jade ne lui avait adressé la parole. Celle qui semblait régner sur les autres, une quinquagénaire au regard gris acier, s'était contentée de lui désigner, dans un coin de son cachot, une cruche et quelques légumes cuits à l'eau. Ensuite, la porte s'était refermée.

Une fenêtre laissait passer les rayons de lune. Accoudée à son rebord, Elanée apercevait les murailles brillantes de Château-Doré. Cette image lui serra le cœur.

Elle se trouvait à une vingtaine de mètres de hauteur.

Cette fois-ci, impossible de jouer au singe avec les draps de mon lit !

En se penchant, elle respira les effluves croupis et épicés qui provenaient du fleuve. D'autres odeurs, plus subtiles, flottaient d'en dessous. Elle reconnut le parfum mortifère du pavot noir et celui, plus entêtant, des roses de minuit, aux propriétés vomitives. De larges massifs de ces plantes impures poussaient dans les jardins qui entouraient la Tour noire. Un rempart luxuriant et mortel contre les curieux.

Elle ne ferma pratiquement pas l'œil de la nuit, tétanisée par le froid et l'appréhension. Au petit jour, elle reçut la visite d'une gamine. Elle portait elle aussi la robe verdâtre, mais taillée dans un tissu moins noble que celui des nonnes. Ses cheveux avaient été coupés au ras de la peau.

C'était une servante que la mère supérieure venait de lui adresser. La princesse comprit que, toute prisonnière qu'elle était, on n'oubliait pas qu'elle était la sœur du jeune roi.

Assise sur son lit, les genoux repliés contre son torse, elle regardait la gamine avec curiosité. L'autre répondait à ses questions, tête baissée. Elle vivait là depuis deux ans et s'occupait des lessives et de la vaisselle. Au sein de la Tour noire, les nonnes étaient pour la plupart des veuves qui avaient choisi de porter la robe de Gator plutôt que de finir dans la misère. Il y avait aussi des filles de mauvaise vie et même des voleuses qui avaient profité de l'anneau de salut pour échapper aux Capes noires et s'offrir, en échange de leur immunité, tout entières au dieu saurien.

– Combien de temps va-t-on me garder ici ? demanda Elanée avec une pointe d'autorité.

– Je l'ignore, Madame.

Une pause.

– Comment t'appelles-tu ?

– Béline, Madame.

– Il n'y a pas d'hommes dans cet endroit ?

La gamine était choquée.

– Oh non, c'est formellement interdit !

La princesse apprit que l'orphelinat de Nantos était géré par les nonnes et que la Tour noire trouvait abondance de recrues dans ses dortoirs. Les dévotes passaient leur journée à cultiver le jardin, au pied de la tour, prier le dieu crocodile et s'occuper des enfants abandonnés.

La plupart des marmots étaient des miséreux, nés dans Bassecombe ou Portbrume, les quartiers les plus sordides de la cité, là où la Dame brume faisait des ravages. Les parents qui sentaient la cécité sur le point de les gagner confiaient leur progéniture aux Sœurs de l'écaille avant de disparaître pour toujours.

En écoutant la fillette lui parler des œuvres charitables de Gator, Elanée réalisa avec quelle vitesse cette secte maudite avait proliféré dans la ville. Elle avait commencé par soigner et nourrir les plus pauvres, une chose dont le roi s'était toujours désintéressé. La princesse comprit avec amertume que l'appétit pour l'or du souverain passait avant toute autre considération.

Elle passa le reste de la journée dans sa cellule et, le soir, Béline lui apporta un repas frugal. Au moment où elle se retirait, elle nota que sa porte n'était pas verrouillée. Une fois son repas avalé, elle sentit le contrecoup des événements passés et sombra dans un sommeil sans rêves. Plusieurs heures avaient passé quand elle se réveilla. Dehors, il faisait nuit noire. Une musique étrange flottait dans l'air ; elle provenait des sous-sols de la tour.

Elanée s'approcha de la porte de sa cellule.

Quoi que recèle cette Tour noire, elle était bien décidée à le découvrir.

NEIL

Neil chutait sans fin au fond d'un puits dont les parois étaient recouvertes d'écailles. Des sons terrifiants, un kaléidoscope d'images et de lumières furtives accompagnaient sa dégringolade. Il atterrit dans une vasque gluante avant de se débattre dans un organisme qui voulait le digérer. C'était l'estomac d'un constrictor géant.

Le garçon quitta brusquement le royaume des rêves et la première image qu'il vit fut celle d'un homme au regard soucieux, penché au-dessus de lui.

Neil était allongé sur une couchette, dans la cabine d'une embarcation. Des bandages recouvraient ses mains ainsi que son crâne ; une douleur lancinante parcourait ses jambes et son torse : il avait sûrement des côtes fêlées. Autour de lui, des hublots, le roulis et cette odeur d'huile et de charbon mêlés. Il en avait des haut-le-cœur.

L'homme était un gaillard qui portait un ciré et de grandes bottes.

– Où suis-je ? demanda Neil avec peine.

Le marin répondit d'une voix rugueuse.

– À bord de mon chalutier. Je t'ai attrapé dans mes filets, tu flottais accroché à un tronc d'arbre. Ça fait deux jours que tu délires.

Neil ne se souvenait de rien. L'eau avait dû amortir sa chute dans le puits, et la marée, l'attirer à l'extérieur.

Il balbutia quelques mots, mais le marin ne l'écoutait plus.

Des bruits de casseroles. Une odeur de friture et de légumes bouillis vint lui chatouiller les narines.

Le pêcheur lui tendit une assiette fumante et, d'un signe autoritaire, lui intima de manger. Neil ne se fit pas prier. Il mourait de faim. Bientôt, les vertiges le reprirent et il perdit conscience une nouvelle fois.

Un peu avant le crépuscule, l'homme vint lui apporter une autre assiette.

Il lui dit qu'il s'appelait Lazare. Questionné sur ce qu'il faisait au milieu du fleuve, Neil inventa une histoire. Quand il eut fini, l'autre haussa les épaules et prit l'anneau de bronze qu'Arnizan de Vellinus avait fait poser autour de son cou, sur la plage aux esclaves. L'inscription était toujours visible : « Attrape-moi, car je suis en fuite. »

– Tu t'es carapaté de l'île du Malheur, pas vrai ? T'es pas le premier que je vois flotter à la surface. D'habitude ce sont des noyés, à demi boulottés par les crocodiles.

L'homme n'était pas très sociable en apparence, mais Neil se sentait en confiance. Après tout, il lui avait sauvé la vie.

Le garçon ne tarda pas à se remettre et, au bout de deux jours à peine, il prenait le frais sur le pont. Le soleil brillait et Lazare lui proposa de l'aider à réparer un filet déchiré. La discussion s'engagea et le marin lui confia que jadis, lorsqu'il travaillait avec son fils, leur bateau ressemblait à celui-ci. Un jour qu'il était resté cloué au lit par une mauvaise fièvre, ce dernier était parti pêcher seul. On avait retrouvé l'épave du bateau, toute fracassée. Nulle trace du gamin à bord.

– C'est Gator qui me l'a pris, grogna le marin. Il a dû voir le chalut passer alors qu'il nageait entre deux eaux ; il l'a attrapé puis entraîné au fond du fleuve, comme les sauriens le font avec leurs proies.

On entendait beaucoup d'histoires de ce genre dans les tripots de Portbrume. Neil en connaissait d'autres.

– Tu sais faire quoi de tes dix doigts ? demanda Lazare.

– Tanneur.

Le marin parut réfléchir.

– Un métier dur… C'est pour ça que tes mains sont brûlées ? La chaux ?

Neil approuva.

– Qu'est-ce que tu vas devenir, maintenant ?

Ce fut au tour de l'adolescent de hausser les épaules.

Alors, le marin lui dit :

– Tu es costaud, que dirais-tu de m'aider sur le chalut ? Je commence à plus y voir très clair, cette saloperie de Dame brume. Pour le ramassage des filets et tout le reste, j'ai de plus en plus de mal.

Neil regarda la jungle épaisse au sud et les clochers de Nantos au nord. Il n'avait envie d'aller ni dans une direction ni dans l'autre. Mais là, au milieu des eaux, il se sentait bien.

– C'est d'accord, dit-il.

Lazare sourit.

– Tu as l'air d'être un bon gars, tu me rappelles mon fils.

Quand les cales furent suffisamment remplies de poiscaille, le chalut cracha sa fumée noire depuis son unique cheminée et mit le cap vers Portbrume.

Arriver à Nantos par le fleuve était pour Neil une expérience nouvelle. Un vrai spectacle. Portbrume formait un lagon dont l'une des embouchures était occupée par un grand phare, peint aux couleurs de Château-Doré. Longtemps, la nuit, ses feux n'eurent pour écho, de l'autre côté du fleuve, que ceux du campanile de Fort Herberouille.

Le port de la cité était l'unique comptoir commercial entre l'estuaire du fleuve et Mortpic ; l'activité maritime y était intense. Le site se partageait en deux zones. La plus misérable se trouvait à l'est, le long des plages de sable où s'alignaient les anciens quais. La plupart menaçaient de s'écrouler et c'était parfois le cas, comme Lazare l'avait raconté à Neil, un soir :

– Quand le fleuve subit l'influence de la marée basse, un violent courant se forme dans le lagon. Il suffit qu'un malheureux tombe à l'eau pour qu'il soit aussitôt emporté.

Ils approchaient du rivage.

Neil regardait en direction des dunes : il distinguait de vieux canots disséminés çà et là, des huttes de marins avec leurs casiers à crustacés et les traces d'anciens feux.

La zone plus à l'ouest était le cœur de Portbrume : de longs quais formés par les jetées et les docks alignés en front de mer. On voyait le corps du guet, grosse maison fortifiée en pierre de taille, des dizaines d'entrepôts et de tavernes, en bois ou en brique, et même, au sommet d'une colline, une imposante redoute, garnison flanquée de mâts où flottaient les oriflammes de la guilde de Fer. Les troupes n'étaient là que pour éviter des incidents lors de l'embarquement d'esclaves en partance pour l'île du Malheur ou superviser le débarquement de riches cargaisons.

Portbrume était l'endroit de tous les trafics, avec ses venelles louches et ses ruelles mal famées.

Quand le chalutier entra dans le lagon, les odeurs du

fleuve, combinaison de végétation en décomposition et de parfums capiteux en provenance de la jungle, s'effacèrent devant la puanteur du port : un mélange de relents de poisson avarié et de charbon brûlé.

Pour Neil, habitué à travailler les peaux au milieu des vapeurs toxiques, l'odeur était presque agréable.

Lazare et lui entreprirent de décharger le chalutier.

Sous les quais, l'eau avait une curieuse teinte noire. Une boue peu engageante se formait contre les piliers et collait à la coque des bateaux comme du goudron.

– Le charbon, précisa Lazare en voyant le regard interrogateur du garçon. La zone interdite en brûle en quantité ; elle se débarrasse des rebuts en amont du fleuve et le courant ramène cette saloperie dans le port. Les poissons crevés flottent à la surface et les gens tombent malades quand on pêche trop près du lagon. Mais qui oserait critiquer la zone interdite ? C'est la chasse gardée du palais. Faudrait être fou.

Le marin pointa du doigt la surface de l'eau.

– Tu vois, gamin, en cas de chute, cette mélasse pourrait se coller à ta peau et t'entraîner par le fond. On dit qu'il y a toute une armée de squelettes là-dessous, les os agglutinés dans le goudron. Et je ne te parle pas des silures visqueux qui ondulent sous la surface, ils sont d'une voracité peu commune, même les ragondins géants s'en méfient.

La cargaison de poissons fut cédée à un commerçant

avec lequel Lazare avait ses habitudes. Le soir, ils mangèrent à la taverne du Bouc Noir. Quelques tables crasseuses entouraient une cheminée ; dans l'âtre mijotait une grosse marmite. C'était un endroit viril et dangereux comme Portbrume en comptait des dizaines. Par précaution, Lazare ne se séparait jamais d'une pointe de harpon accrochée à sa ceinture.

L'établissement était bruyant, toutes les tables étaient prises. Les ouvriers des docks levaient leur pinte de bière en sifflant les serveuses, de grosses filles qui chaloupaient des hanches en espérant un pourboire. Un joyeux tintamarre fait de cris, de rires et de disputes.

Neil mangeait sa soupe au lard en silence. Lazare commanda de la bière sans le quitter des yeux.

– Je me croyais taiseux, mais j'ai trouvé mon maître.

Le garçon posa sa cuillère.

– Merci pour ça et le reste.

Lazare haussa les épaules.

– J'te fais pas la charité, tu crois quoi ? Je vais te mettre au boulot sur mon bateau ; le turbin y manque pas, comme t'as pu t'en apercevoir.

Neil vida son assiette d'une lampée avant de s'essuyer les lèvres d'un revers de manche.

Il allait lui répondre, quand la porte du Bouc Noir s'ouvrit à la volée. Dehors, c'était le déluge. Quatre hommes encapuchonnés firent leur entrée dans la taverne. C'étaient des mercenaires de la guilde de Fer, reconnaissables à l'écusson à tête de chien qu'ils arboraient aux épaules de leur jaque, couvert d'une cuirasse. Deux d'entre eux portaient un arc dans leur dos et tous dévoilaient un poignard à la ceinture.

Cette apparition soudaine plongea l'auberge dans un silence relatif. L'un des mercenaires se dirigea vers le centre de l'auberge et interpella la clientèle d'une voix rugueuse.

– On cherche un esclave en fuite, il porte une marque sous la gorge. Grosse récompense de la part du gouverneur de l'île du Malheur. Argent facile.

Sur ses mots, des soiffards affluèrent de toute la pièce.

Les hommes d'armes rabattirent leurs capuches. On vit des trognes cuites par les embruns et le soleil, balafrées pour la plupart. Un des mercenaires bloquait la porte d'entrée, le regard lourd.

Celui qui avait parlé prit une baguette et commença à circuler au milieu des tables. Dès qu'il remarquait un suspect, il la pointait sur son menton et l'obligeait à lever la tête. Il inspectait ainsi les gorges, à la recherche du collier en cuivre qui marquait les esclaves en fuite.

Neil se recroquevilla sur lui-même. Même si Lazare l'avait délivré de son collier d'esclave, le sillon rougeâtre sur son cou ne tromperait personne.

Il serra les poings. L'angoisse nouait son ventre.

Le mercenaire se rapprochait.

ELANÉE

Au cœur de la nuit, une musique lointaine guidait Elanée le long de couloirs déserts éclairés par des appliques luminescentes disposées à intervalles réguliers, qui diffusaient une lueur verdâtre et tamisée. Pas âme qui vive au niveau des dortoirs, de simples portes closes qui barraient l'accès à des cellules identiques à la sienne. Elle trouva un escalier en colimaçon qui descendait autour d'une colonne sombre incrustée de motifs reptiliens. Plus bas, la musique se transforma en murmures, puis en chants. Les paroles étaient incompréhensibles, mais elle reconnut le son guttural du draconique, un langage utilisé par les dévots de Gator à l'occasion de leurs rituels.

Elanée n'était pas peureuse de nature, mais ces mélopées morbides n'étaient pas pour la rassurer. Plus les étages passaient, plus les chants s'amplifiaient. Elle atteignit un autre palier et décida de longer un mur tapi dans l'ombre. Un balcon était dissimulé derrière une tenture épaisse, lequel donnait sur une pièce impressionnante ; elle se trouvait sous la Tour noire.

N'espère pas t'enfuir par ici !

C'était vraiment une salle aux proportions colossales, dont les murs et le sol étaient faits de pierre. La voûte était soutenue par des colonnes gravées de créatures qui s'entortillaient : vipères, lézards, caméléons et autres sauriens.

L'espace à découvert se partageait entre une fosse, où dansaient en levant les bras au ciel des dizaines de cultistes, masque de crocodile en cuir bouilli sur la tête, et une plateforme en pierre. Un spectacle hideux et grotesque à la fois, rythmé par une musique hypnotique.

Au milieu de l'estrade se trouvait un large orifice circulaire en marbre vert. Des braseros disposés aux quatre coins dégageaient une fumée épaisse et poisseuse. D'où elle était, Elanée sentait qu'elle lui piquait les yeux.

Du pavot hallucinogène ?

Une dévote, filiforme et le visage badigeonné d'un colorant verdâtre, proférait des incantations en draconique que la foule reprenait en chœur. Plus la prêtresse s'époumonait et plus l'assemblée devenait extatique.

L'adolescente était révulsée par cette scène qui surgissait du fond des âges : un culte barbare et dégénéré qui avait dû précéder les anciennes civilisations. Elle n'avait jamais contemplé une telle furie religieuse et jamais elle n'aurait cru ces fanatiques capables de disposer d'une telle puissance, ici, au cœur de Nantos.

Bientôt, une horrible frénésie parcourut les rangs des nonnes. Dans un concert de hurlements bestiaux, elles se mirent à ôter leurs robes et se diriger vers l'autel. À son pied se trouvaient de grandes vasques.

Elanée les vit descendre dans les bassins jusqu'au cou et en ressortir le corps recouvert d'un limon verdâtre. Au bout d'une dizaine de minutes, toute l'assistance ressemblait à une horde de femmes-reptiles. Les chants ne faiblissaient pas. Alors la prêtresse, qui s'était également baignée dans la boue, fit un geste. Le silence tomba aussitôt.

Deux nonnes venaient de monter sur l'estrade. Elles accompagnaient une jeune femme dont la blancheur de la peau et la chevelure sombre contrastaient avec les masques et le vert des corps frémissants.

La démarche de la fille était incertaine, Elanée supposa qu'elle était droguée.

La prêtresse proféra quelques paroles et la foule répliqua à l'unisson. Alors, la femme fut dirigée vers la fosse et on retira promptement sa tunique. Au bord du cercle d'émeraude, elle hurla et voulut se débattre. Trop tard : des mains la poussèrent et son corps fut happé par le vide.

Saisie d'horreur, Elanée n'en croyait pas ses yeux. Elle venait de comprendre les dangers qui l'entouraient. Serait-elle la prochaine à servir d'offrande ?

Choquée et en larmes, Elanée courut se réfugier dans sa cellule.

NEIL

L'adolescent sentit quelque chose lui effleurer le genou. C'était Lazare qui lui tendait un bonnet sous la table. Les mercenaires quadrillaient toujours la salle.

Le marin lui murmura :

– Enfile ça et suis-moi dehors.

Neil mit le bonnet, s'assura que le col de son gilet recouvrait la marque sur son cou et prit la suite du vieil homme. Avec sa barbe de plusieurs jours et sa nouvelle coiffure de laine, il espérerait tromper son monde. Quant à Lazare, il jouait parfaitement la comédie : devant la porte, il fit mine de vomir et le garde, écœuré, les chassa dehors. L'air de Portbrume les dégrisa à demi. Des lampadaires éclairaient chichement une rue pavée qui menait à Portedure.

Près d'un tonneau vermoulu, Lazare fit une halte. Il avait besoin de reprendre son souffle.

– Merci, sans toi… commença Neil.

L'autre le fit taire d'un geste de la main.

– T'inquiète, petit, je n'aime pas beaucoup la guilde de Fer. Ils fricotent beaucoup trop avec ces enragés de Gator. Un jour, je le sais, ils accepteront son or maudit et se retourneront contre le roi. La cupidité conduit toujours à la trahison.

Ils avançaient en se soutenant mutuellement comme des frères. Les effets de la bière se dissipaient. La pluie s'était arrêtée, le vent chassait les nuages et dévoilait des bouts de ciel clouté d'étoiles.

Lazare marmonnait pour s'éclaircir l'esprit.

– Tous les deux, on s'en sort pas si mal.

Sa voix s'éraillait un peu.

– Neil… je sais que la Dame brume ne tardera pas à me prendre. Quand ce moment viendra, qui s'occupera de mon bateau ?

Le silence.

– Et si c'était toi ? Tu es habile de tes mains, il t'a fallu à peine quelques jours pour apprendre à diriger mon chalutier, alimenter la chaudière et réparer les filets. C'est marinier dans l'âme que t'es, pas tanneur. Moi j'ai l'œil pour repérer ceux qui sont capables de vivre sur le fleuve.

L'adolescent était bouleversé. C'était la première fois qu'on lui faisait des compliments. Son père avait toujours été dur avec lui et son maître peaussier, pire encore. Et voilà que Lazare, non content de lui sauver la vie, lui offrait son propre bateau !

– Je suis un esclave en fuite, lâcha Neil d'un ton fataliste. Arnizan de Vellinus a dû payer ces écorcheurs de la guilde rubis sur ongle pour qu'ils me traquent ainsi, car si la rumeur se répand qu'on peut s'évader de l'île du Malheur, son autorité sera contestée ; il pourrait finir comme son prédécesseur Senaculus.

Lazare secoua la tête.

– Personne n'aura l'idée de venir te chercher sur mon bateau. Les fugitifs ont l'habitude d'errer dans Fondosse ou aux abords du cimetière de Mortedune. Toi, tu ne seras qu'un marin qui vend sa pêche à la criée ; il te suffira d'éviter les auberges un moment. On finira par t'oublier.

Avant que l'adolescent ne réplique à nouveau, Lazare lui avait glissé un objet en fer dans une poche. C'était la clef de démarrage du chalutier.

– Je te la donne, petit. Et si tu la refuses, tôt ou tard, un brigand la prendra sur mon cadavre après m'avoir poignardé dans le dos, tout aveugle qu'il m'aura trouvé.

Neil vit dans le regard du vieux l'éclat d'une fierté toute paternelle.

– Je suis loin de tout savoir des bateaux à vapeur.

– Je t'apprendrai.

Sur ces entrefaites, ils atteignirent un escalier en pierre menant à un sentier de douaniers qui surplombait Portbrume avant de redescendre vers l'autre extrémité des quais. Cela faisait un long détour pour rejoindre leur chalutier, mais le chemin était discret et noyé dans le brouillard du soir. En haut des marches, Neil dut faire une pause pour que Lazare reprenne son souffle.

Tout en bas, la danse fauve des lumières se rapprochait dangereusement : c'étaient les torches des hommes de la guilde.

Quand Lazare se releva, les silhouettes cuirassées de fer n'étaient plus qu'à une vingtaine de mètres. Des gaillards rapides. Neil distingua qu'ils portaient plastrons, épaulières et brassards. Des jambes gainées de bon cuir et le reflet de la lune sur leurs lames.

Lazare décida de leur barrer la route. Les doigts de sa main droite s'étaient refermés sur le harpon que prolongeait une tige épaisse comme un manche de maillet.

– Où courez-vous, canailles ?

Le premier arborait une longue chevelure blanche nouée sur la nuque. Sa fine barbe, de même teinte, était parcourue de nervures grises et son regard, d'un bleu minéral, fusillait les deux hommes. Son plastron noir, décoré de tiges-lames opalines, était celui d'un officier. Un bon épéiste, assurément.

L'officier leva sa torche pour mieux voir l'adolescent. Ses yeux s'étrécirent.

– Montre ton cou, gamin.

Lazare tenta de s'interposer. Un des mercenaires dégaina son épée.

– Dégage du chemin, maraud. Nous voulons voir s'il

porte la marque des esclaves. Tergiverse et tu finiras en pièces dans les eaux du port.

Lazare se trouvait en hauteur, un avantage certain. Faisant mine de s'en retourner, il joua de l'effet de surprise et frappa l'officier d'estoc. La pointe de son harpon heurta le plastron avant de glisser jusqu'à la gorge et transpercer la mâchoire dans un bruit d'os et de chair. Le mercenaire émit un son indistinct et Lazare le bouscula d'un solide coup d'épaule. Il s'effondra en travers des marches, emportant dans sa chute le deuxième cuirassé. Les deux derniers mercenaires reculèrent en saisissant une flèche dans leur carquois.

Voyant cela, Lazare cria au garçon, d'une voix qui ne souffrait aucune contestation :

– Sauve-toi, petit !

Neil se précipita sur le chemin de crête en baissant la tête.

Il courait aussi vite qu'il le pouvait, des larmes lui piquant le fond des yeux. Il savait que Lazare ne survivrait pas aux archers. Comme pour souligner ce sombre pressentiment, des flèches commencèrent à fuser autour de lui. Sur sa droite, l'une d'elles éclata sur une pierre, dangereusement proche. Il accéléra autant qu'il pouvait, regrettant les godets d'alcool descendus au *Bouc Noir* qui le faisait trébucher. L'escalier plongeait vers le port. Les archers l'auraient bientôt droit dans leur ligne de mire.

Impossible d'échapper à la prochaine salve !

Le trait suivant siffla à ses oreilles et le troisième rebondit près de son pied gauche, explosant dans un nuage de brindilles.

Neil voyait le quai de Portbrume. Une zone désertée à cette heure tardive avec, pour simple décor, des tonneaux éventrés et de vieilles cahutes plongées dans les ténèbres. Cette partie du port, la plus ouverte sur le fleuve, était souvent balayée par les vents. Peu de navires quittaient la crique à cet endroit, car en face, affleurant à la surface de l'eau, se trouvaient des rochers tranchants comme des incisives. Et non loin, des bancs de sable où on apercevait parfois des ragondins géants qui se chauffaient au soleil.

À chaque enjambée, Neil manquait de chuter au milieu des marches, mais la perspective de finir criblé de flèches le faisait redoubler d'efforts.

Les archers peinaient à tenir la distance, handicapés par le poids de leur cuirasse ; ils ne couraient plus, se contentant de lui décocher trait sur trait. Neil s'approchait du bas de l'escalier et les ténèbres jouaient en sa faveur. Les tirs se faisaient moins précis.

Il atteignit enfin le quai branlant et, sans plus réfléchir, plongea dans les eaux noires.

La mélasse recouvrit ses vêtements d'une chape poisseuse qui l'alourdissait à chaque brassée.

L'eau n'était guère froide, mais le choc de son

immersion lui fouetta les sangs ; sa course folle avait fini de le dessoûler. Il nagea jusqu'à un pilotis, manquant de boire la tasse et d'avaler un peu du répugnant liquide. Ensuite, Neil s'accrocha au pieu et y demeura. Au-dessus de lui, les rayons de lune traversaient le plancher vermoulu des quais, éclairant la surface des eaux noires à claire-voie.

Des lumières fugaces glissaient au-dessus de sa tête. Les hommes d'armes avaient rejoint l'appontement et allumé des torches pour mieux scruter les ondes.

Il entendait le cliquetis des épées, les jurons des archers et le son aqueux des flèches pénétrant l'eau, quand l'un ou l'autre prenait une tache sombre pour la silhouette du fuyard.

Neil demeura agrippé et transi de froid, pendant que le goudron se coagulait autour de son corps. D'invisibles doigts l'attiraient vers le fond. Ses dents claquaient.

Alors, manquant peut-être de flèches, les mercenaires renoncèrent. Leurs pas lourds s'éloignaient en direction de la capitainerie.

Les ténèbres se refermèrent sur Neil.

Au prix d'un effort incroyable, il parvint à s'extraire de la gangue huileuse et à se hisser sur le quai. Après cet exploit, il se dissimula derrière des caisses abandonnées et y resta près d'une heure, le temps de recouvrer ses forces. Il était transi de froid, ses gants étaient trempés comme le reste de ses vêtements.

Au petit jour, profitant des dernières ombres, il chercha le moyen de quitter Fondosse. L'idée lui vint d'utiliser le bateau de Lazare pour laisser la ville derrière lui. Mais la guilde ne manquerait pas de chercher le bateau du pêcheur, même mort, en quête d'indices. Ils pouvaient songer que l'homme était un passeur pour esclaves en fuite. Trop risqué. Neil choisit de gagner l'intérieur de la cité. Il savait que les mercenaires multipliaient les patrouilles sur le port, mais qu'aucun esclave ne pouvait aisément franchir Portedure. Le guet filtrait toutes les entrées. Farouches, truands sans le sou et loqueteux de tous poils étaient systématiquement refoulés.

Alors, il longea le grand rempart qui entourait Nantos. À certains endroits, le cimelierre tapissait le bas des murs et Neil gardait prudemment ses distances. Il avait faim, il avait soif, et tout son corps était couvert d'une substance collante et malodorante. Aussi, de temps en temps, il se frictionnait avec de grandes feuilles ou plongeait ses mains en coupelle dans un ruisseau pour se rincer. Dans le ciel, une harpie féroce fondit sur une mouette avant de la dépecer en plein vol.

Tout accaparé par sa fuite, Neil n'avait plus songé à Lazare. Le chagrin, ce serait pour plus tard.

Après une longue marche, l'adolescent remarqua un trou entouré de mortier, au pied de la muraille. Un cours d'eau grisâtre suintait en dessous.

Des eaux usées ? Peut-être l'entrée des égouts…

Il s'approcha. L'odeur était à soulever le cœur, mais au point où il en était, il ne ressemblait déjà plus vraiment à un humain.

Il s'engagea dans le conduit, que la lumière du jour éclairait sur une centaine de mètres. Tout au fond, le sol s'éleva et les ténèbres s'épaissirent, mais par chance, un peu plus loin, des champignons phosphorescents poussaient sur les murs. Autour de lui, tout n'était que passages obscurs, enchevêtrements de sous-sols et boyaux à demi inondés. Il savait qu'il pouvait se perdre à tout jamais dans le labyrinthe de Fondosse, mais c'était préférable à tomber entre les mains de la guilde.

Il déboucha bientôt dans une pièce circulaire, la réserve d'un très vieux musée qui remontait aux temps jadis. S'y trouvaient des dizaines de panneaux. La plupart étaient illisibles, rongés par les vers. Sur l'un d'eux, on apercevait des hommes dans un véhicule inconnu.

De curieux champignons diffusaient une aura jaune pâle. Il trouva quelques racines humides et spongieuses qu'il huma puis goûta. Elles étaient un brin sucrées. Comme il avait trop faim, Neil en coupa une longue portion qu'il partit manger dans un coin, assis sur une pierre.

Au fil des minutes, il percevait mieux son environnement. Des meurtrières en hauteur laissaient passer une lumière chiche. Au sol, ce n'étaient pas des débris de bois qui craquaient sous ses pas, mais un amoncellement d'os et de crânes brisés.

Il n'était pas le premier à s'engager ici.

Tu es dans un mouroir… ou peut-être un garde-manger, lui susurra une petite voix.

En s'approchant d'un orifice, il perçut les couinements et le bruit caractéristique d'une meute de ragondins géants affamés.

Ils étaient nombreux.

ELANÉE

Béline avait déposé un plateau près du lit où Elanée était recroquevillée. La princesse fixait le mur sans parvenir à chasser de son esprit la vision de cette femme assassinée.

L'adolescente se redressa et s'adressa à la servante d'une voix blanche.

– Tu es au courant pour les sacrifices humains ?

Réaction timide.

– Oui, Madame.

Les yeux de la princesse étaient dilatés par l'incrédulité et le dégoût.

– Mais pourquoi ? Pourquoi ?

La gamine alla fermer la porte de la cellule afin de s'assurer que nul n'écoutait.

– Les sœurs disent que le dieu Gator veut quitter son repaire ; les offrandes sont destinées à le faire remonter à la surface pour qu'il dévore ses ennemis et récompense ses adorateurs.

Elanée ne croyait pas un mot de ces fadaises. Le fanatisme l'horrifiait.

– Qu'y a-t-il au fond du puits ?

– On dit qu'il communique avec un réseau de grottes qui mènent aux souterrains de Fondosse, la cité de catacombes.

Elanée ricana.

– Fondosse n'existe pas, c'est une légende. Il n'y a que des égouts, là-bas.

La petite écarquilla les yeux.

– Oh non, Madame. Vous ne devez pas croire cela. D'ailleurs, j'en ai la preuve.

Elle se leva et partit chercher une broche argentée qu'elle gardait au milieu de ses chiffons de ménage.

– Elle a été trouvée sur un étal du marché de Marteau-Fendu. Regardez, on voit des lettres gravées à l'intérieur : les initiales de celle à qui elle était destinée. J'ai bien connu sa propriétaire, avant qu'elle ne soit choisie pour le sacrifice.

Elanée examina la broche.

– Je ne comprends pas ce que tu racontes.

– Ceux d'en dessous récupèrent les corps jetés au fond du puits, mais seuls les bijoux les intéressent. Ils les troquent avec les habitants de Nantos. Les plus belles pièces partent contre de la nourriture ou des vêtements. En tant que servante, je suis autorisée à sortir quelquefois pour aller faire des courses et je suis tombée par hasard sur la broche.

– Qui était cette fille ? demanda la princesse.

– Un esprit rebelle. Son père n'avait pas les moyens de la nourrir, alors il l'a placée comme servante à la Tour noire. Elle était très belle, et mère Zasia l'a vite remarquée.

– C'est elle qui dirige cette communauté, n'est-ce pas ?

– Oui, Madame.

– Et que s'est-il passé ?

– Un soir, après le service, mère Zasia lui a demandé de préparer son lit, dans sa cellule. Toutes les filles savent ce que ça signifie, alors elle a dit qu'elle refusait.

L'adolescente fronça les sourcils.

– Et on l'a sacrifiée pour ce seul motif ?

Le visage de Béline s'empourpra. Elle baissa la tête.

– Mère Zasia aime bien les jeunes femmes. Et gare à celles qui rejettent ses avances.

Une pause.

– Et toi, Béline, tu lui as déjà préparé son lit ?

La gamine allait répondre quand soudain on frappa à la porte de la cellule.

Deux sœurs venaient chercher Elanée.

– Le roi souhaite vous voir, annonça l'une d'elles.

Elanée n'en revenait pas.

Thibault, ici ? À la Tour noire !

On la conduisit dans une salle destinée aux visiteurs. Elle remarqua les deux Fils de l'écaille qui montaient la garde auprès du jeune monarque, avec leur plastron luisant et leur épée au pommeau cuivré. Ils dégageaient tous les deux des relents musqués qui avaient quelque chose de *reptilien*.

Thibault de Niville était là, revêtu de sa couronne et d'une tenue confortable.

Debout près d'un vitrail, il semblait nerveux. Quand il vit Elanée entrer, il s'approcha.

– Comment allez-vous, ma sœur ? demanda-t-il en lui tendant la main.

Elle le toisa un instant avant d'adoucir son regard. En cet instant, elle le détestait plus que jamais. Mais il était le roi, désormais. Il avait droit de vie et de mort sur elle et sur tout ce qui marchait ou rampait dans Nantos et ses environs.

L'adolescente s'inclina en effleurant la main de son frère du bout des lèvres.

– Je viens m'entretenir avec vous d'une chose importante, dit-il avec une pointe de hauteur.

Il désigna une table et deux chaises.

Elle prit place en face de lui.

Les soldats de Gator se tenaient à distance. Ils étaient seuls.

Où est la garde ? songea Elanée.

Le roi prit un ton faussement détaché.

– Figurez-vous que le comte Baldrick de Vertefosse se trouve à Nantos, pour affaires.

Elle ne cilla pas, bien que l'évocation du personnage suscitât son dégoût. C'était un homme de vingt ans son aîné, plutôt corpulent. Une épaisse barbe rousse lui mangeait le visage et ses cheveux descendaient jusqu'à ses épaules. Il portait toujours un gilet en soie brodé d'officier de marine, bien que nul n'ignorât qu'il avait le mal de mer. Veuf, il ne cachait pas son goût pour les jeunes femmes, comme en attestaient ses précédentes épouses, à peine sorties de l'adolescence. Elles étaient toutes mortes dans des conditions obscures. Il était venu quelquefois à la cour de Château-Doré s'entretenir avec Dankrad. Elanée se souvenait de son regard concupiscent.

Le comte régnait sur la cité de Mortpic, une île située au milieu du fleuve et dominée par les tours Grisfort, deux forteresses jumelles du haut desquelles la vue était prodigieuse. Cet ancien bastion de pirates, jadis dévolu au commerce des esclaves, avait décliné suite à la découverte de gisements d'émeraude sur l'île du Malheur. L'arrière-grand-père de Baldrick avait choisi d'abandonner la traite des êtres humains pour investir dans les navires à vapeur. Faute de connaître la technologie des aérostats de Nantos, il s'était constitué une flotte de guerre. Ainsi, Mortpic était devenue la puissance maritime dotée des chantiers navals les plus importants du monde connu. Pour se protéger des espions diligentés par les cités voisines, elle avait dressé de hautes murailles derrière lesquelles se trouvaient plusieurs bassins de carénage dédiés à la construction de gigantesques cuirassés à vapeur, capables de résister aux obus incendiaires.

L'île de Mortpic était entourée de marais infestés de crocodiles, et cette seule présence devait justifier que le culte de Gator convoite la cité. Pourtant, tout comme Dankrad, Baldrick n'avait jamais prêté allégeance au dieu saurien.

Mais les choses pouvaient changer. C'est ce que Varkor avait murmuré à l'oreille de Thibault de Niville, la veille.

L'héritier toisa sa sœur.

– Nous rapprocher des tours Grisfort est devenu une nécessité. Elles se trouvent sur l'une des voies maritimes les plus empruntées et constituent un allié de poids face à Angenor. Cette maudite cité n'a de cesse de tenter de dérober nos technologies à vapeur. Du haut de ses donjons, Mortpic peut surveiller le fleuve à des kilomètres à la ronde. Ce serait pour nous un avant-poste précieux en cas de guerre.

Où voulait-il en venir ?

Elle n'eut pas longtemps à attendre.

Il toussa pour se donner une contenance.

– Tu vas épouser le comte Baldrick. Tu lui feras un fils et de votre union naîtra la réconciliation de nos deux royaumes. Alors, l'empire des cités libres rayonnera sur tout le fleuve. Nous serons maîtres des airs et des mers et n'aurons plus à redouter ni les Farouches, ni la jungle et ses Pisteurs.

L'espace d'un instant, elle imagina les mains du comte posées sur son corps, l'odeur de sa transpiration et celle de son haleine alourdie par l'alcool. Elle en eut un haut-le-cœur.

– Ce sera une grande fête, je ferai venir des artistes de tout le royaume, crut-il bon de préciser.

– Jamais, répliqua-t-elle d'une voix sèche. Père avait déjà évoqué cette union avant d'y renoncer.

Thibault frappa la table de son poing et sa sœur tressaillit devant cette explosion de colère.

– Père est mort ! Je suis le roi et tu vas m'obéir !

Elle était stupéfaite. Cette violence… Elle ne reconnaissait pas son frère.

– Ce mariage est la meilleure chose qui puisse arriver à notre lignée. Tu es une Niville et tu feras ton devoir. Tu épouseras ce crétin de Mortpic et tu le laisseras t'engrosser autant qu'il lui plaira. Et moi, je serai enfin débarrassé de tes airs supérieurs. Je n'en peux plus de te voir tordre le nez à chacune de mes sentences. Père n'est plus là pour couvrir tes facéties et je m'en réjouis. Tu as toujours su le distraire avec tes lectures de récits de voyages ou du monde d'avant, mais s'il t'a préférée à moi, c'est parce qu'il savait que tu ne monterais jamais sur le trône.

Ses derniers mots étaient enrobés de fiel :

– C'en est fini des badinages, petite sœur chérie.

Elle essaya de le raisonner. Sa voix tremblait.

– Thibault… écoute-moi. C'est Varkor qui te manipule, t'en rends-tu compte ? Notre père s'est toujours méfié de ses perfidies, à juste titre. Sais-tu ce qui se trame dans la Tour noire, par exemple ? Laisse-moi te dire comment ces barbares se comportent avec notre peuple, je…

Il se leva brutalement.

– *Notre peuple ?* Le tien se trouve désormais dans les poissonneries de Mortpic !

Un sourire venimeux déformait son visage.

– On dit que cette ville pue tellement que l'odeur indispose même les voyageurs qui la survolent. Tu feras moins ta précieuse au milieu des tonneaux de saumure. Et s'il faut te bourrer de pavot pour te traîner devant l'autel, nous le ferons.

Thibault en avait fini avec elle ; il fit convoquer la mère supérieure et lui dit :

– Ma sœur est autorisée à assister aux funérailles de feu mon père. Vous l'accompagnerez sous bonne garde pour qu'elle accomplisse son devoir.

Il se tourna vers Elanée, visage fermé.

– Tu as intérêt à changer de comportement, d'ici là.

En rentrant dans sa cellule, Elanée s'assit sur son lit et plongea son visage dans ses mains. C'était un cauchemar sans fin. Thibault avait changé du tout au tout. Le poison de la jalousie lui avait grillé la cervelle et le cœur.

Si les images du sacrifice ne cessaient de la hanter, celle du visage de la mère supérieure la dérangeait plus encore. Il y avait cette *chose*, qu'elle avait remarquée à l'instant, sur une de ses joues. Pas une tache de vieillesse ni une grosse verrue.

Une trace de boue.

Elanée se sentait prise au piège.

IV
LES LAMES DE VALLAINE

MALVINA

Les amazones encapuchonnées escortèrent la jeune albinos jusqu'à leur camp, situé à moins de deux kilomètres de Fort Herberouille. Elle fut conduite à l'intérieur d'une clairière où plusieurs chariots et deux roulottes aux couleurs criardes formaient un cercle défensif. Au centre, un foyer laissait crépiter de belles flammes. Une trentaine de filles vivaient là, toutes étrangement vêtues. La plupart portaient des pantalons moulants et sombres, de hautes bottes et des chemises en dentelles garnies de dessins brochés en fils d'or et d'argent. Par-dessus, d'élégants corsets en cuir renforcés de plaques d'acier brillaient d'un éclat vif. Aux ceinturons bouclés pendaient des rapières, et certaines revêtaient sur l'avant-bras une lame effilée et pointue, prête à jaillir à tout instant grâce à un ingénieux mécanisme. Les filles étaient, par certains aspects, habillées comme des hommes, mais toutes arboraient de longues chevelures, certaines teintes en bleu ou en rouge, et des colliers, des bracelets ajustés et diverses étoffes nouées à la taille égayant leurs austères baudriers.

Malvina vit que les chariots regorgeaient d'équipements et que se trouvait là une vraie caravane, habituée à parcourir de longues distances. Tous les coffres à vêtements, les couvertures, les sacs de grains et les tonneaux étaient tirés par de lourds chevaux de trait. Elle les vit, attachés autour d'une roue de carrosse dont l'intérieur était dissimulé par des bâches cousues.

On la fit asseoir près du feu. Elle avait faim, alors on lui donna à manger.

Non loin de là, quelques bannières aux motifs burlesques claquaient dans la brise qui portait jusqu'à ses oreilles des sons de luth, de vièle et de flûte.

Partout des filles, aucun homme.

Elle vit bientôt approcher Fanielle, celle qui avait terrassé le mercenaire d'un jet d'étoile. Elle était accompagnée d'une femme d'une trentaine d'années. Des reflets blancs parcouraient sa crinière noire et un carré de cuir noir dissimulait son œil gauche.

Malvina lécha la sauce poisseuse qui maculait ses doigts avant de les essuyer dans l'herbe.

La femme qui se tenait debout au-dessus d'elle se présenta d'une voix ferme et douce à la fois :

– Elzémée de Vallaine, chef du campement.

Toutes les autres semblaient la vénérer.

Elle se pencha vers Malvina.

– Tu es une sorcière albinos ?

Malvina se rembrunit.

– Tu n'as rien à craindre de nous, précisa l'autre. Une de mes Lames a été gravement blessée et il lui faut des soins urgents. Nous aurions bien besoin de ton aide.

Une Lame ?

Malvina se leva sans rien dire et on la conduisit près d'une roulotte, bâche relevée.

À l'intérieur se trouvait une fille allongée fiévreuse, sur une couche de couvertures et de toiles ; elle s'appelait Élodie et ses cheveux courts lui donnaient un air de garçon. Une incisive de ragondin géant lui avait entaillé la cuisse droite ; elle perdait du sang et la blessure était infectée.

Malvina inspecta la plaie, fit demander de l'eau et versa le contenu d'une des dents de son collier dans la coupe en bois qu'on lui tendit. Elle fit macérer quelques herbes qu'elle avait trouvées au milieu des roulottes et prépara un emplâtre qu'elle appliqua sur la blessure.

Pendant toute l'opération, Elzémée ne l'avait pas quittée des yeux.

Élodie grogna quelque chose d'une voix étonnamment grave, puis sa tête retomba en arrière et elle perdit connaissance.

– Le sang ne s'échappe plus, fit Malvina en essuyant la sueur qui perlait sur son front d'un revers de manche.

– Merci de ton aide, dit la chef. Tu fuyais la guilde de Fer, m'a-t-on raconté ?

L'adolescente leva sur Elzémée un regard pâle.

– Les albinos fuient toujours, c'est leur destin.

L'autre approuva d'un signe de tête.

– Tu n'as plus de parents ?

Cette femme irradiait l'assurance et la détermination. Des qualités rares en ce monde.

– Ma mère a été tuée par la secte de Gator, répondit Malvina sans émotion.

La chef prit un moment avant d'ajouter :

– Aimerais-tu te joindre à nous ? Te soumettre à notre règlement et vivre libre, loin des hommes et de leur tyrannie ?

L'adolescente était décontenancée.

– Accepte et nous t'apprendrons à te battre. En échange, tu nous feras profiter de tes talents que je devine nombreux. Tu auras toute ta place parmi nous.

Malvina répondit par une moue dubitative.

– Je vais à Nantos pour y trouver du travail. Là-bas, on ne persécute pas les albinos.

Elzémée sourit tristement.

– Je ne voudrais pas doucher ton bel optimisme, mais la cité libre n'est pas le refuge que tu espères. Sais-tu que le roi est mort dernièrement ? Désormais, c'est « le Noir Régent » qui tire les ficelles et pas le jouvenceau qui occupe le trône.

– Le Noir Régent ?

– C'est comme ça que le peuple l'a surnommé. Un

apôtre de Gator, et pas des moindres : Varkor de Kreff, le Grand Inquisiteur !

Malvina encaissa le coup.

Les démons étaient partout.

Nulle part où se cacher.

Elle songea à la grotte où elle avait grandi, le seul endroit sûr en ce monde.

Son désarroi était total.

– Il se trouve qu'une affaire nous appelle à Nantos, lança Elzémée. Tu pourrais nous accompagner, le temps du voyage ? Demain, nous allons au bac pour emprunter le bateau à vapeur qui rejoint Portbrume, de l'autre côté du fleuve. Prends la nuit pour réfléchir et profites-en pour visiter le campement, tu verras comment nous vivons.

Elle lui adressa un geste gracieux avant de s'éloigner.

Des filles s'étaient approchées durant leur conversation. L'une d'elles s'appelait Roncefière. Son visage attirait le regard : une vilaine balafre le traversait en diagonale. Elle était vêtue d'un pantalon noir, d'une chemise en taffetas et d'une veste qui se prolongeait dans son dos par deux longs pans étroits. D'un naturel expressif, elle commença à bavarder avec Malvina, lui narrant le quotidien de la caravane. Toutes les filles appartenaient à une communauté de saltimbanques qui se déplaçait de villages farouches en cités libres. Pour ce faire, elle empruntait les vestiges de la route des Cinq

Provinces, à travers les Bois sombres. La jeune albinos fut impressionnée de leur audace.

Toutes savaient jongler, tirer à l'arc, danser, jouer d'un instrument ou conter des histoires anciennes qui dévoilaient le monde d'autrefois, avant que la jungle et les marais ne dévorent les cités. Elles étaient libres et maîtresses de leur destin, avec en commun d'avoir toutes souffert de la tyrannie des hommes ; la caravane était leur refuge, leur nouveau foyer. Roncefière raconta à Malvina comment elle avait été cruellement défigurée par un baron des berges de Bourgembrun après lui avoir refusé ses charmes. Fanielle, la fille à l'étoile d'argent dont les cheveux étaient d'un bleu saphir, était la cadette de deux frères qui la maltraitaient durant toute son enfance, l'obligeant à vivre cloîtrée au domicile familial, condamnée aux tâches ménagères. Un jour, elle avait vu passer la caravane depuis la fenêtre de sa cuisine. Tout l'avait subjuguée : le regard fier des filles, leurs vêtements chamarrés et les badauds qui accouraient à leur suite, riant et battant des mains.

Alors, elle avait laissé ses corvées en plan, saisi ce qui lui servait de manteau et quitté sa maison pour toujours. Elle n'avait pas douze ans.

Une autre des filles qui entouraient Malvina se nommait Jouvencelle. Elle portait d'étonnantes boucles d'oreilles vermillon. On l'avait mariée de force à un chaudronnier ivrogne qui avait abusé d'elle trois semaines avant qu'elle ne se résigne à lui enfoncer un couteau de cuisine en plein cœur. Des voisins avaient prévenu le guet et elle avait dû fuir. Depuis, elle n'avait plus permis à aucun homme de poser la main sur elle.

Au fil des récits que lui firent d'autres filles encore, Malvina comprit ce qu'avait suggéré Elzémée un peu plus tôt. La caravane n'était pas qu'un cirque ambulant, c'était un véritable asile pour toutes les femmes persécutées. Et à en juger par celles qui s'entraînaient à l'escrime ou à l'arbalète, dans un coin du campement, elles savaient se défendre.

Pour le moment, Fanielle semblait l'avoir prise en sympathie.

– La vie de clownesse n'est pas toujours facile, tu sais. Souvent, quand nous arrivons dans un village de Farouches, les habitants se terrent chez eux, fuient dans les bois ou se rassemblent avec des fourches et des bâtons. Nous ne campons jamais après une représentation, car les hommes des bourgs seraient tentés de venir rôder autour des roulottes, en quête d'une bonne fortune.

– De quoi vivez-vous ? demanda Malvina. Les Farouches ne possèdent pratiquement rien, à part leur élevage. Ma mère se faisait payer en œufs, fruits et légumes. Jamais le moindre ducat de bronze.

– Avec Elzémée, nous ne manquons de rien, et si tu veux en savoir plus, tu devras d'abord nous rejoindre.

Sur ces mots, Fanielle prit congé d'elle et Malvina se retrouva seule, embrassant tout le camp du regard.

En apparence, cet endroit sentait la sécurité et le bien-être. Les roulottes étaient remplies de caisses pleines de victuailles, les jeunes femmes portaient de beaux vêtements et leurs rapières étaient toutes finement ouvragées.

La méfiance naturelle de l'albinos refit surface.

Quand tout est trop beau pour être vrai, tu sais qu'il n'en est rien.

Elle se demandait quel secret pouvait bien entourer Elzémée et ses filles.

Elle était loin de se douter de la vérité.

LUDÉRIK

Pour la deuxième fois de son existence, l'adolescent explorait les dédales de Fondosse. Au cœur des ténèbres, le temps s'écoulait sans repères. Il s'éclairait d'une simple torche récupérée dans le laboratoire de l'herboriste et n'avait qu'une idée en tête : quitter ce labyrinthe en atteignant la gueule de miséricorde. C'était un puits à travers lequel les habitants de Bassecombe laissaient tomber nourriture, vêtements ou déchets à l'intention du peuple du dessous. Des histoires, difficilement vérifiables, disaient que les malheureux qui hantaient ces couloirs enténébrés effectuaient parfois des raids à la surface pour récupérer des femmes ou des enfants destinés à régénérer leur colonie. La seule chose dont Ludérik était sûr, c'était que cette bouche existait bien. Il l'avait vue une fois, alors qu'il s'était perdu dans le quartier bas. Et puisque l'abbaye de Hautfond se trouvait sur les hauteurs de Nantos, il devait descendre pour rejoindre le puits.

Ludérik progressait dans la même galerie sans croiser ni cavernes ni intersections quand soudain un mouvement fugace capta son attention. Il se figea avant de balayer l'espace avec sa torche. À quelques mètres, une chose poilue s'enfuit. Il vit qu'elle s'était engagée dans un boyau plus large, étayé de vieilles briques et de poutres anciennes. Bientôt, les sons d'un fracas lointain lui parvinrent. Il hésitait sur la marche à suivre quand un cri humain se fit entendre.

Un appel au secours !

Sans plus tergiverser, Ludérik se rua dans le passage. Le sol en terre se fit plus humide et les champignons proliféraient littéralement sur les murs. Il accéléra l'allure et atteignit les premières marches d'un grand escalier en colimaçon qui s'enfonçait plus encore dans la pénombre. Il s'y engagea prudemment mais, à mi-parcours, glissa sur une marche luisante d'humidité puis dégringola par-dessus un palier qui marquait la limite avec le vide. Il atterrit alors dans une vaste salle au plafond courbe. Le sol était jonché de débris et de pierres.

L'adolescent se releva, endolori.

Dans sa chute, il avait perdu le sac qui contenait les deux manuscrits chipés à Hautfond. Il le vit dans la poussière, à quelques mètres de lui. Sa torche s'était éteinte, mais la pièce était éclairée par de fines ouvertures pratiquées dans les hauteurs.

À peine s'était-il redressé qu'il tomba sur un spectacle

d'épouvante : une meute de créatures à la fourrure brune et épaisse qui s'attaquaient à un être humain.

Ludérik ramassait sa torche quand il aperçut une tête trapue émerger de derrière un rocher. Un autre de ces rongeurs, gris et hideux, le dévisageait de ses petits yeux noirs. La chose ressemblait à un castor géant à la dentition monstrueuse.

La bête sauta aussitôt sur l'adolescent avec l'intention de lui attraper la gorge, mais Ludérik se rejeta en arrière. Elle essaya de lui labourer le ventre avec ses griffes, et ses dents claquaient à quelques centimètres de son cou, mais le garçon parvint à lui enfoncer un bâton dans l'œil ; l'animal rugit de souffrance avant de retomber au sol, où Ludérik lui fracassa le crâne à coups redoublés.

Alors, d'autres corps grisâtres se détournèrent de la curée pour foncer dans sa direction. Il n'eut que le temps de ramasser une pierre et de saisir au garrot le premier qui venait à sa rencontre avant de l'envoyer dinguer de côté.

Ils étaient une bonne douzaine, le combat était par trop inégal. L'adolescent courut vers un rocher et l'escalada d'un bond. Les rongeurs griffaient la pierre en se hissant sur leurs pattes. Leurs queues disproportionnées fouettaient rageusement l'air, car ils ne pouvaient grimper plus haut.

Au centre de la salle, l'homme qui l'avait attiré par ses

cris était sur le point de sombrer au milieu d'une cohue de ragondins géants assoiffés de sang. Ludérik tonitrua en faisant virevolter sa torche. Juché en hauteur, il devait paraître effrayant, car plusieurs bêtes reculèrent. Sans attendre, Ludérik bondit sur les rongeurs, agrippa l'homme par le bras et le poussa en haut du rocher qu'il venait de quitter. Pour sa témérité, il récolta deux morsures et perdit sa torche au passage.

Une fois en sécurité, il eut tout le temps d'examiner le rescapé du massacre. Il était jeune, quoique doté d'une force peu commune, car six ragondins gisaient au sol, fracassés à coups de pierre.

À leurs pieds, les bêtes formaient une masse nerveuse, rendue folle par cette nourriture saignante qu'elles ne pouvaient que humer.

Ludérik regardait autour de lui.

Nulle issue.

Quitte ce rocher et cette vermine te mettra en pièces !

Que faisaient donc les ragondins géants sous terre ? D'habitude, ils vivaient dans les marais ou certaines zones délabrées en périphérie des cités : des usines abandonnées et envahies de ronces ou des bas-fonds délaissés par l'homme. Pourquoi s'étaient-ils rapprochés à ce point de la ville ?

Il n'avait pas de réponses à ces questions, juste la peur qui lui tordait le ventre.

L’espace d’un instant, il songea à Elanée.

Il n’avait aucune envie de mourir. Pas encore.

Réfléchis et ne panique pas, surtout. Il doit exister un moyen de s’enfuir !

Une heure passa, les ragondins étaient toujours là. Ils attendaient que les deux hommes tombent du rocher, ce qui arriverait fatalement, tôt ou tard.

Ludérik somnolait, sa tête posée sur l’épaule de celui qu’il avait sauvé, toujours inconscient.

Soudain, un frémissement de frayeur parcourut les bestioles.

Quelque chose venait d’entrer dans la caverne.

MALVINA

Le lendemain, la caravane leva le camp. Les filles avaient rangé dans des cachettes, aménagées sous les carrioles, un arsenal fait d'arcs, de poignards et d'épées ainsi qu'une panoplie de mécanismes meurtriers dont Fanielle avait donné un avant-goût à Malvina en la sauvant.

Le convoi prit la direction de Fort Herberouille. L'albinos avait troqué ses hardes contre une ample chemise noire à empiècements, aux manches longues et à l'encolure ronde, rehaussée par de la dentelle blanche. Elle portait un pantalon de cuir et de solides bottes qui lui remontaient jusqu'en haut des mollets. Habituée depuis sa naissance à porter des hardes grossières, c'était la première fois qu'elle se drapait de vêtements élégants. Elle s'était lavée et l'odeur tenace s'en était allée, la laissant désemparée. En se regardant dans un miroir accroché dans une roulotte, elle avait vu le visage d'une étrangère, bien plus belle qu'elle ne s'était imaginée. Elle allait de surprise en surprise.

C'est Fanielle qui lui avait prêté sa tenue. Elle s'était entichée de l'adolescente, prenant à cœur de l'accompagner dans sa découverte des us et coutumes de la caravane.

L'embarcadère se trouvait devant le comptoir de Fort Herberouille et le *Valladolid* était à quai. C'était un vieux navire à vapeur mû par une roue à aubes placée à la poupe. Le bateau faisait soixante mètres de long et, malgré ses bordages rouillés et crasseux, c'était une machine impressionnante, capable de franchir le fleuve en une heure.

Son propriétaire se nommait Bolgarski, un trafiquant qui avait passé toute sa vie sur le fleuve ; il était aussi commandant de bord. On le reconnaissait à son crâne couturé et au masque de cuir qu'il arborait en permanence. À son côté pendait un sabre noir dont la garde figurait un serpent d'eau aux écailles bleues.

Malvina détailla le masque un instant. Elle savait que beaucoup de marins portaient des artifices de ce genre, censés les protéger de la Dame brume, qu'ils imaginaient se propager comme la peste ou un gros rhume. C'était là grande ignorance.

Son regard s'assombrit.

Qui s'intéresse au savoir des sorcières, aujourd'hui ? Personne…

Pour monter à bord du *Valladolid*, le prix du billet était énorme et Bolgarski faisait jeter par-dessus bord tout clandestin. Les passagers voyageaient avec les bêtes sur le pont inférieur, dans la grande cale.

Ils devaient remettre leurs armes à des mercenaires qui les stockaient le temps de la traversée dans un coffre installé sur le pont avant.

Malvina remarqua tout de suite la vigie. À six bons mètres au-dessus de la ligne de flottaison se trouvaient deux hommes de veille, munis d'arcs et d'arbalètes.

– Ils font partie de la guilde et sont payés pour tirer sur tout esclave qui fuirait l'île du Malheur à la nage, lui glissa Fanielle. Il arrive parfois que l'un de ces malheureux tente de monter à bord, profitant du passage du navire à proximité de l'île.

Son regard se porta vers la vigie et elle ajouta d'une voix sourde :

– En cas d'incident, ils peuvent atteindre n'importe qui, à n'importe quel endroit du pont.

Avec son nouvel accoutrement, ses cheveux noués en chignon et dissimulés sous un haut-de-forme, Malvina n'attira pas l'attention.

La cheminée cracha une épaisse fumée grise et, bientôt, les pales entrèrent en mouvement. Le *Valladolid* s'éloigna doucement des berges boueuses, fendant les eaux grises du fleuve. On apercevait depuis le pont la végétation enchevêtrée qui formait une épaisse muraille, bordant les eaux jusqu'à perte de vue.

Les cales étaient pleines de marchands et de paysans qui se rendaient à Nantos pour y vendre le fruit de leur récolte. Les filles de la caravane ne passaient pas inaperçues. Certaines entamèrent un numéro de jonglage improvisé pour amuser les enfants, d'autres jouèrent de la guitare. On cessa bientôt de les regarder de travers.

Malvina et Fanielle étaient accoudées contre la rambarde. Pour la première, cette traversée était une aventure : jamais auparavant elle ne s'était risquée de l'autre côté.

– As-tu pris ta décision ? lui demanda Fanielle.

– Je ne sais pas encore, lui répondit Malvina.

– Tu ne parles pas beaucoup, en tout cas. D'où te viennent ces tatouages que tu as sur le corps ? Ils sont magnifiques…

Toutes ces questions, ces gens et leur gentillesse. C'était nouveau et déstabilisant. L'albinos en avait presque la nausée.

Elle se mordilla la lèvre inférieure, comme pour se donner un peu de courage avant de répondre.

– Une tradition chez les guérisseuses. On dessine sur la peau les plantes médicinales de la jungle, ainsi que le totem.

– Et le tien, c'est quoi ?

Malvina s'assombrit. Elle repensait à Sévérice, sa mère adoptive.

– Le jaguar des neiges.

L'autre sourit.

– Ça n'existe pas, ces choses-là !

Malvina soupira. Elle avait toujours le sentiment qu'aucun autre humain ne parviendrait à la comprendre.

Elle se figea en voyant un groupe d'hommes s'approcher ; un type moustachu, foulard crasseux sur la tête et anneaux d'or aux oreilles, la dévisagea un moment. Elle baissa les yeux et attendit qu'ils s'éloignent.

Alors, Fanielle dit qu'elle avait faim et elles rejoignirent les autres dans la cale. Les Lames s'étaient réfugiées dans leurs caravanes.

Durant le repas, Malvina demanda à Fanielle quelles affaires les attendaient à Nantos.

– La cadette du défunt roi Dankrad se marie, répondit la jeune femme. Château-Doré paie bien et comme la noce a été proclamée subitement, le palais manque de saltimbanques. Le temps que ceux des autres cités rappliquent, on sera les premières embauchées.

Après le repas, Malvina décida de grimper sur le pont pour prendre l'air.

Depuis toujours elle s'était méfiée de la cruauté des humains, et elle supportait mal la promiscuité imposée par la cale. Dehors, un léger voile montait des eaux et rembrunissait le ciel. En journée, il faisait chaud et humide et la pluie tombait fréquemment sous forme d'averses. Délaissant la proue, elle partit regarder la roue à aubes qui fouettait l'eau en cadence. Des lampes-tempête oscillaient dans la brise. Le bateau approchait de sa destination.

À proximité de la roue se trouvaient les quartiers du commandant de bord, la coquerie et les canots de sauvetage. En s'approchant, elle vit une forme soyeuse rebondir sur une bâche et disparaître. C'était un petit gibbon, recroquevillé sous une des chaloupes. Le primate était dépourvu de queue, comme tous ses congénères, et ses bras étaient très allongés, avec des mains qui lui servaient à se balancer de branche en branche. Elle en avait souvent vu dans la jungle. L'animal n'était pas craintif, il tentait d'attraper quelque chose sous une des chaloupes. La ficelle qui maintenait la bâche était lâche.

– Qu'as-tu déniché, petit chenapan ?

Elle vérifia que personne ne regardait et l'aida à soulever la toile. Le canot était rempli de bocaux de victuailles, de fruits et de viandes fumées entourées de torchons. Le gibbon attrapa une banane et décampa aussitôt.

Malvina resta penchée au-dessus des cantines. L'une d'elles l'intriguait ; elle était faite de planches découpées dans du bois d'attanar, une essence d'arbre qu'on ne trouvait que dans les profondeurs de la jungle, loin de toute présence humaine. Sur les comptoirs alignés le long du fleuve, les objets taillés dans cette matière valaient une fortune, presque autant que des lentilles d'émeraude.

Le coffre finement ouvragé était paré de runes et de plantes stylisées. Son couvercle n'était pas scellé, elle décida de l'ouvrir. Ce qu'elle vit dessous lui arracha un petit cri de surprise. Une grande et magnifique poupée se trouvait allongée dans un écrin de pétales roses et pâles. La fleur dégageait une odeur capiteuse qui lui rappelait quelque chose.

Celui qui a commandé cette poupée doit être fabuleusement riche et la petite à qui on la destine, très chanceuse.

Le jouet était particulièrement grand et sa ressemblance avec une gamine, en tout point parfaite. On eût dit qu'elle faisait une sieste. Son visage serein était encadré de boucles sombres retenues par un ruban écarlate.

Malvina la contemplait avec une forme d'envie nostalgique. Enfant, elle s'était toujours contentée de simulacres de jouets, des poupées de chiffon grossières auxquelles son imagination donnait vie.

Elle admirait la soie de la robe, celle d'une vraie princesse, piquetée de fines pierres de lune, de gemmes étincelantes et de saphirs. La couleur des joues était d'un blanc d'ivoire et le cou, incroyablement délicat.

Malvina vit une marque étrange sous la gorge du jouet.

Un tatouage ?

Dévorée par la curiosité, elle abandonna toute prudence et tendit la main pour dégager le col de la chemise. Le contact de sa peau avec la poupée lui fit l'effet d'un choc électrique.

C'était *chaud*.

Elle reconnut ces arabesques dont les filles de son peuple étaient couvertes dès la prime enfance et identifia l'odeur de teinture. À la racine, les cheveux étaient plus clairs. La petite n'était pas brune, c'était une albinos ! On avait maquillé ses joues pour atténuer leur pâleur naturelle.

Et cette odeur, cette odeur !

Ajoutée à la couleur si caractéristique des pétales, il n'y avait pas d'erreur possible… De la cadavrine. Cette fleur à épines qui pousse dans les marais et dont les piqûres plongent les organismes dans une profonde torpeur. Un coma infini et sans retour.

Malvina était saisie d'effroi. Ce n'était pas une poupée qu'elle avait devant elle, mais le corps d'une fillette, droguée avec une plante qui maintenait ses fonctions vitales au strict minimum. Une morte-vivante !

Elle recula et heurta un marin qui faisait deux fois sa taille. C'était le rustaud aux boucles d'oreilles qui l'avait dévisagée plus tôt.

– Sale petite fouineuse !

Elle décampa comme une furie.

L'homme hurla derrière elle :

– Voleuse ! Voleuse !

Du coin de l'œil, Malvina vit qu'il lui était impossible de rejoindre les autres à la cale, le marin lui barrait le chemin. Alors elle s'engouffra dans la cabine qui servait de réfectoire et se cacha sous la grande table.

Accroupie au sol, elle vit les bottes de l'homme entrer dans la pièce.

– Je vais te faire passer l'envie de chaparder, ma jolie !

Tétanisée, Malvina porta par réflexe une main au collier de sa mère. Ses doigts se refermèrent sur une canine.

La tête hirsute de l'homme apparut sous la table.

– Tu ne m'échapperas pas ! rugit-il.

Elle se rua au bout de la pièce et déboula en haut d'un escalier qui descendait au ponton inférieur, dans la salle des machines. Les marins virent une gamine étrangement vêtue passer en trombe devant eux.

– La donzelle va te filer entre les doigts ! lança un des gars.

D'autres éclatèrent de rire.

À l'autre bout, un escalier menait au pont supérieur. Où était donc cette foutue cale ?

Malvina ressortit à l'air libre. Dans son dos, les imprécations jaillissaient depuis le pont inférieur, mais bientôt les marins formèrent un cercle autour d'elle. Toute retraite était coupée.

Le commandant Bolgarski faisait partie des rustauds. Son poursuivant dit que c'était une voleuse, qu'il l'avait surprise à fouiller près des canots. La tension devint électrique.

Malvina voulut se justifier, mais les rires des marins et les cris de l'autre couvraient sa voix.

Bolgarski fit un geste de la main pour faire taire l'assistance.

– À bord de mon navire, il y a une règle pour mettre fin aux querelles : la joute.

Les autres levèrent le poing en l'air : « Joute ! joute ! joute ! »

– Si Rogard parvient à immobiliser la gamine, trancha le commandant de bord, il aura droit d'en faire son esclave.

À ces mots, le géant s'esclaffa.

– Mais si la fille l'égratigne, ajouta le chef, elle pourra continuer son voyage sans être inquiétée.

L'assistance se tordait de rire, l'affaire était jouée d'avance. Rogard avait une allonge énorme, la fille ne l'atteindrait jamais avec ses petits ongles.

Malvina jetait des regards éperdus autour d'elle.

Où les Lames de Vallaine se cachaient-elles ?

Rogard se dandinait en roulant des mécaniques.

Elle remarqua alors une silhouette drapée dans une houppelande de velours vert. Sous le capuchon baissé dépassaient les pointes d'une chevelure marine. Le visage était dans l'ombre, mais l'adolescente ne douta pas qu'il s'agissait de Fanielle.

Bolgarski fit un signe et Rogard chargea comme un ours.

NEIL

Un filet d'eau tiède inonda son visage et Neil recouvra ses esprits. L'espace d'un instant, il crut qu'une bonne odeur de soupe de poisson lui chatouillait les narines. Le roulis du chalutier de Lazare annonçait une nouvelle journée de pêche, loin des ruelles torves de Bassecombe et des lances de la guilde de Fer. Mais ce n'était pas le visage de son ami qui était penché au-dessus de lui. Juste la face horriblement pâle d'un homme aux cheveux gris, deux globes laiteux à la place des yeux. Il tenait une gourde de cuir dans ses mains. Quand il vit le garçon revenir à lui, il poussa un cri strident. Ses congénères vinrent le rejoindre. Neil remarqua qu'on lui avait prodigué des soins. Il se trouvait dans une grande salle dont les parois étaient couvertes de roches sédimentaires ; des dizaines de bestioles fossilisées évoquaient des créatures antédiluviennes : araignées, moustiques, scolopendres et scorpions.

Une communauté d'une trentaine d'individus se trouvait là. Le visage blême, ils étaient habillés de colliers d'osselets et de vêtements taillés dans des peaux de ragondins géants. Certains étaient armés de casse-têtes, d'autres, de lances rudimentaires. L'adolescent comprit qu'ils étaient tous aveugles, mais que leur ouïe était extraordinairement développée : ils se déplaçaient au milieu d'obstacles sans les heurter.

Un jeune homme se détachait de cette communauté de faces livides. Il était vêtu d'une toge crasseuse, mais son visage était beau et sa mine, volontaire.

– Je m'appelle Ludérik, dit-il en s'asseyant près de la litière qui servait de couche à Neil. Ne crains pas ces gens. Sans leur aide, les ragondins nous auraient dévorés. Et ils t'ont soigné. Si tu as faim, j'ai fait griller deux lézards des cavernes.

Il tendit une brochette cuite à Neil qui s'empressa de l'engloutir.

Un des visages blêmes, peut-être le chef, fit un pas en avant.

– Oui, homme du dessus. Ton ami a dit la vérité.

– Ce n'est pas mon ami, grogna Neil.

– Et ce n'est pas la reconnaissance qui t'étouffe, grinça Ludérik.

Les deux garçons se trouvaient quelque part dans Fondosse, au milieu d'une salle où se réunissaient les anciens. Des sculptures taillées dans des rochers ferrugineux brillaient de toutes parts et diffusaient une lumière étrange.

Ainsi, songea Neil, une cité troglodyte existait bel et bien sous Nantos et ces gens au visage blafard en étaient les habitants. Ce n'était pas une légende. Il apprit par la suite comment vivaient ces êtres étranges. Ils cultivaient des champignons et chassaient de petits rongeurs pour se nourrir, et l'eau de source leur permettait de ne pas mourir de soif.

La plupart avaient été bannis de la surface, d'autres s'étaient réfugiés dans ces catacombes pour des raisons connues d'eux seuls.

On leur servit à nouveau à manger et le sage vint leur parler.

– Nous n'avons pas la possibilité de nourrir des étrangers, le mieux serait que nous vous reconduisions à la surface.

Ludérik dit qu'ils souhaitaient partir dès que possible et qu'il les remerciait pour leur aide.

Il vint s'asseoir près de Neil.

– Que faisais-tu, seul au milieu des ragondins ?

Le garçon finissait sa brochette.

– C'est mes affaires, pas les tiennes.

– Je voulais juste bavarder, n'en prends pas ombrage.

L'autre le dévisagea, méfiant.

– Tu t'exprimes avec de drôles de mots, mais si le chef dit vrai, je te dois quelque chose.

Il regarda autour de lui avant d'ajouter, bourru :

– J'aurais quand même pu m'en sortir seul.

Ludérik sourit. Les garçons au tempérament fier sont toujours les plus faciles à manipuler. Il ne devrait pas avoir trop de peine avec celui-là et, puisqu'il était costaud, mieux valait l'avoir comme allié.

– Moi, poursuivit Neil, je me demande ce que *toi*, tu fais dans ces souterrains. Tes mains ne sont pas celles d'un tâcheron. Tu viens de la haute, c'est sûr. Avec beaux linges et parfum.

Ludérik acquiesça.

– On n'a pas le temps pour les confidences. La seule chose qui compte, c'est de sortir de ce fichu dédale.

Le chef des miséreux tint parole. Deux hommes armés de lances se mirent à leur disposition pour les guider dans les tunnels.

– Le parcours sera long, dit le chef, mais ne vous en faites pas. Nous vous mènerons à bon port !

Sur ces dernières paroles, l'aveugle effleura leurs visages et les laissa partir.

Le groupe marcha pendant une heure avant d'atteindre la gueule de miséricorde. Durant tout le trajet, Ludérik était resté aux aguets, inquiet du moindre bruit. Aussi, c'est avec soulagement qu'il aperçut l'orifice. Une ancienne bouche de fontaine sculptée dans la pierre. Elle représentait une tête de lion. La gueule de l'animal, parfaitement cylindrique, faisait un bon mètre de diamètre. Un homme pouvait s'y faufiler, à condition de pouvoir y grimper.

Au fond du puits se trouvait un amoncellement de déchets de toutes sortes. Des restes de nourriture avariée, des lambeaux de toile et quelques récipients de terre. La plupart avaient éclaté en tombant.

Ludérik examinait le sol avec dégoût.

C'est là que les habitants de Propolis distribuent leurs aumônes.

De son côté, Neil palpait la surface du puits, lisse comme un miroir. La vue du trou lui rappela sa chute dans les mines et le vieux Senaculus, demeuré prisonnier. Cette dernière image lui serra le cœur.

– Impossible d'escalader ça, conclut-il.

Ludérik regarda les hommes pâles. L'un des deux fit un geste rassurant.

– On attend ici, murmura-t-il.

C'est ce qu'ils firent.

Au fil des heures passées dans le puits, les rayons de lune glissèrent d'une paroi à une autre et, à l'orée du jour, les ombres se retirèrent de la fosse. Un bruit se fit entendre tout en haut et, juste après, des fruits et du pain dur tombèrent à leurs pieds.

L'un des hommes au visage de craie se redressa et sortit un sifflet taillé dans un bout d'os. Il le porta à ses lèvres et émit ce qui ressemblait à des pépiements d'oiseau.

Un son similaire lui fit écho et, bientôt, une corde tomba de la surface.

– Dépêchez-vous de grimper ! fit celui qui avait sifflé.

Neil flairait un piège et comme Ludérik avait perçu sa réticence, il lui prit l'épaule et lâcha, d'un ton rassurant :

– Ils nous ont sauvés des ragondins, pourquoi nous livreraient-ils à la guilde ? On peut leur faire confiance.

Neil hésitait encore.

– Vite, vite ! s'obstina l'homme blême. Les gens de la surface nous aident à sortir de Fondosse, en échange de services. On siffle et une corde tombe. Celle-là est pour vous.

Ludérik empoigna la corde et commença à grimper. La bouche n'était qu'à quelques mètres, mais la fatigue pesait sur ses épaules et il n'avait pas eu de vrai repas depuis des heures. Pour Neil, c'était pire encore. Il parvint néanmoins à se faufiler à son tour à travers la bouche de pierre, émergeant dans le matin frais. Celui ou celle qui avait lancé la corde n'était plus là.

Enfin, ils étaient dehors.

Ludérik se pencha vers la gueule et remercia les deux hommes qui lui firent un signe avant de disparaître dans les ténèbres.

Les deux adolescents étaient dans la cité basse, le quartier le plus misérable de Bassecombe. Le sol était pavé et, tout autour d'eux, de grandes masures les entouraient. Elles semblaient affaissées les unes sur les autres, murs fissurés, étayés de tous côtés. Comme elles étaient exiguës, les habitants tentaient de gagner de l'espace en creusant des caves. La surpopulation était réelle, on comptait au moins cinq enfants par famille, il fallait bien cela pour que les marmots guident les aveugles en leur évitant les fleurs sanguines et tous les pièges que recelait ce monde. Ludérik voyait des passages qui partaient dans toutes les directions. Certains finissaient en culs-de-sac, d'autres menaient à des recoins où stagnaient des flaques de boue grise où gisait le cadavre d'un animal. Partout cette odeur de crasse et de vermine, le bruit des mouches et la touffeur de passages sombres comme des cachots.

Les deux garçons se regardèrent.

– Où comptes-tu aller ? demanda Ludérik.

– N'importe où, pourvu que ce soit loin de Nantos, murmura Neil, épuisé.

– J'ai un endroit où nous cacher. Il y aura de quoi nous laver, manger et dormir. Tu m'accompagnes ?

Voyant que Neil hésitait, Ludérik lança :

– Je ne sais ni d'où tu viens ni ce que la vie t'a fait, et de ton côté tu n'aimes guère mes manières, je le sens bien. Mais une chose est sûre, crois-moi : à nous deux, on aura plus de chances de quitter cette foutue ville.

Sur ces mots, Ludérik tendit une main que Neil serra avec vigueur.

MALVINA

Au moment où Rogard se jetait sur elle, l'adolescente n'esquissa pas un mouvement pour s'écarter. Malvina avait simplement joint ses mains en l'air, dans une posture d'adoration. Le colosse la souleva comme un fétu de paille et ses bras l'enserrèrent dans une étreinte brutale. Elle en eut le souffle coupé.

– Tu es à moi, gamine ! cria le marin. Ce soir tu réchaufferas ma couche et tu verras le sort qu'on réserve aux chapardeuses.

Malvina posa alors ses mains sur le visage du marin ; un geste qui semblait empreint de douceur. Le balourd parut surpris puis fronça les sourcils. Il relâcha brutalement son étreinte et ses doigts se portèrent à son cou. Il devenait écarlate, comme si des mâchoires invisibles lui écrasaient la gorge ; bientôt des furoncles apparurent sur son visage, ses veines saillirent et sa langue jaillit de sa bouche dans un cri de douleur. Le colosse chancela avant de s'effondrer dans un bruit sourd.

Sur le pont régnait un profond silence, bientôt brisé par des cris : « Sorcière albinos ! Maudite ! Maudite ! »

Un instant horrifiés par l'issue de la joute, une partie des marins se rapprochaient désormais de la jeune femme. Alors, Bolgarski sentit dans son dos la pointe d'une arme, probablement un pistolet.

– Dites à vos corniauds que la fête est finie et qu'ils doivent regagner leur poste, si vous ne voulez pas vous retrouver avec un trou fumant à la place du nombril, commandant.

C'était une voix féminine.

– Dites aussi à vos archers de jeter leurs armes au bas du perchoir.

Bolgarski voulut l'envoyer paître, mais son regard tomba sur plusieurs formes encapuchonnées qu'il n'avait pas remarquées de prime abord. C'étaient des filles aux chevelures exubérantes dont toutes avaient la main posée sur le pommeau d'une rapière ou la crosse d'un revolver.

Bolgarski se demandait comment elles avaient pu dissimuler toutes ces armes, et c'est vert de rage qu'il fit ce qu'on lui demandait.

– Nous ne sommes plus qu'à quelques encablures de notre destination, lui susurra Elzémée à l'oreille, il ne tient qu'à vous que le voyage se termine comme il a commencé.

Sa voix prit un ton plus dur et elle jugea bon de préciser :

– Un seul geste hostile et nous vous massacrerons tous jusqu'au dernier, porcs que vous êtes.

À contrecœur, Bolgarski ordonna à ses hommes de ne pas intervenir.

Le *Valladolid* entrait dans Portbrume avec les premiers feux du couchant et, de leur côté, les Lames étaient aux aguets. Certaines arboraient ouvertement leurs armes afin de dissuader quiconque de se montrer bravache.

On déchargea les roulottes et les chevaux dans une ambiance tendue. Devant la capitainerie, dressée en haut d'un mât, Malvina remarqua l'oriflamme de la ville avec, en dessous, la bannière du culte de Gator.

Elzémée était nerveuse, houspillant ses filles pour que la caravane dégage les lieux le plus vite possible : Bolgarski pouvait prévenir le guet à tout instant.

Le convoi gagna Bassecombe à marche forcée et, au bout d'une heure, elles entraient dans Marteau-Fendu, le quartier aux mille métiers.

Dans la cacophonie ambiante, les cris des vendeurs hélant les badauds se mélangeaient à ceux des gosses de rue, des charlatans et des sons de cloches.

Fanielle rejoignit Malvina qui trottinait derrière un chariot.

Elle la dévisagea à la dérobée, se souvenant du visage

ravagé du marin après que la jeune albinos l'avait effleuré.

C'est donc bien une sorcière. Moi qui croyais qu'elles étaient toutes laides !

Malvina était bouleversée.

– N'aie pas peur, tu es saine et sauve et la guilde ne pourra nous retrouver dans toutes ces rues. Quant aux Capes noires, elles ne sont pas assez nombreuses.

Malvina secoua la tête. Ce n'était pas ce qui la troublait.

– La poupée dans la boîte… c'était une petite fille, une albinos. C'est pour ça qu'ils l'ont droguée. Elle restera pour toujours aux portes de la mort, sans jamais pouvoir en franchir le seuil et connaître le repos. Quelle cruauté !

Ses yeux se mirent à luire comme deux braises et Fanielle eut un mouvement de recul. Elle sentit quelque chose d'animal, de presque *félin*, s'échapper de l'adolescente.

La Lame jugea plus prudent de la laisser seule.

Leur convoi arriva à Mortedune, la « ville morte », au crépuscule. Une pestilence faite de chair humaine grillée et d'encens obligea les filles à placer sur le bas de leur visage un mouchoir imbibé d'huiles essentielles de leur fabrication.

L'immense cimetière s'étendait entre le mur occidental

de Nantos, les marais au sud et, plus à l'ouest, les contreforts de la haute montagne qui reliait par un chemin de crête Château-Doré à l'abbaye de Hautfond.

Les grilles qui l'entouraient jadis s'étaient affaissées depuis longtemps. Des tombes délabrées, des fosses remplies d'ossements de cadavres à demi calcinés, des ordures et diverses espèces de charognards pullulaient de toutes parts : corbeaux, chiens sauvages, vautours des marais…

Les chariots formèrent de nouveau un cercle, comme dans la clairière des Bois sombres. Autour d'eux se trouvaient des caveaux, des mausolées centenaires et d'imposants mégalithes en roche noire. C'était le royaume des fossoyeurs et des trafiquants de cadavres.

La nécropole était coupée en son milieu par une haute palissade de cimecorce surplombée d'une plateforme que les habitants de la ville nommaient « confessionnal ». Jadis s'y trouvait un chemin de pierre surélevé qui traversait une vaste zone marécageuse, asséchée depuis. De l'autre côté du mur, à l'opposé de Nantos, de grands bûchers étaient dressés jour et nuit ; les familles des défunts y faisaient brûler leurs morts. C'était une activité pénible exercée par des habitants estropiés ou trop vieux pour travailler ailleurs. Pendant la cérémonie, on mettait le feu à la dépouille et les proches contemplaient les flammes nauséabondes qui montaient au ciel en professant au défunt et à haute voix tous les mensonges et tous les tourments qu'on lui avait imposés durant sa vie terrestre. La cérémonie était destinée à prévenir les ressentiments des morts, car beaucoup craignaient que les trépassés, victimes d'offenses durant leur vie, ne reviennent se venger après leur mort.

Malvina comprit que les filles avaient l'habitude d'installer leur caravane dans des endroits similaires, chaque fois qu'elles séjournaient dans une cité. Malgré l'aspect sinistre des lieux, il était plus facile pour elles d'y assurer leur sécurité. Certaines affirmaient que la Dame brume fuyait ces paysages funèbres et que les Capes noires n'osaient s'y rendre, de peur de croiser un zombie.

Peu après le dîner, l'albinos fut convoquée dans la tente d'Elzémée. Fanielle s'y trouvait, occupée à jeter des pincées d'herbes sèches dans un brasero dont la fumée blanche chassait les moustiques. Des chandelles parfumées tentaient de dissiper les relents de charogne qui empuantissaient l'air.

– Je ne crois pas aux sorcières, lança-t-elle au moment où Malvina entrait, mais j'aimerais savoir par quel prodige tu as pu terrasser cette brute de Rogard.

Un court silence.

– Du venin de mygale pourpre, répondit Malvina. Mes mains en étaient enduites, du fait de la transpiration ; il a suffi que je lui effleure le visage. L'effet est instantané.

– Mais tu aurais dû périr aussi ! Tu n'avais pas de gants.

Sans répondre, Malvina jeta un bref regard à Fanielle puis commença à se dévêtir.

Dans la pâle clarté des bougies, son corps gracile renvoyait l'image d'un grand félin sauvage, toutes griffes dehors. Un jaguar des neiges, une créature qui avait disparu de la surface de la terre depuis des siècles.

Les autres filles en restèrent bouche bée.

– C'est le dieu des albinos ? demanda Elzémée.

– Le totem protecteur de ma famille, précisa Malvina. Le gardien des contrées des rêves. Ma mère me l'a tatoué avec du venin de mygale et, depuis, il est sans effet sur moi.

La chef des Lames fixait la jeune femme sans rien dire.

Alors, Malvina s'approcha d'elle et mit un genou à terre.

Elle, l'enfant de la grotte qui avait toujours fui ses semblables, venait de prendre la décision la plus importante de sa vie.

Sa voix était douce mais pleine d'assurance.

– Je veux devenir une Lame, dit-elle.

LUDÉRIK

Les deux garçons avançaient dans une ruelle située dans l'ombre d'un des murs d'enceinte de Château-Doré. Ils avaient récupéré deux épées rouillées à l'occasion de leur pérégrination dans Bassecombe, et deux vieilles capes à capuche, rabattue sur leur visage, les faisaient ressembler à des Pisteurs.

Au détour d'une venelle pavée se trouvait un grand réverbère qui léchait de ses reflets jaunâtres la façade d'une élégante maison. Ludérik fit signe à Neil de s'arrêter. Ils étaient arrivés. La vue de cette demeure si familière à laquelle s'associaient tant de bons souvenirs le réconforta. C'est là qu'habitaient Korak et son épouse, la jolie Sirelle. Chaque fois que son père n'avait pu s'occuper de lui, c'est elle qui l'avait gardé.

Ludérik inspecta la rue pour s'assurer qu'ils n'avaient pas été suivis et se dirigea vers la porte. Il allait frapper quand il remarqua qu'elle était légèrement entrebâillée.

Intrigué, il examina la serrure.

Elle avait été forcée !

Il la poussa timidement et aperçut le hall, plongé dans les ténèbres.

– Il y a quelqu'un ? Korak ?

Pas de réponse.

Ils entrèrent prudemment dans la maison et Ludérik se dirigea vers le salon. Il fit de la lumière en allumant une lampe à huile.

Il régnait à l'intérieur un désordre indescriptible ; la demeure avait été livrée au pillage.

Voir cette pagaille brisait le cœur de Ludérik. Armoires renversées, miroirs en mille morceaux, coussins lacérés et flacons d'alcool gisant par terre. Il décida d'explorer chacune des pièces de la maison, Neil sur ses talons. Ils n'entendaient que le bruit du plancher grinçant sous leur poids. Ils examinèrent la cuisine, elle aussi en désordre : restes de repas, assiettes sales…

Ludérik observait ce triste spectacle quand un craquement insolite leur fit hérisser le poil.

Quelqu'un ou *quelque chose* venait de bouger à l'étage.

Neil serra fermement la garde de son épée et fit un signe à Ludérik, qui le laissa gravir les marches qui menaient au niveau supérieur. Arrivé en haut, il eut un mouvement d'effroi. Un spectre était passé dans son champ de vision. La chose était recouverte d'un linceul noir.

Neil se figea et Ludérik, qui ne croyait guère aux fantômes, le dépassa avant d'avancer dans le couloir. La silhouette était rentrée dans une chambre. Il s'engagea à son tour dans la pièce, sur le qui-vive. Une forme était accroupie au sol, fouillant dans une malle.

Le jeune homme brandit son épée de fortune.

– Qui va là ?

Le spectre se retourna, stupéfait.

Ce n'était pas un fantôme, mais une vieille femme, le visage creusé par les tourments.

Ludérik la reconnut aussitôt.

– Abigaïl !

À son tour, elle dévisagea le garçon avant de s'effondrer dans ses bras, en pleurs.

Neil était resté à l'entrée de la chambre.

La femme était la servante de la maisonnée ; Ludérik l'avait toujours connue, elle faisait partie de la famille. Une dame douce et effacée qui lui préparait des pâtisseries quand il était gamin.

– Où sont Korak et Sirelle ? demanda Ludérik, la voix nouée par l'angoisse.

La vieille mit un moment à sécher ses larmes.

– Un jour, fit-elle, le sergent Cozog est arrivé avec une dizaine d'hommes de la garde ; il disait qu'ils venaient arrêter Korak au nom du roi, l'accusant de complot. Comme il ne voulait pas qu'on nous fasse du mal, à Sirelle et moi, il a accepté de les suivre sans résistance.

– Quand est-ce arrivé ?

– Il y a un mois.

Après mon arrivée à Hautfond, songea l'adolescent.

– Et depuis, aucune nouvelle ?

– Non. Sirelle est allée se renseigner à la porte de bronze où se trouve le quartier général de la garde, mais personne n'a voulu lui répondre. Elle était morte d'angoisse. Et puis, il y a deux semaines, Cozog est revenu, seul cette fois-ci. Il lui a proposé de rendre visite à son mari, emprisonné dans la Fosse rouge. Elle l'a suivi et je ne l'ai jamais revue.

Ludérik explosa :

– La Fosse rouge ? C'est le pire endroit de tout le royaume ! Mon père m'a raconté que le roi Dankrad en avait fait sceller l'accès, tellement il était répugnant. Quant à ce Cozog, c'est une petite fouine qui espionne les officiers pour le compte de Randolf : l'ennemi juré de mon père. Sirelle a dû tomber dans un piège.

Abigaïl était dévastée.

– Des servantes qui travaillent à Marteau-Fendu m'ont affirmé qu'elle vit cloîtrée chez Cozog. Il a fait d'elle sa maîtresse…

Cette déclaration emplit Ludérik de colère. Comment Cozog, qu'on surnommait « le Rat », avec son visage de fouine et ses petits yeux fielleux, avait-il osé poser la main sur la douce Sirelle ?

L'adolescent serra fiévreusement la garde de son épée.

En cet instant, il aurait tout donné pour sentir Fendrill battre le long de sa cuisse. Mais comment la récupérer dans Château-Doré ? Il lui semblait impossible de franchir l'enceinte sans se prêter à une inspection en règle, et accéder à la cachette, même par ruse, relevait de l'exploit.

– Où se terre Cozog ? demanda-t-il.

– Dans une maison, place des Aigles. Il y a une gargouille en forme de corbeau sur la façade, impossible de la manquer.

– Et toi, Abigaïl, que vas-tu devenir ?

Elle inclina la tête.

– Je n'ai nulle part où aller, c'est ma maison ici. Mais depuis le départ de Sirelle, la porte d'entrée a été forcée et, la nuit, des étudiants font la fête et saccagent tout. J'ai tenté de les chasser mais ils sont plus forts que moi ; ils méprisent les servantes et sont restés sourds à mes supplications. Alors, dès le crépuscule, je me réfugie dans le grenier. Il y a une trappe équipée d'un verrou, tu t'en souviens ?

Un sourire triste glissa sur son visage.

– Korak t'avait interdit de l'utiliser quand tu jouais à cache-cache.

Le garçon n'avait pas oublié.

– Nous allons passer la nuit avec toi, déclara Ludérik, et si les étudiants ont la mauvaise idée de revenir, nous leur ferons un accueil qu'ils n'oublieront pas. Demain, on s'arrangera pour verrouiller de nouveau cette porte et, après seulement, j'irai trouver Sirelle.

Abigaïl lut-elle dans ses pensées ? Elle se dirigea vers une latte du plancher, au pied d'une armoire, et fit jouer un mécanisme. Une cavité apparut d'où elle tira un jeu de clefs.

– Je ne suis pas censée savoir que ce trousseau était caché là.

– Qu'est-ce que c'est ? demanda Neil.

– Le moyen d'entrer et de sortir de Bassecombe, fit Ludérik en se remémorant sa première visite du cloaque.

Il prit les clefs et les rangea dans une poche.

Comme les deux garçons étaient sales, ils en profitèrent pour se laver et Ludérik préleva deux tenues dans les coffres de Korak.

Ils mangèrent le peu de provisions qu'Abigaïl avait pu sauver de la rapine et s'endormirent aussitôt après. Cette nuit-là, ils n'eurent la visite d'aucun étudiant éméché.

Le lendemain, ils s'employèrent à sécuriser la porte et promirent à la servante de tout faire pour retrouver sa maîtresse.

La maison de Cozog se trouvait bien à l'endroit décrit par Abigaïl.

Les deux garçons étaient toujours vêtus de leurs

manteaux à capuchon. Ils dissimulèrent leurs armes et s'installèrent aux abords de la place. Accroupis dans l'ombre d'un atelier de chaudronnerie dont la grille était tirée, ils ressemblaient à deux mendiants. Ils restèrent là des heures, à observer les allées et venues. Un peu avant le soir, ils virent sortir de la demeure la silhouette d'un homme vêtu des insignes de la garde, cotte de mailles, cape et heaume stylisé.

Ludérik le reconnut aussitôt.

Dès qu'il eut quitté leur champ de vision, les deux garçons s'approchèrent de la maison et ouvrirent la porte. À l'intérieur, un vestibule débouchait sur une grande salle avec table et cheminée.

Une femme assez âgée surveillait le feu sous une marmite. Elle poussa un cri strident en voyant les deux silhouettes encapuchonnées.

Ludérik sortit son épée rouillée et s'écria :

– Où est Sirelle ? Parle ou je t'embroche !

– À l'étage… hoqueta la matrone, terrifiée.

Pendant que Neil gardait un œil sur elle afin qu'elle n'alerte pas le voisinage, Ludérik se précipita dans l'escalier. Il ne tarda pas à trouver une chambre fermée à clef. D'un coup d'épaule, il fit sauter la gâche accrochée dans le montant de la porte et cette dernière s'ouvrit à la volée.

Sirelle était prostrée sur un fauteuil, habillée en servante.

Sans perdre de temps en formules, Ludérik lui prit

la main avant de l'entraîner au rez-de-chaussée. En sortant dans la rue, ils tombèrent nez à nez avec Cozog qui s'en revenait. Apercevant les garçons accompagnés de la femme, il cria quelque chose avant de saisir un sifflet dans une de ses poches. Il ameutait le guet.

Sirelle était frêle et ne pouvait courir vite. Neil la portait à demi pendant que Ludérik ouvrait la marche. Arrivé à un croisement, il opta pour la ruelle de droite. Ce n'est qu'une centaine de mètres plus loin, au détour du chemin, qu'il comprit son erreur. Ils étaient dans une impasse, des hommes armés sur leurs talons.

Pris au piège.

MALVINA

– **Tu as donc fait ton choix,** commenta Elzémée. Je m'en réjouis. Puis-je te demander ce qui t'a décidée ?

Malvina se baissa pour ramasser ses vêtements. Quand elle se releva, elle jetait sur l'amazone un regard brillant.

– Je veux apprendre à me battre et partager votre existence. Que jamais plus un homme ne porte la main sur moi ou me considère comme une chose qu'il peut soumettre.

Elzémée sourit.

– Tu dois savoir qu'il existe une épreuve pour sélectionner les candidates. Je vais laisser Fanielle te l'exposer. Si tu l'emportes, la caravane te considérera comme une Lame à part entière.

– Mais si tu échoues, compléta l'autre, tu devras nous quitter sur-le-champ.

– Je n'échouerai pas.

– Je te le souhaite, conclut Elzémée. Tu peux te retirer, maintenant.

La fraîcheur tomba avec la nuit noire. Fanielle avisa un petit mausolée en ruine et proposa à Malvina de la suivre au sommet. Après une courte escalade, les deux filles embrassèrent du regard tout Mortedune.

Les usines, les clochers et les tours de Nantos se découpaient au loin. À l'exception du palais et de la zone interdite, en activité perpétuelle, toute la cité était dans le noir.

– Pour commencer, dit Fanielle en resserrant les pans de sa cape, tu dois savoir que nous ne gagnons pratiquement rien à jouer les saltimbanques. Si nous sommes devenues des artistes, c'est afin de nous introduire dans les châteaux et les riches demeures où nous dépouillons ceux qui y vivent. Chacune d'entre nous sait manier au moins une arme. Moi, c'est ce cimeterre de maître, en mithrine.

Elle sortit de son fourreau une lame orangée, large et recourbée. Ses deux tranchants étaient parfaitement aiguisés et son pommeau était rehaussé d'une gemme pour laquelle plus d'un soudard de la guilde aurait tué père et mère. La fille caressa le bijou avec respect.

– Elle est belle, n'est-ce pas ? C'est un œil de dragon. On dit qu'un roi l'avait fait sertir sur sa couronne.

Malvina la fixait, curieuse.

– Un dernier point qu'il te faut connaître : les Lames de Vallaine ne se limitent pas à notre caravane. D'autres sœurs nous ont rejointes, un peu partout. Elles sont nos yeux et nos oreilles. Pour communiquer avec elles, nous avons mis en place un code secret qui prend la forme de graffitis. Chaque inscription a un sens bien particulier.

L'adolescente ramassa une brindille et s'en fit une baguette pour dessiner dans la poussière.

– Sur une porte de maison, la lettre V majuscule signifie qu'un chien y monte la garde. Trois triangles, pointe vers le haut, évoquent une femme vivant seule et susceptible de nous aider. Un cercle, c'est la présence de nourriture. Une croix dans un carré, un obstacle ou un danger. Et deux flèches pointées vers le bas annoncent des hommes hostiles, brigands ou mercenaires. Un dernier encore : le cercle barré de deux traits. Il indique la proximité de ragondins…

Ensuite, elles parlèrent longtemps des Lames et d'Elzémée que Fanielle vénérait profondément, voyant en elle une mère de substitution pour les autres filles, orphelines pour la plupart, qu'elle protégeait comme ses propres enfants.

– Toi aussi elle t'a aidée, sur le bateau. Elle s'est interposée face aux marins. Sans elle, toutes ces brutes te seraient passées dessus.

Malvina préféra chasser cette image de son esprit.

– En quoi consistera l'épreuve de demain ? demanda-t-elle.

– Tu le découvriras bien assez tôt. Pour le moment, tu dois te reposer.

Le lendemain, Fanielle avait passé près d'une heure à maquiller et vêtir son amie pour en faire une femme de la noblesse : longue robe aux teintes subtiles, bijoux et parfum. Malvina contemplait son reflet dans un miroir. Elle peinait à se reconnaître.

L'adolescente, habituée à vivre dans une grotte et à teinter ses cheveux avec de la cendre pour en dissimuler la blancheur, s'était transformée en jeune dame de la cour. Ainsi, avant même le début de l'épreuve, Malvina avait profondément changé, au seul contact des autres filles. Elle s'en rendait compte.

– Nous allons rejoindre Propolis, lui dit la Lame avec une pointe de malice. Les beaux jardins et les rues agrémentées de jolies boutiques : ce sera ton nouveau terrain de jeu.

De son côté, Fanielle avait délaissé ses habits de garçon pour ceux d'une élégante courtisane. Malvina avait remarqué qu'elle dissimulait une dague dans son dos. On lui en confia une qu'elle fit disparaître dans les replis de sa robe. Fanielle connaissait la ville comme sa poche ; elles quittèrent le cimetière et franchirent la palissade sans rencontrer la moindre Cape noire. Elles arrivèrent sur la grand-route, la rue principale qui remontait à travers tout Nantos. Une foule de gens, de calèches et de chariots les entouraient. Tout n'était que vacarme, cohue, parfums et altercations. Puis ce furent les premiers bazars, avec leurs colporteurs, prophètes, diseuses de bonne aventure, charmeurs de vipères à tête noire, escrocs et mendiants. Ils envahissaient les galeries voûtées et poussiéreuses où, parfois, la lumière perçait à travers les vitraux, décrivant des créatures fantastiques. Les passages menaient à des auberges ou de simples échoppes installées dans des alcôves. Des fontaines richement décorées marquaient le centre des places et partout poussaient des étals, des tentes, des boutiques et des cabanes qui vendaient toutes les marchandises trouvables dans le royaume : habits, bijoux, poissons, cuir, herbes et potions.

La plupart des colporteurs portaient des lunettes d'émeraude, mais on ne comptait plus les miséreux à demi aveugles, le visage labouré de cicatrices et parsemé de croûtes, qui trébuchaient au sol. Des hordes de gosses, pour certains ramoneurs ou tout simplement chapardeurs, s'amusaient à leur donner des coups de pied aux fesses ou les faire glisser dans du crottin de cheval. Toutes ces scènes laissaient les passants indifférents.

Les filles atteignirent le quartier de Propolis avec ses jardins en terrasse, ses maisons bourgeoises et ses rues bien entretenues.

Fanielle avait décrit à Malvina le rôle qu'elle allait jouer : elle serait la fille d'un comte déchu de Fierroc, petite cité fortifiée située à trois jours de navigation. Ruinés par une machination ourdie par une famille rivale, ses parents l'avaient envoyée à la cour du roi pour demander justice. Malvina devrait approcher un fils de bonne lignée et lui subtiliser un objet de valeur, peu importe les moyens utilisés. À elle de minauder et de prendre cet air innocent et cajoleur auquel les hommes ne pouvaient résister.

– Les Lames de Vallaine manient parfaitement poisons et tranchants, mais elles savent aussi espionner, crocheter et pénétrer dans les endroits les plus secrets. S'il le faut, elles utilisent leurs charmes pour approcher des cibles que le plus adroit des assassins ne pourrait qu'entrapercevoir.

– Dans quel but ? avait demandé Malvina.

– Nous enrichir, répondit Fanielle, pour que nous restions indépendantes, c'est-à-dire fortes et libres. Mais assez parlé. Allons nous promener dans ce marché aux fleurs que tu vois là-bas. Je vais t'aider à choisir ta première victime.

Fanielle jeta son dévolu sur un jeune homme vêtu comme les habitants des hauts quartiers : redingote de velours, chaussures de cuir, chapeau et fine moustache, le signe par excellence de l'aristocratie de Propolis. Il examinait une série de parchemins exposés devant une librairie. Fanielle prit congé de Malvina et s'éclipsa dans la foule du marché.

L'attention du jeune homme fut aussitôt attirée par l'adolescente, qu'il salua en ôtant son chapeau. Malvina se sentait intimidée, c'était la première fois qu'elle jouait la comédie. La plupart des garçons qu'elle avait croisés jusqu'à maintenant étaient des Farouches, rustres et à mille lieues des belles manières. Ils ne l'avaient jamais perçue comme une jeune femme, mais comme une chose issue de quelque diablerie. Lui, c'était un homme séduisant qui approchait de la trentaine, sourire facile, la silhouette élancée et le corps musclé.

Les premiers mots qu'elle prononça étaient incompréhensibles. Elle en rougit. Mais cette maladresse donnait du crédit à son histoire de pauvre fille riche.

– Rencontrer le roi, rien que ça ? fit l'homme en éclatant de rire.

Elle lui raconta qu'elle s'était fait détrousser dans une ruelle de Marteau-Fendu et qu'à cette heure elle n'avait nulle part où aller.

L'homme fronça les sourcils.

– Vous êtes si pâle, mademoiselle.

Pourvu qu'il ne remarque pas mes origines !

– Accepteriez-vous que je vous offre une boisson revigorante ? Il y a à deux pas une taverne qui sert des choses exquises. Ensuite, je vous conduirai moi-même aux grilles de Château-Doré.

Elle lui décocha le plus charmant sourire dont elle était capable.

Tables en bois verni, lumières électriques tamisées et rideaux de soie. Ce raffinement contrastait tellement avec la fange de Mortedune et les chaos des ruelles populaires que la tête lui en tournait. Le jeune homme affirma, non sans une fierté évidente, qu'il appartenait à la lignée des Doréméra ; il la courtisait sans détour, mais elle n'entendait pas ses paroles. Les événements de ces derniers jours lui revenaient subitement à l'esprit : sa mère et la fuite, les filles d'Elzémée et cette pauvre gamine, momifiée vivante. Une bouffée de rage remonta à la surface. Elle serrait les poings sans s'en rendre compte. Ses ongles s'enfoncèrent dans les paumes de ses mains, y laissant des marques douloureuses. Il fallait qu'elle se calme, car sa peau réagissait toujours curieusement, à chaque montée de stress. Sous l'effet de la sueur, son tatouage exsudait un peu du venin de la mygale pourpre et ses mains, devenues moites, en transmettaient la toxicité. Qu'elles entrent en contact avec un autre épiderme et la personne risquait de périr aussi sûrement que le marin qui l'avait agressée sur le *Valladolid*.

Inconscient du danger, le jeune homme fit apporter deux coupes de vin sucré auquel on avait ajouté une infusion de cannelle, de vanille et de girofle. Malvina y trempa à peine les lèvres.

– J'ai faim, lâcha-t-elle d'une voix neutre.

L'homme se leva pour passer commande.

Aussitôt, Malvina en profita pour décrocher discrètement la dent qui se trouvait la plus à droite de son collier, ôta sous la table le capuchon de cire et, après s'être assurée qu'aucun regard n'était tourné vers elle, en versa un peu dans la boisson de son hôte.

J'ai déjà épuisé la moitié de mes réserves de drogue...

Quand le garçon revint, elle le fit longuement parler de lui ; c'était une chose que les hommes aimaient beaucoup, elle s'en était rendu compte. Comme ces histoires lui donnaient soif, il porta la coupe à ses lèvres. Quelques instants après, il dodelinait de la tête. Alors, elle lui proposa de l'accompagner aux toilettes pour lui mettre un peu d'eau sur le visage. Elle devait le soutenir.

Sitôt la porte des sanitaires refermée, elle le laissa choir sans ménagement et entreprit de lui faire les poches. Elle ne tarda pas à trouver une bourse de cuir remplie de ducats d'or et d'argent.

Épreuve réussie, ma belle !

Elle regagna la salle commune et prit discrètement la direction d'une porte située à l'arrière de l'auberge. Pendant que cet orgueilleux de Doréméra lui racontait sa vie, elle avait eu tout loisir d'inspecter son environnement. Un réflexe forgé durant les années passées dans la jungle, au milieu des lianes étrangleuses.

Derrière la bâtisse se trouvait une courette qui servait de remise. Elle vit sur la droite un escalier en bois qui menait à une passerelle surplombant une rue animée. C'était un lieu de promenade : elle y croisa deux femmes élégamment vêtues, ombrelles à la main, qui devisaient en commentant la vue. Malvina était obligée de relever les pans de sa robe par crainte de s'entraver.

La plateforme donnait sur un ancien chemin de ronde. Elle apercevait des jardins et d'élégants potagers derrière les façades de belles demeures ; des lieux secrets, à l'abri du tumulte de la ville. Des bruits insolites attirèrent son attention, des cris d'effroi et de haine. Elle s'approcha et tomba sur une impasse qu'elle surplombait. En bas, elle vit des hommes de la garde royale, plastron et cape frappés de l'aigle forestier. Ils étaient quatre, rapière à la main. Ils allaient fondre sur deux adolescents qui protégeaient une femme, acculée contre un mur, terrifiée.

Malvina remarqua aussitôt le premier garçon, grand et fort. Il ne possédait pour toute arme qu'une vieille épée, mais défiait les bretteurs du roi avec un réel courage. Elle le trouva beau. Un jeune loup prêt au combat.

Un des soldats, nez aquilin et chevelure nouée sur la nuque par un épais catogan, poussa un cri féroce.

Elle ne parvenait pas à détourner ses yeux du garçon. L'instant d'avant, elle ignorait jusqu'à son existence et, maintenant, qu'il puisse mourir dans la seconde la chamboulait. Elle voulut s'en aller, mais une émotion, inconnue jusqu'alors, la forçait à rester là.

Sans réfléchir, elle saisit sa dague.

NEIL

Sirelle semblait fragile comme une petite fille et Neil n'avait que son épée cabossée pour faire face aux heaumes à cimier, aux lames courbes et aux cuirasses jaspées de la garde. Ludérik se tenait à ses côtés.

Cozog fit un pas en avant. Un rictus mauvais parcourait son visage.

– Voilà comment tu me remercies de t'avoir épargné la Fosse rouge, là où croupissent ton traître de mari et ses compagnons félons ? Je te ferai fouetter par mes fils et tu dormiras à la cave avec la vermine pour t'apprendre à obéir. Quant à vous, pouilleux, vous ne méritez même pas de salir les lames de mes hommes. Tarrim, à toi de jouer…

Parmi les sabreurs, l'un d'eux fit un pas de côté et décrocha de son dos une curieuse arbalète. Elle était dotée de petits carreaux, réunis dans un chargeur lui-même relié à des rouages qui permettaient un tir cadencé.

Tarrim lâcha son cimeterre et mit en joue Neil en plaçant son index sur la détente. Il se produisit un léger sifflement, mais aucun trait ne quitta l'arbalète. Seul un gargouillis se fit entendre. Le soldat chancela en portant ses mains vers le manche d'une dague, figée entre l'épaulière de fer et la base de son cou. La lame ne s'était enfoncée que de quelques centimètres dans les chairs tendres et aucune artère n'était touchée, mais la substance qui la recouvrait ne tarda pas à agir. Il tomba, foudroyé par le venin de mygale pourpre.

Profitant de l'effet de surprise, et parce qu'il n'avait aucun dieu à remercier pour ce répit, Neil convoqua l'énergie qui lui restait dans le bras qui tenait son épée. Il ôta ses gants et, presque aussitôt, la douleur des brûlures anciennes se raviva violemment, galvanisant ses forces.

Le garde qui lui faisait face tenta de l'embrocher avec sa puissante lame, mais elle ne fit que mouliner l'air. D'une agilité surprenante au vu de sa taille, Neil avait esquivé le sabre, et son arme fracassa le casque de son adversaire qui s'affaissa aussitôt. Sous la violence du choc, la vieille lame se brisa en plusieurs morceaux et Neil se retrouva les mains nues.

Déjà, un garde se jetait sur lui et Neil chargea comme une bête féroce. Un furieux corps à corps s'ensuivit, alors que tout près Cozog croisait le fer avec Ludérik. Neil boxait et ruait. Ses poings s'écrasèrent rageusement contre les plaques en acier de l'armure du soldat, qui répliqua d'un puissant revers de gant, manquant de l'étourdir.

Ludérik s'était débarrassé de son manteau et Cozog fut surpris de découvrir le jeune homme vêtu avec élégance. Dans la demi-pénombre, il ne l'avait pas reconnu.

Son pantalon de cuir et son pourpoint resserré à la taille lui laissaient toute latitude pour ferrailler.

– Ludérik, quelle bonne surprise ! Tout le palais te cherche et c'est à moi que va revenir le privilège de t'embrocher.

Il pointa une nouvelle fois et son tranchant fendit le tissu du pourpoint jusqu'à la chair. L'adolescent poussa un cri de douleur et heurta le mur derrière lui.

Cozog plongea en avant et le garçon para avant de riposter d'estoc. Il se débrouillait bien, mais l'homme au nez crochu était soldat de métier. Ludérik tentait d'esquiver les coups de sabre qui pleuvaient de plus en plus vite, de plus en plus fort. Il tenta une feinte et son épée décrivit un cercle vers la tête de son adversaire qui para d'un contre puissant. Alors, sa lame vibra douloureusement et sa pointe se brisa net, elle aussi.

Cozog ricana.

– Je n'ai pas oublié le jour où ton père m'a fait donner le chat à neuf queues. Il avait prétexté de stupides accusations lancées par cette servante qui pleurait parce que j'avais fait d'elle une femme. Je n'ai souffert des brûlures que quelques jours, mais l'humiliation ne m'a jamais quitté. On dit que ce couard est en fuite, alors tu vas payer pour lui !

L'adolescent haletait ; il sentait que la prochaine attaque de Cozog serait fatale. Tout près, Neil fléchissait sous les coups, un de ses genoux était déjà à terre.

Ludérik chassa toute émotion de son esprit. Il serra la garde de l'épée et visualisa ce qui restait de sa lame, à peine une vingtaine de centimètres. Le prolongement du bras.

Battement, prise de fer et estoc.

Hagen était derrière lui.

Agile et rapide, une brise venue du fleuve.

Ludérik n'entendait plus ni les invectives de Cozog ni les cris féroces de Neil qui encaissait les coups de boutoir du garde.

Battement, prise de fer et estoc.

Il plongea sur la lame ennemie, et ce qui restait de la sienne décrivit une arabesque gracieuse avant de s'enfoncer dans la gorge de son adversaire.

Cozog tomba à genoux et son regard devint vitreux ; un dernier mot remonta de son gosier :

– A… Arcadie.

Il était mort.

Sans prendre le temps de souffler, Ludérik rejoignit en deux enjambées le soldat qui avait renversé Neil.

L'autre le contempla, stupéfait. Avant que Ludérik ne charge, l'épée brisée dansa de nouveau et une nouvelle vie fut ôtée. Une fois l'assaut terminé, l'arme se fracassa pour de bon, son devoir accompli.

Neil était perclus de coups. Autour d'eux, des corps inanimés. Et au loin, des coups de sifflet rageurs.

Les renforts du guet ?

L'adolescente qui les observait depuis la passerelle s'écria :

– Suivez-moi, je sais par où fuir !

Sans hésiter, ils escaladèrent pour gagner la plate-forme avant de décamper à sa suite.

Ils coururent à travers les ruelles sombres et les venelles de Marteau-Fendu avant d'entrer dans Bassecombe. Peu après, ils émergèrent au milieu des tombes de Mortedune. Malvina les guida vers le camp des Lames. Des filles armées d'arcs vinrent à leur rencontre et l'albinos fit un geste d'apaisement.

– Ils sont avec moi.

Fanielle s'approcha d'elle et, sans prononcer le moindre mot, Malvina lui remit la bourse pleine de ducats qu'elle avait chipée dans la poche du jeune noble.

L'autre fronçait les sourcils.

– Les garçons sont interdits dans la caravane, tu connais notre règlement.

Malvina désigna les nouveaux venus sans se laisser démonter.

– Ils ont besoin de soins et cette femme, plus encore. Je propose qu'on en parle plus tard.

– Des armes sur eux ?

– Non.

Fanielle les dévisageait, l'œil mauvais.

– Ce soir se tiendra notre conseil, sous la conduite d'Elzémée. Tu auras l'occasion de lui présenter tes nouveaux « amis ». Mais je doute qu'elle les apprécie beaucoup.

Voyant la bourse de cuir que Malvina lui présentait, elle lui prit le bras avec affection et l'entraîna à l'écart.

– Tu as remporté l'épreuve, félicitations. Mais pourquoi tout gâcher en venant avec ces étrangers ?

Malvina jeta un bref regard à Neil. Sa voix était fluette.

– Je ne sais pas. Ils étaient en danger, comme je l'étais avant de recevoir votre aide.

Décevoir ses nouvelles amies, qu'elle admirait tant, était la dernière chose qu'elle souhaitait, mais d'un autre côté, imaginer que Neil puisse s'en aller lui froissait le cœur.

Deux tentes furent octroyées aux nouveaux arrivants : une pour les garçons et l'autre pour Sirelle. C'est dans cette dernière que Ludérik vint retrouver l'épouse de l'ancien gladiateur. Il la serra dans ses bras, comme il l'aurait fait avec sa mère.

– Korak m'avait dit que tu étais en sécurité à Hautfond ! s'exclama-t-elle.

– C'est une longue histoire, répondit Ludérik. Dis-moi plutôt ce qui s'est passé.

Elle soupira.

– Beaucoup de choses ont changé à Château-Doré depuis que le Noir Régent influence les décisions du jeune Thibault. Toute la garde a été purgée et de sinistres gibets ont poussé au milieu de la cour carrée ; on ne compte plus les vaillants officiers qui ont été pendus, torturés ou jetés au fond des oubliettes de la Fosse rouge.

– Je suis au courant pour Korak, Abigaïl m'a tout raconté.

Sirelle se tordait les mains d'impuissance.

– Comment savoir s'il est encore en vie ? Tous ses frères de la garde ont été emprisonnés ou écartés. Leurs épouses vivent dans la peur et refusent de me parler.

Ludérik fixait le sol devant lui.

– Moi je pense à mon père, sans cesse. Je ne sais pas s'il a pu fuir. Qu'est-il devenu ?

Le regard de Sirelle devint fuyant.

Il remarqua sa gêne.

– Tu sais quelque chose ?

Il la saisit par les épaules avec une pointe de rudesse qu'il regretta aussitôt.

– Où est mon père ?

Elle lui caressa la joue.

– Un jour, Cozog est rentré tout joyeux, racontant que Randolf avait abattu le dirigeable de ton père au-dessus de la jungle.

Une main de glace saisit Ludérik au cœur.

Sirelle cherchait ses mots. Il secoua la tête, rageur.

– Impossible... c'est impossible !

Elle voulut le réconforter à son tour, mais il se détourna, emporté par l'émotion.

– Tant que son corps n'est pas retrouvé, rien n'est sûr... ajouta timidement Sirelle. Cette nouvelle sert si bien les plans de Randolf qu'il faut la prendre avec précaution.

Ludérik ne pouvait retenir ses larmes.

Il se savait condamné, sinon pourquoi me confier sa botte secrète et Fendrill, son bien le plus précieux ? Il a fui pour ne pas tomber dans les griffes des traîtres, pour ne pas parler.

– Quand j'étais retenu chez Cozog, j'ai appris une autre chose, de source sûre celle-là : Elanée est emprisonnée dans la Tour noire. On l'aurait promise à Baldrick de Vertefosse.

Ludérik écarquilla les yeux de surprise.

– Ce type répugnant ? Elle le déteste !

– C'est pourtant la vérité, le mariage est prévu dans une semaine. Des invitations ont été lancées dans tout le royaume.

Une image insoutenable se forma dans l'esprit du garçon.

Elanée, si belle, dans le lit de cet homme infâme. Une chose pareille ne pouvait avoir lieu.

Cette discussion l'avait retourné. Ludérik préféra quitter la tente.

Neil était allongé sur une paillasse, torse nu. Pendant ce temps, Malvina préparait une décoction dont elle avait le secret. Au début, il avait refusé de se déshabiller, bougonnant comme un ours, et elle avait deviné qu'il n'avait pas beaucoup d'expérience avec les filles. Elle voyait les blessures, les cicatrices et ses muscles, durs comme du cuir, qui roulaient sous sa peau.

Pendant qu'elle le soignait, Neil l'observait à la dérobée. Il détaillait chaque aspect de son visage : sa chevelure aérienne et blanche comme neige, ses yeux bleus et son sourire mutin. Le garçon sentait un mélange de désir et d'affection l'envahir.

Tout cela était si nouveau.

– Ton corps raconte beaucoup de choses, murmura Malvina en appliquant la pommade.

Elle l'étalait du bout des doigts et le contact froid de l'onguent, à moins que ce ne fût celui de cette peau fine qui effleurait la sienne, fit à Neil l'effet de petites secousses électriques.

– Le mien aussi a son histoire, dit-elle sans malice.

Une fois ses soins prodigués, elle se releva et retira son corset de cuir. Une chemise bouffante apparut et elle en dégrafa les attaches.

Neil vit l'adolescente retirer sa chemise et sa poitrine se dévoila dans la pénombre. Le dessin sur sa peau était si réaliste, avec ses mélanges raffinés de bleu azur, de gris perle et d'ivoire, que la bête qu'il représentait semblait prête à bondir. C'était un jaguar des neiges qui enserrait la fille entre ses pattes. Malvina n'avait pour simple parure qu'un collier serti d'une dent unique.

– C'est ma dernière, dit-elle face à son regard insistant. J'ai utilisé toutes les autres. Un cadeau de ma mère…

Cette évocation recouvrit son visage d'un voile de tristesse.

Neil sentait en lui des frissons mystérieux qui lui donnaient envie de se redresser pour la serrer dans ses bras. Mais déjà, son naturel méfiant reprenait le dessus. Il lui était difficile de fendre l'armure qu'il avait édifiée autour de son cœur. Elle l'avait protégé à maintes reprises, mais ce soir il aurait tout donné pour s'en débarrasser.

Il allait dire quelque chose quand quelqu'un surgit à l'intérieur de la tente : c'était Fanielle. Elle le vit, allongé près de Malvina.

– Il faut que nous parlions immédiatement. Le conseil a lieu ce soir.

C'était la première fois que Malvina l'entendait s'exprimer d'un ton si cassant.

La nuit était tombée sur la cité des morts et, au centre du camp, les flammes des foyers peuplaient d'ombres les sépultures environnantes ; des chuchotements et des caquètements sourdaient des ténèbres.

Les Lames qui montaient la garde étaient plus vigilantes que jamais.

Fanielle marchait à côté de l'albinos, le visage fermé.

– Puisque tu as remporté l'épreuve, Elzémée va te demander si tu souhaites rejoindre notre communauté. Que lui diras-tu ?

Malvina regarda sa nouvelle amie, surprise.

– C'est si important pour toi de le savoir, Fanielle ?

Cette question la mit mal à l'aise.

– Les Lames t'offrent une famille et la sécurité, et moi, je t'apprendrai les secrets du crochetage et comment duper les hommes pour mieux les voler. Avec nous, tu vivras toutes sortes d'expériences incroyables. Une vie qui dépasse tout ce que tu peux imaginer.

– Écoute, je…

– Tu dois connaître la vérité, la coupa Fanielle. Elzémée n'est pas seulement notre chef et sa caravane n'a pas pour seule ambition de vivre de rapines. Notre but va bien au-delà. Nous voulons amasser un trésor qui financera une armée dont Elzémée prendra la tête. Et sais-tu pourquoi ? Du sang royal coule dans ses veines : elle était assise sur le trône de Valbrune avant d'en être chassée, il y a des années, par le baron Byorn, un chef de guerre impitoyable. Alors les sœurs d'Elzémée furent réduites en esclavage, et sa ville, saccagée. Depuis, le vent d'est porte jusqu'à ses oreilles les gémissements de son peuple.

Malvina assimila l'information avant de lui répondre avec douceur :

– Elzémée sait-elle que tu me fais ces confidences ?

L'autre lui répondit sans croiser son regard ; elle préférait fixer les ténèbres.

– Quand Elzémée régnait sur Valbrune, les femmes n'étaient pas traitées comme du bétail et les albinos vivaient en paix. Elle est la seule qui peut nous protéger. En échange, nous devons lui offrir notre cœur et nos lames. Mais aussi renoncer à commercer avec des mâles. Crois-moi, ce n'est pas cher payé pour toute une vie de liberté.

Malvina ne savait quoi penser. La veille, elle était prête à revêtir les couleurs des Lames, mais sa rencontre avec Neil avait tout changé. Pourtant, ils n'avaient pas beaucoup parlé et, à vrai dire, elle ignorait tout de lui. Pourtant…

– Est-ce vraiment tout ce dont tu voulais me parler, Fanielle ?

Malvina obligea la jeune fille à lui faire face et, dans le reflet des flammes, son regard incarnat semblait plus intense que jamais.

D'un geste doux, Fanielle toucha la pointe des cheveux de son amie.

– Reste avec moi et je te donnerai tout l'amour que j'ai au fond du cœur. Tu seras heureuse.

Malvina rougit à cette déclaration et un tremblement agita ses lèvres.

Elle se détourna lentement.

– Je suis désolée, fit-elle d'une voix consumée.

Fanielle la regarda s'éloigner vers la tente de Neil.

LUDÉRIK

Sous la tente d'Elzémée, une dizaine de Lames formaient un demi-cercle autour du tonneau sculpté qui faisait office de trône. Des lampes à huile dans de petits bassins de métal pendaient au bout de chaînes disposées à intervalles réguliers.

– Commençons par la présence de ces mâles au sein de notre communauté, dit la chef d'une voix forte. Notre règle est claire : ils doivent partir, et le plus tôt possible.

Parmi les filles courut un murmure approbateur.

Ludérik, toujours accablé par la rumeur de la mort de son père, fit un pas au centre de la tente.

– Je remercie vos Lames de nous avoir accueillis et soignés. Sachez que nous ne voulons ni nous immiscer dans vos affaires ni nous attarder. Vous souhaitez vous rendre à Château-Doré pour donner une représentation ? Nous aimerions vous accompagner. Une fois là-bas, nos chemins divergeront.

Elzémée fronça les sourcils, des Lames protestèrent.

Elle leva la main pour ramener le silence.

– C'est hors de question, trancha-t-elle.

Ludérik encaissa en silence. Il refusait de s'avouer vaincu.

– Laissez-moi vous faire une proposition.

Malvina suivait le débat, assise à côté de Neil. À un moment, son regard parcourut l'assistance et elle vit Fanielle, le visage sévère.

– Nous sommes tous les deux des fugitifs, poursuivit l'adolescent. La garde me traque car mon père est accusé de félonie, et Neil est un esclave en fuite. Voilà pourquoi nous voulons quitter cette ville le plus vite possible.

Fanielle fit un pas en avant et s'écria :

– Nous ne pouvons risquer la sécurité de la caravane en abritant ces deux fuyards, c'est trop dangereux !

Les Lames adhérèrent bruyamment à son propos.

L'argument sembla convaincre Elzémée, mais Ludérik ne lui laissa pas le temps de conclure.

– Le guet et la garde connaissent mon visage, car j'ai grandi à la cour du roi, et Neil porte sous la gorge la marque des esclaves. Nous ne pouvons quitter cette cité que par la voie des airs, en volant un dirigeable !

– C'est votre affaire, répliqua la chef.

– Vous faites erreur, objecta Ludérik. Vous ne pourrez fuir avec le trésor de Château-Doré sans emprunter un aérostat. Nous devons unir nos forces.

L'assistance était consternée.

– Qui vous a parlé de trésor ? fulmina Elzémée.

Fanielle fixait Malvina d'un regard douloureux.

La jeune albinos se sentait mal à l'aise ; elle avait confié le secret des Lames à ses nouveaux compagnons après avoir décidé de rejoindre ces derniers. Avait-elle trahi celles qui lui avaient sauvé la vie ? Elle baissa les yeux.

– La seule chose qui compte, répliqua Ludérik, c'est de répondre à ces deux questions : où trouver une telle machine et comment l'utiliser ? Vous avez des pilotes parmi vos filles ?

Silence.

Elzémée prit un instant avant de répondre. L'assurance de ce garçon et son aisance verbale la surprenaient. Il était de sa classe, sans nul doute. *Un déchu, comme toi*, songea-t-elle.

– La princesse Elanée sait manœuvrer les ballons dirigeables, poursuivit Ludérik, et je n'ai pas l'intention de la laisser épouser Vertefosse, comme le prétend la rumeur. Aussi, nous fuirons par la voie des airs et vous prendrez place à bord, si tel est votre désir. Voilà le service que je vous offre en échange de votre hospitalité. De plus, personne ne songera à nous chercher dans une caravane de filles déguisées en acrobates et nul ne s'étonnera de votre présence : le mariage de la princesse a été claironné dans tout le royaume du fleuve.

Parmi les Lames, c'était la confusion. Certaines suggéraient de passer par le fer ces inconnus séance tenante, d'autres, plus circonspectes, soupesaient la proposition du garçon.

– Pourquoi tant de risques pour cette Elanée ? s'étonna la chef des Lames. Vous l'aimez, n'est-ce pas ?

Ludérik se contenta de secouer la tête. Elzémée était amusée.

– Combien de vies êtes-vous prêt à risquer pour elle ?

– Peu importe nos motivations réciproques, s'agaça Ludérik. Ce qui compte, ce sont nos chances de réussite.

L'assurance de cette femme l'impressionnait, mais il n'en laissa rien paraître. Elle lui rappelait Elanée.

Elzémée le toisa un moment avant de lancer :

– Nous en avons fini ?

Le garçon fit un pas vers elle, déterminé.

– Il reste le plus important. Le trésor que vous convoitez ne se laissera pas prendre aisément. Il est placé au fond d'une crypte souterraine, dissimulée au cœur du palais. Avant d'y accéder, vous devrez d'abord vous frotter à une colonne de la garde, puissamment armée. Ensuite, il y a l'entrée du tombeau : une porte gigantesque taillée dans de l'eucrite pure et verrouillée par un sceau du Roy. Nul ne possède ce genre de clef, à l'exception des membres de la famille royale et d'une poignée d'hommes de confiance, triés sur le volet.

Ludérik marqua une pause pour s'assurer qu'il avait toute l'attention des filles, ce qui était le cas. Alors, il ajouta :

– Mon père, Hagen de Maisonclair, était l'un d'entre eux.

Il présenta alors sa main devant la chef des Lames et, sur le chaton plat, la vouivre étincela au milieu de la tente.

Elzémée ne put s'empêcher de sourire. Décidément, sa première impression était la bonne : ce garçon avait de la ressource et un sacré culot, elle aimait ça.

Elle poursuivit d'un ton sucré :

– Nous pourrions te trancher le majeur et nous emparer de ta chevalière…

– C'est vrai, admit Ludérik, mais je me suis bien gardé de tout vous dire.

Haussement d'épaules de la chef.

– Le reste, nous le savons. Un piège qu'on appelle « le gouffre de Donfor » se trouve dans le tombeau.

– Pas un, mais deux. Selon la coutume, chaque roi transmet à ses enfants le secret des deux dispositifs. Elanée a été dépositaire du second : il se nomme « la pierre de soleil ». La princesse vous est donc indispensable. Aidez-moi à l'arracher aux griffes du comte de Mortpic et vous ne le regretterez pas !

Elzémée préféra prendre le temps de la réflexion avant de répondre à Ludérik ; elle donna congé aux garçons et seulement ensuite fit avancer Malvina.

Sous la tente des garçons, Ludérik se tourna vers Neil. Lui non plus ne parvenait pas à trouver le sommeil.

– Tu as été habile avec cette amazone, fit l'ancien tanneur. Que va-t-elle décider, à ton avis ?

– Nous le saurons demain. J'espère que la nuit lui portera conseil. Et toi, que feras-tu si elle accepte ?

Neil marmonna :

– Je me fiche bien de ta princesse, pourquoi risquerais-je ma vie pour elle ?

– Si tu es avec nous, répliqua Ludérik, il y aura une place pour toi et Malvina dans le dirigeable. On pourra vous laisser où vous voulez, très loin de cette ville.

Le manège de Malvina et Neil n'avait pas échappé à Ludérik. C'était peut-être manipulateur, mais il n'hésita pas à s'en servir.

Neil réfléchit une seconde avant d'avouer :

– Je n'ai jamais volé comme un oiseau.

Ludérik lui souriait dans le noir.

– Ne t'en fais pas. Je suis certain qu'Elanée nous conduira à bon port.

– Et toi, où comptes-tu aller ?

Ludérik se retourna sur le dos, un bras replié sous la nuque.

– Je ne croirai à la mort de mon père qu'en voyant sa dépouille. Et dans l'immédiat, il faut que je récupère son épée. J'en aurai grandement besoin dans les heures à venir.

– Tu oublies les pièges du tombeau, grogna Neil. Tu crois que deux gars comme nous et une bande de filles parviendront à les surmonter ? C'est de la folie !

– L'or ne m'intéresse pas, répondit Ludérik, mais s'il faut leur désigner le chemin qui y mène pour nous assurer ne serait-ce qu'une nuit tranquille, alors ça ne me pose aucun problème. Peu m'importe que le gamin qui siège désormais à Château-Doré se trouve un peu moins riche. Sa fortune, son père l'a bâtie sur un mensonge.

– Qu'est-ce que tu racontes ? fit Neil.

– Je t'en parlerai une autre fois, éluda le jeune homme. Essaie de dormir, demain sera une rude journée.

Neil allait s'assoupir quand il entendit Ludérik murmurer :

– Notre alliance avec ces filles nous aura au moins apporté une première garantie.

– Laquelle ? demanda Neil.

– Que, cette nuit, aucune d'elles ne viendra nous trancher la gorge.

V
NOCES D'ÉCAILLES

VARKOR

Zaël, de la lignée des Massilia, était grand maître de Gator. Son commandement sur les adeptes du dieu saurien s'étendait sur Nantos et toutes les cités qui la séparaient d'Angenor, à l'est. Il vivait dans la Casa de l'escaillé, le quartier général de l'ordre, et tout particulièrement dans une vaste salle aux frondaisons gothiques. Il n'en sortait jamais. Du fait de son grand âge, il passait ses journées à prier son dieu et à se livrer à des rites étranges – d'aucuns diraient magiques –, tirant les ficelles d'une organisation dont la puissance ne cessait de croître. La salle était pleine de piliers et d'arches retrouvés dans les ruines d'une cathédrale antédiluvienne. Pour atteindre cette vaste pièce, il fallait franchir une porte défendue par une garde composée d'une dizaine de lanciers : cuirasse à écailles, cape verte et heaume sculpté en gueule de crocodile. La règle voulait que les visiteurs remettent leurs armes avant de se présenter devant Zaël. Varkor leur confia son épée.

Il trouva le vieil homme en train de dîner, drapé dans sa robe sombre.

Dans la pénombre, il ressemblait à un vampire exsangue.

Un chandelier diffusait une lumière chiche et, sur les murs, des sculptures ophidiennes se tortillaient dans la pénombre. Au centre de la salle béait un trou de trois mètres de diamètre. Au fond se trouvait une caverne remplie de tourbe ; un imposant crocodile s'y prélassait.

Varkor de Kreff s'inclina respectueusement.

– Quelles sont les nouvelles de Château-Doré ? demanda le dignitaire sans lever les yeux de son assiette.

L'inquisiteur sortit de sous sa tunique noire un parchemin dont le cachet de cire était frappé de l'aigle aux ailes déployées.

– Le roitelet a signé l'ordre d'alerte générale comme vous le souhaitiez ; désormais, les Capes vertes sont chez elles partout dans la cité.

Zaël prit une serviette et s'essuya délicatement la commissure des lèvres. La peau de son visage était racornie, ses doigts, longs et osseux.

– C'est très bien, frère Varkor. Quoi d'autre ?

– Le comte Baldrick de Vertefosse épousera la princesse Elanée dans quelques jours, conformément à votre plan. En échange, ce pourceau prêtera allégeance au roitelet ainsi qu'à notre ordre. Mortpic deviendra notre poste avancé sur le fleuve ; nous aurons accès à la plus grande flotte cuirassée du royaume.

– Parfait. Et la foi en l'ordre du jeune roi, est-elle toujours inflexible ?

– Je le crois, maître. J'ai aussi envoyé nos Capes vertes arrêter le connétable. Il s'était ouvertement dressé contre l'instauration du plan d'alerte. Sa mainmise sur les unités de combat aérien contrariait nos plans. Nous le soumettrons à un interrogatoire avant de l'expédier dans la Fosse rouge, avec les autres.

– Bien, siffla Zaël avant d'être pris d'une brève quinte de toux.

Varkor l'observait en songeant : *Ta santé ne s'arrange pas, on dirait.*

– Au dernier conseil, l'argentier a dressé un portrait bien sombre des finances du royaume, ajouta Varkor. Côté recettes, le marché des lunettes d'émeraude est pratiquement saturé, tous ceux qui avaient les moyens d'en acheter l'ont fait. Pour ce qui est des dépenses, la guilde de Fer coûte cher et elle est employée à tort et à travers. Rien que pour l'île du Malheur, un détachement de deux cents hommes est mobilisé en permanence. Dankrad avait bien commencé à remplacer les mercenaires par des Capes noires rattachées au guet, mais elles sont mal payées et peu aguerries. Le temps joue en notre faveur. Sa garde étant décapitée, le roitelet n'a plus que nos Capes vertes pour asseoir son autorité. Or la ville basse grouille de mendiants, de crocheteurs et de brigands. Il doit rétablir l'ordre.

Varkor souriait avec malice.

– C'est le moment de convertir les cœurs au dieu saurien, vénérable maître. Le pouvoir est à portée de main. Bientôt, vous prendrez place sur le trône des aigles.

Cet élan d'optimisme laissa Zaël circonspect. Il répondit à Varkor d'une voix sourde.

– Le peuple est loin d'embrasser massivement la cause de notre puissant dieu. Et s'il se soulevait contre nous ? La Casa de l'escaillé et la Tour noire seraient balayées ! Nous n'avons pas encore les moyens de mater une révolte.

Varkor secoua la tête.

– Je ne le pense pas, seigneur. J'en veux pour preuve ces *Chroniques d'Isidargues* que le commandant Randolf s'est procurées à l'abbaye de Hautfond à ma demande.

L'inquisiteur sortit de sa besace un manuscrit épais qu'il commença à parcourir.

– Toute l'histoire de Château-Doré est consignée dans ce recueil. Il n'en reste que deux exemplaires connus, détenus tous les deux à la bibliothèque de Hautfond. Les dernières pages éclairent sur les débuts du règne de Dankrad de Niville. Ce souverain, tant « aimé » par son peuple, était un forban, compagnon de route de Voras lame rouge, le seigneur pirate qui dirige la cité de Revosse.

– Revosse… murmura Zaël. Elle possède la guilde de Fer. C'est d'elle que viendra le péril quand nous nous emparerons de Château-Doré… Retenons les leçons du passé si nous ne voulons pas subir un jour le destin de Marnor. Vous vous souvenez de sa fin, mon ami ?

Varkor hocha la tête.

– Sitôt débarqué à Nantos avec ses navires, Dankrad s'est présenté à la cour du vieux roi Marnor pour l'inviter à festoyer à bord de son navire. Durant la soirée, le roi, son frère et ses deux fils ont été passés par le fil de l'épée et leurs corps, jetés au fleuve. Le monarque avait aussi une fille, la princesse Sellen, que Dankrad a tenté d'épouser de force. La jouvencelle a préféré se jeter du haut d'une tourelle de Château-Doré, qu'on nomme depuis « saut de la Pucelle ».

Varkor ne perdait pas une miette du récit dont il se délectait.

Zaël poursuivit :

– Les chroniques nous disent que, sitôt sur le trône, Dankrad s'est consacré au développement de l'île du Malheur. Et qu'a fait le peuple ? Rien. Les nobles de Propolis ont conservé leurs privilèges, les étals de Marteau-Fendu sont restés approvisionnés. Tant que la populace n'a pas faim, elle est domptable.

En quittant la Casa de l'escaillé, Varkor était songeur. Il s'était bien gardé de tout dire à Zaël, à commencer par les propos que Randolf lui avait tenus durant la matinée. Lors de son passage à l'abbaye pour récupérer les chroniques, le prieur lui avait signalé qu'un ouvrage interdit de la bibliothèque avait été consulté, comme l'attestaient des traces dans la poussière. D'autre part, un postulant s'était volatilisé. Le livre, c'était *Confessions de frère Tibérian*. Le novice : Ludérik de Maisonclair, l'héritier de Maisonclair, l'héritier de celui qu'il était parvenu à faire accuser de régicide avec la complicité de ce lourdaud de Randolf, désormais prêt à lui lécher les bottes pour ne pas finir au bout d'une corde.

Deux choses le turlupinaient néanmoins. Les *Confessions* évoquaient bien le trésor de Château-Doré, mais ses informateurs ignoraient tout des pièges qui en barraient l'accès. L'autre point noir, c'était cette boîte retrouvée ouverte dans la bibliothèque ; elle contenait un livre dont il ignorait la nature mais ce qui était sûr, c'est qu'on l'avait retrouvée vide ; l'ouvrage avait disparu. Pour Varkor, il n'y avait qu'une explication : le novice en fuite possédait un sceau du Roy.

Et comme les mauvaises nouvelles ne voyagent jamais seules, voilà qu'on venait d'attaquer plusieurs hommes de la garde dans une impasse de Marteau-Fendu. L'un d'eux était mort sous la morsure d'une mygale pourpre, et Varkor ne connaissait qu'une femme capable de maîtriser ce subtil et foudroyant poison : une sorcière albinos qui avait péri dans une grotte. Alors ?

La conclusion s'imposait d'elle-même. Une empoisonneuse et le fils d'un ennemi rôdaient quelque part dans Nantos.

ELZÉMÉE

La tente s'était vidée, la reine déchue fixait les braises qui crépitaient dans un brasero tout proche. Une Lame entra dans la tente et mit genou à terre.

Elzémée la fit se relever.

– Parle, Fanielle.

– J'ai entendu Malvina vous insulter en refusant votre offre de rejoindre nos rangs. C'est inadmissible, vous devez la punir.

Elzémée sourit tristement.

– Je comprends ta déception, et le choix de Malvina me navre tout autant que toi. Pourtant, ce qu'a dit Ludérik est plein de bon sens. Si nous parvenons à mettre la main sur le trésor de Château-Doré, nous serons contraintes d'emprunter la voie des airs pour espérer nous enfuir sans laisser le butin derrière nous. Car une fois l'alerte donnée, les accès du fleuve à l'ouest seront barrés au Fort Valfeu que tient la guilde. Et ce ne sont pas nos trente bretteuses, aussi habiles soient-elles, qui empêcheront ces brutes de nous cribler de flèches. Je ne vous ai pas conduites à travers tant de périls, des années durant, pour accepter de vous sacrifier dans les entrailles d'un palais.

– Mais, Majesté…

– Ça suffit, la coupa-t-elle avec autorité. Nous devons composer… Ce garçon connaît les moindres recoins du château et plus de secrets que tous les nigauds que nous avons bernés ces derniers jours, à l'aide de caresses et de coupelles de vin. Quant à ce Neil, il est plus attaché à l'albinos qu'il ne veut le laisser paraître.

La chef marqua une pause.

– Tu vas devoir te retirer, mon amie dévouée. Peut-être lui as-tu trop vite ouvert ton cœur ; c'est une sorcière qui cache bien des mystères, il n'est pas sûr qu'elle t'aurait rendue heureuse.

L'autre serrait les poings, tête baissée.

– La colère ne doit pas brouiller ton esprit, continua Elzémée. En cette heure décisive, j'ai besoin de toi pour diriger mes filles. Avec le trésor, nous achèterons une armée et marcherons sur Valbrune. Une fois ce porc de Byorn jeté à bas de mon trône, je promènerai sa tête au bout d'une pique à travers toute la ville et je la présenterai devant chaque maison qui abrite une fille qu'il a déshonorée. Ne me fais pas défaut, pas maintenant.

Elle se leva et vint prendre entre ses mains le visage de sa fidèle parmi les fidèles.

– J'ai besoin de toi, Fanielle.

*

Du rebord de sa fenêtre, le connétable observait les reflets des cuirasses écaillées. La première des silhouettes tenait une lanterne dont la lueur faisait ressortir la pointe des lances.

Ils sont là pour moi. Mon tour est venu.

Il portait par-dessus la fine chemise de mailles une élégante tunique de soie noire et rouge. Sur ses épaules pendait la cape à broche d'aigle des commandeurs de l'unité de combat aérien. Trois étoiles au-dessus du rapace, le grade le plus élevé. Ses hommes l'appelaient familièrement « Maréchal », un terme désuet qui renvoyait au monde d'avant. Cette nuit, la plupart avaient dû mourir ou se soumettre au Noir Régent pour sauver leur peau.

Il lui semblait déjà entendre les pas de ses ravisseurs dans l'escalier du donjon. Il se dirigea vers son bureau et prit le message qu'il venait de griffonner. Il l'enroula dans un mince tube de ludium dont le capuchon était verrouillé par un cadenas à combinaison.

Dans une cage recouverte d'un tissu noir, il attrapa

une chauve-souris et glissa la missive dans un réceptacle disposé sous une aile. Il s'approcha de la fenêtre et lança l'animal dans la nuit.

En le voyant se fondre dans l'obscurité, il lui adressa une prière muette.

Va jusqu'à Octavius et préviens nos frères. Qu'ils préservent notre œuvre du mal.

Des coups sourds contre la porte.

– Ouvrez, connétable, au nom du roi !

Il sourit.

Les Capes vertes agissent pour le compte du roi, maintenant ? Une manigance de Varkor, évidemment.

En s'approchant de la cheminée où le feu agonisait, il décrocha Grifalle, le sabre qui l'avait accompagné dans tant de mêlées. C'était un don de son père, qui le tenait du sien.

Une profonde lassitude l'envahissait. Il soupesa son arme et regarda la porte céder sous les coups des hommes en cuirasse céladon.

Alors, Akhoris de la maison Diakite, connétable du royaume et ancien compagnon du roi Dankrad, surnommé « l'Étoile rouge » sur les champs de bataille, remit sa vie entre les mains des dieux et chargea le premier cultiste.

*

Elzémée et Ludérik profitèrent des quelques jours qui les séparaient du mariage pour peaufiner leur plan. Les choses étaient à la fois simples et d'une difficulté redoutable : pénétrer avec la caravane dans la cour carrée de Château-Doré et se mélanger au flot des jongleurs, ménestrels et autres acrobates, puis s'emparer du trésor, enlever la princesse à sa propre noce, créer une diversion et rassembler tout le monde au pont d'envol du dirigeable afin qu'Elanée les conduise tous loin de la cité. Le tout en évitant la garde, les Fils de l'écaille et autant de Capes noires. Une pure folie…

Sous la tente d'Elzémée, Ludérik avait dessiné dans la terre un plan du château. Il le connaissait par cœur, à l'exception des recoins de la crypte.

– Nos armes seront dans les cachettes habituelles, dit Fanielle, le temps pour nous de franchir les murailles royales. Après, nous les dissimulerons sous nos habits de bateleuses.

– Pour atteindre le dirigeable, précisa Ludérik, il existe un passage qui évite la porte de fer et sa garnison et mène à la terrasse des aigles, là où se trouvent les hangars. Il débute dans une chaufferie située dans les sous-sols de Rocheblanche, le donjon en ruine qui surplombe la cour carrée. On ne peut pas le manquer. Il y a une cave qui mène sous un des hangars de la terrasse. Je vous y conduirai.

– Et comment entrer dans ce fichu château avec des

têtes que tout le monde recherche ? lança Neil, sceptique.

Elzémée fit signe à une Lame qui sortit d'un coffre un costume étrange, composé d'une tunique et d'un masque. La première était recouverte de feuilles et d'une épaisse toison d'étoupe de lin. Le second, tout grimaçant, était orné d'une chevelure de cordelettes et d'une barbe de ficelles.

– C'est pour le charivari du roi, commenta Elzémée. Les monarques et les nobles aiment les spectacles d'hommes sauvages, car c'est ainsi qu'ils se représentent les Farouches. Dankrad en avait demandé un pour son mariage, Thibault en a fait de même pour celui de sa sœur. Mes Lames ont écumé les tavernes de Marteau-Fendu ces derniers jours pour identifier des compagnies rivales et, coup de chance, nous sommes les seules en mesure de répondre à cette commande, pour le moins précipitée. Neil et toi serez déguisés en Farouches. Ainsi vous approcherez la princesse sans difficulté. Pour la suite, je ne me prononce pas.

– Vous oubliez ça, s'écria Fanielle en jetant deux sceptres à leurs pieds.

Ils étaient chacun surmontés d'une tête à capuchon et garnis de grelots.

– Je ne mettrai pas ces habits de bouffon, grogna Neil.

– Il faudra bien si tu comptes t'en sortir, dit Fanielle en le toisant avec mépris.

Elle s'approcha du garçon puis se baissa pour ramasser la marotte. Elle empoigna la tête qu'elle tira fermement vers le haut, dévoilant une lame effilée.

– Une canne-épée ? murmura Neil.

– Les apparences sont parfois trompeuses, gros nigaud.

Ludérik fit un geste d'apaisement.

– Ces costumes vont grandement nous aider, dit-il. Maintenant, il faut que nous parlions de la diversion puis de la crypte et des dangers qui vous y attendent.

– Pour ce qui est du premier problème, je pense à un subterfuge qui a déjà fait ses preuves, fit Elzémée d'un air entendu.

Ludérik se débarbouillait au-dessus d'un seau d'eau quand Sirelle vint le voir.

– Comment te sens-tu ? lui demanda-t-il en s'essuyant le visage.

– Perdue, à vrai dire. J'espère que les Lames accepteront de me garder avec elles. Où puis-je aller, de toute façon ? Ma maison n'est plus sûre et je n'ai aucune envie de redevenir la servante d'un soudard.

Elle avait des sanglots dans la voix.

Il lui serra affectueusement l'épaule et elle leva sur le garçon des yeux mouillés de larmes.

– Et mon Korak ? Je n'arrête pas de penser à lui. Que peut-on faire pour le sortir de là ?

– Je ne l'oublie pas, comment le pourrais-je ? Mais la Fosse rouge est trop bien gardée pour que nous divisions nos forces. Ma priorité, c'est de tous nous faire quitter cette ville. Ensuite, je partirai retrouver les débris du dirigeable de mon père, quelque part dans les Bois sombres.

– C'est Korak qui t'a caché à Hautfond, lui lança-t-elle, les yeux rougis. Sans lui, Randolf t'aurait déjà attrapé et tu croupirais dans les oubliettes du château. Tu lui dois bien ton aide !

Il prit les mains de Sirelle dans les siennes.

– Je comprends ton inquiétude et ton impatience, mais jamais Elzémée ne nous prêtera ses filles pour une opération de sauvetage, elle pensera que c'est suicidaire. La seule chose qui l'intéresse, c'est le trésor. Je lui souhaite bonne chance, d'ailleurs.

– Tu penses que c'est impossible ?

– Personne n'y est jamais parvenu. Mon père disait que le tombeau était inviolable ; pour ma part, je me contenterai de sauver Elanée.

Le visage de Sirelle restait sombre.

– Ne t'en fais pas, lui assura Ludérik, il existe de nombreux recoins discrets dans le donjon en ruine, c'est là que tu te cacheras en attendant notre départ. Quant à Korak, j'ai bien l'intention de lui venir en aide au moment le plus opportun.

Malvina inspectait les pansements de Neil.

– Tu cicatrises vite, un vrai tigre !

– Et tu sais de quoi tu parles, dit-il en désignant son tatouage d'un signe de tête.

– Il te fait peur ?

– Après avoir croisé un serpent géant et une horde de ragondins, ce ne sont pas quelques peintures qui vont m'effrayer, dit-il en bombant le torse.

Malvina rit.

La prunelle azur de ses yeux fixait l'adolescent.

– D'habitude, les garçons n'aiment pas que je les regarde, ils disent que je porte malheur.

– Je croyais que tu étais une guérisseuse ?

– C'est vrai. Les hommes sont des ignorants.

Il grommela. Elle sentait qu'il n'était pas à l'aise.

– Tu peux bien me dévisager autant que tu veux, tant que tu ne me transformes pas en pierre !

Elle inspecta les gants du garçon.

– Tu me laisses voir ?

– Ce n'est pas très joli…

– J'ai l'habitude des corps abîmés.

Elle lui ôta ses protections.

Les mains étaient cuites par la chaux et les acides. Elle lui effleura les paumes du bout des doigts.

Il frémit.

– La blessure est ancienne, je ne pourrai pas la faire disparaître. Juste l'apaiser.

Elle attira une main contre ses lèvres.

Neil sentit une chaleur irradier dans sa paume meurtrie. Ce n'était pas douloureux, bien au contraire. Mais par réflexe, comme cédant à son instinct de loup solitaire, il voulut la retirer. Cependant, en lui, quelque chose de puissant l'en dissuada.

Malvina était toute proche et il caressait le bout de ses cheveux quand la tête de Ludérik surgit à travers l'ouverture de la tente.

– C'est l'heure de partir, venez chercher votre tenue de carnaval !

LUDÉRIK

Une foule dense encombrait la grand-route, l'avenue aux dalles blanches qui remontait en serpentant depuis Bassecombe jusqu'à Propolis. Là-haut, les riches demeures étaient pavoisées de tapisseries et d'étoffes en l'honneur des mariés. Les relents d'égouts, de poisson pourri et de bois brûlés qui saturaient l'air de la ville basse cédèrent la place à des odeurs de cuisine, de salpêtre et, plus haut encore, à celles de l'encens, des feuillages et des fleurs dont les pétales jonchaient la chaussée. Une atmosphère fiévreuse se faisait sentir aux portes du palais. De tous côtés affluaient jongleurs, bateleurs et saltimbanques. La caravane était précédée d'une ménagerie itinérante avec ses dresseurs de corbeaux, de singes et de loups. Un ours, maigre à faire peur, se morfondait dans sa cage. Plus loin, un cortège de clowns criait à tue-tête et des prostituées, reconnaissables à leurs cheveux teints en rouge, alpaguaient les visiteurs. Un essaim de gamins de rue faisaient les poches des voyageurs distraits pendant qu'une cohorte de Fils de l'écaille se flagellait le corps en psalmodiant des chants en draconique. Ils arboraient à la pointe de leurs lances des oriflammes et des bannières ornées de créatures reptiliennes tirées du panthéon de Gator : lézards griffus, tarasque, gargouilles, vouivres et dragons. Toute cette procession baignait dans les fumées d'encensoirs.

Les distractions étaient rares à Nantos et ce mariage était l'occasion d'oublier la rudesse du quotidien. Le peuple se rendit en masse au pied de la porte du château où des acrobates pailletés rivalisaient d'adresse avec leurs jeux funambulesques, rejoints par des confréries de jongleurs, de musiciens et de comédiens qui enchantaient la foule.

La caravane se présenta à l'entrée du palais. Les filles étaient déguisées en saltimbanques et les deux garçons, accompagnés de Malvina, drapés dans leur tenue de charivari. Leur procession s'achevait par un chariot tiré par deux filles, également déguisées. Sur celui-ci était juché un curieux totem en bois : une sculpture percée de nombreux orifices, plantée dans un large pot rempli d'une substance grisâtre qui rappelait l'engrais. Ludérik apprit d'une des Lames qu'il s'agissait du protecteur de leur clan.

Avant qu'ils ne pénètrent dans l'enceinte, des gardes inspectèrent les chariots et tout particulièrement celui qui supportait le totem, mais ils ne trouvèrent rien de suspect : les armes étaient bien cachées.

– On y est, murmura Roncefière en admirant les clochetons mordorés du palais.

Danses et ripailles se dérouleraient le soir, sous un chapiteau dressé pour l'occasion. La foule des badauds avait laissé la place à des aristocrates, des nobles et des maîtres de guildes. Étrangement, si la plupart étaient âgés, aucun ne portait de lunettes d'émeraude. La cérémonie du mariage était annoncée pour la fin de matinée, en petit comité. Les festivités proprement dites se dérouleraient dans une imposante salle de réception, encadrée de colonnes de marbre. Le programme fut distribué aux invités ; les époux devaient inaugurer le bal en début de soirée.

Au détour d'un stand, Roncefière tomba en arrêt devant un chariot duquel sortaient deux hommes vêtus d'une cape écarlate et d'un masque de cuir de même couleur qui ne laissait entrevoir que la prunelle de leurs yeux et l'ivoire de leurs dents.

– L'ordre des Fous ! siffla la Lame en se tournant vers Sirelle.

– Une autre compagnie ?

– Cet ordre se présente comme tel, mais il n'est composé que d'hommes sans honneur, des crocheteurs qui n'hésitent pas à massacrer pour un oui ou pour un non. Dans les campagnes, on les appelle « les Sanguinaires », et malheur au village de Farouches qui leur ouvre ses portes ! C'est à cause d'assassins comme eux que nous avons tant de mal à offrir nos spectacles le long du fleuve.

Elzémée s'approcha de Ludérik. Elle était vêtue comme une acrobate de cirque et il était tout bonnement impossible de deviner, sous le maquillage et le costume d'apparat, la fière héritière du trône de Valbrune.

– Il est temps que tu remplisses ta part de contrat, garçon.

Son ton ne souffrait aucune réserve.

Ludérik partit chercher Sirelle et tous les trois se fondirent parmi les invités.

La tour de Rocheblanche, vestige de la guerre des Cinq Royaumes, ne ressemblait plus à grand-chose. Seuls la base et le premier étage tenaient encore debout. En souvenir de la bataille de Nantos, le père du roi Marnor l'avait laissée en l'état : on avait pieusement conservé au sol des fragments de bâtiments brisés et, aujourd'hui encore, des projectiles de catapulte se mêlaient à des éboulis noircis par le feu grégeois.

L'adolescent s'engagea au milieu des ruines. Une bonne partie du toit était effondrée, laissant le passage à la pluie et aux volatiles. Le sol était recouvert de tuiles brisées, d'immondices et de fientes de harpies féroces à l'odeur insoutenable.

Ils rejoignirent un escalier en pierre menant au sous-sol. Des rais de lumière plongeaient du toit défoncé et éclairaient les marches recouvertes de poussière et de mousse. En bas se trouvait une pièce abandonnée. Elle était remplie de machines métalliques rouillées.

– Tu vas te cacher ici, dit Ludérik à Sirelle. Dans l'attente de mon retour. Si tout se passe comme prévu, ce sera avant l'aube.

– Et si tu ne revenais pas ?

– Va retrouver Abigaïl. À deux vous serez plus fortes.

Avant de prendre congé d'elle, il lui caressa la joue, comme un fils l'aurait fait avec sa mère, et sortit de la salle, précédé d'Elzémée.

Atteindre la terrasse où se trouvaient les tombeaux des dignitaires ne fut pas difficile : les couloirs du château étaient remplis d'invités de haut rang dont beaucoup provenaient de cités éloignées et ne se connaissaient pas.

Ludérik ne tarda pas à trouver la dalle ébréchée qui servait de cachette à la rapière de son père. Il chassa la mousse d'un revers de gant et plongea la main dans la crevasse. En sentant la garde de Fendrill, une énergie nouvelle s'empara de lui. Il sortit prestement la lame de son fourreau et le soleil fit resplendir ses reflets bleutés.

– Que faites-vous là, marauds ? tonna une grosse voix.

Deux hommes de la garde, l'air mauvais, firent irruption. L'un portait une hallebarde et le second, un sabre.

– Les bouffons n'ont rien à faire ici ! lança le premier.

– Mais ce coquin a une épée, et plutôt belle ! ajouta le second. Les armes sont interdites durant les festivités.

Notre sergent va vous casser un pouce pour vous rappeler au règlement.

Ils ricanèrent.

– Mais, dis-moi, continua-t-il, voilà une fière donzelle. Approche, mignonne, que nous découvrions ce que tu caches sous ta robe de bamboche.

Ludérik allait protester quand Elzémée se dressa devant les soldats en faisant un geste avec le bras. L'instant d'après, un son de cuir fendu précéda un sinistre bruit d'os. Un stylet tranchant comme un rasoir s'était figé dans le front de celui qui venait de parler.

Le second poussa un juron avant de piquer sur la chef. Il se produisit un léger déclic et une lame longue de cinq doigts jaillit d'un gant en cuir blanc qu'Elzémée avait enfilé. D'un geste félin, elle bondit de côté et son arme décrivit une courbe qui souligna d'un trait écarlate la gorge de son adversaire, avant qu'il ne s'effondre au pied d'un dragon en pierre.

Ludérik jeta un regard horrifié sur les deux soldats.

– Était-ce nécessaire ?

Elzémée lui adressa un regard de cendre.

– Personne ne se met entre le trône de Valbrune et moi.

Sur ses mots, elle alla récupérer son stylet avant d'en essuyer la lame sur la cape du garde.

Ludérik n'avait jamais croisé ces hommes. De nouvelles recrues ? Bien des choses avaient changé depuis sa fuite vers Hautfond.

– Assez perdu de temps, reprit Elzémée. Tu dois tenir ta promesse. Guide-nous à la crypte des rois.

– Et les pièges ? Comment comptez-vous en venir à bout ? Nous étions convenus de délivrer la princesse d'abord !

Elle haussa les épaules.

– Pour le gouffre de Donfor, mes Lames ont mis à profit ces derniers jours pour espionner les hommes de la garde portés sur la boisson. Je pense en savoir suffisamment. Quant à la pierre de soleil, ma foi, on improvisera. Ce n'est pas la première tombe qu'on pillera.

Ludérik la fixa un instant avant de se résoudre à sortir du sac qu'il portait en bandoulière le parchemin vierge trouvé dans les *Confessions de frère Tibérian*.

– Une page blanche ?

– Une feuille codée, répliqua Ludérik. Elle pourrait vous aider à contourner les dangers des sous-sols.

– Il n'y a rien dessus ! s'exclama la chef des Lames.

Ludérik secoua la tête.

– Erreur : elle contient un message secret, écrit avec une encre incolore.

– Et que dit-il ?

– Seule la lumière de la lune permet de le déchiffrer. C'est ce que j'ai fait hier soir.

– Tu n'as pas répondu.

Ludérik comprit que le moment était venu de tirer son épingle du jeu.

– Il a été écrit par frère Tibérian, précisa-t-il, l'architecte du tombeau lui-même ! Après avoir inventé une série de pièges pour le père de Marnor, il a découvert que ce dernier projetait de le faire exécuter afin qu'il n'en révèle le secret à personne. Il a donc fui et trouvé refuge à Hautfond. C'est dans le scriptorium qu'il a rédigé ses confessions et indiqué comment éviter les deux dispositifs mortels. Ces précieuses informations se trouvent sous vos yeux.

Elzémée fit un pas vers lui, la main sur la garde de son épée.

– Donne-le-moi, alors.

Ludérik se figea dans un sourire crispé.

– Il va vous falloir patienter, le temps que vous m'aidiez à arracher Elanée des pattes de ce porc.

Elzémée de Valbrune était contrariée.

– Je ne vais pas attendre que la lune se lève, c'est trop loin. Plus nous traînons à Château-Doré, plus nous risquons d'être découverts.

– À vous de voir. Vaut-il mieux perdre un peu de temps maintenant pour vous donner une chance plus tard, ou aller immédiatement au-devant du danger ?

La chef des Lames n'était pas sotte. Elle opina de la tête.

– Très bien, nous attendrons la nuit.

ELANÉE

Recluse dans ses appartements, en haut d'une des tours de Château-Doré, la princesse fixait la robe de mariée que Béline avait apportée à son intention.

Rien qu'à la regarder, elle en avait des nausées. C'était une meringue débordant de froufrous, de rubans et de dentelles.

– Qui a choisi cette horreur ? siffla Elanée.

– Votre promis, le comte Baldrick de Vertefosse.

– Ça ne m'étonne pas, cet homme n'a aucun goût.

La servante hésita avant de demander.

– Voulez-vous l'essayer tout de suite ?

Elanée la toisa avec un regard où se mêlaient la colère et la résignation.

– Laisse-moi. Je te ferai appeler si j'ai besoin de toi.

Se retrouvant seule, elle s'approcha de la fenêtre de sa chambre.

C'était la chute du jour ; des nuages bleus glissaient jusqu'à l'horizon et le fleuve prenait des reflets métalliques. Elle discerna au loin le vol d'une harpie féroce ; l'oiseau flotta un instant au-dessus des eaux avant de piquer et de disparaître de sa vue.

Au pied de sa tour, elle devinait dans l'obscurité la silhouette de trois hommes armés. Des Capes vertes, probablement, comme ceux qui gardaient la porte de ses appartements. Inutile qu'elle s'avise d'emprunter l'une ou l'autre de ces issues. Ses escapades nocturnes étaient désormais connues ; Randolf de Torlieu avait donné les instructions qu'il fallait.

Un traître comme les autres, au service de cet ignoble dieu saurien.

En songeant aux serviteurs de son père qui s'étaient détournés de sa mémoire, prêtant allégeance à une secte sanguinaire, elle sentait la rage monter en elle.

Alors elle s'approcha de l'armoire qui renfermait ses vêtements. Diverses robes de princesse et, suspendues dans une housse en toile discrète, sa tenue de pilote avec les accessoires indispensables : gants de cuir, casque et lunettes, blouson, chemise bouffante et jabot de dentelle. Sur un rayonnage, au-dessus, trônait une maquette qui représentait un dirigeable muni de canons. C'était une réplique du vaisseau amiral de Nantos, la fierté des unités de combat aérien.

Elle s'en saisit et fit basculer une petite trappe qui se trouvait au fond de la nacelle. Cette dernière renfermait un sceau du Roy ; il lui avait été donné par son père.

Lors de sa précédente fuite, sous le coup de la panique, elle l'avait oublié : une erreur qui ne se reproduirait pas. Elle enfila la chevalière et médita un instant, l'air grave.

Il ne lui restait que quelques heures avant son mariage et la nuit de noces qui s'ensuivrait. Cette simple pensée lui donnait des nausées.

Jamais ce porc de Vertefosse ne posera ses mains boudinées sur moi !

Elanée avait d'abord songé à empoisonner tous les convives – les roses de minuit auraient parfaitement fait l'affaire. Mais pour y parvenir, l'aide de Béline lui était indispensable ; elle seule pouvait se rendre dans le jardin entourant la Tour noire et récolter les plantes nécessaires. Or comment faire confiance à une enfant que la secte de Gator avait dû conditionner pendant des mois ?

C'était prendre trop de risques. Il ne lui restait qu'une solution.

Elle se baissa devant l'armoire et fit coulisser un tiroir qui renfermait un coffre lourd, taillé dans du cimecorce. Une serrure compliquée en barrait l'accès. Elle la fit jouer à l'aide de sa chevalière.

La boîte contenait un objet d'un genre bien particulier. C'était un cadeau qu'Octavius Gilmoor lui avait offert pour la protéger durant ses escapades sur les toits de Marteau-Fendu.

Un vapo-pistolet dont les rouages, petits et entrelacés,

parcouraient le barillet et le canon. La crosse était en bois, mais tout le reste était conçu dans un alliage léger et solide à la fois.

– Une arme inspirée du monde d'avant, lui avait dit Octavius. Elle mettra en danger le plus adroit des bretteurs, car aucune armure connue à ce jour ne peut résister à ses projectiles : des noix de citrine !

Elanée avait appris du savant que ces fruits à la coque ligneuse poussaient sur des noyers qui affectionnaient particulièrement la compagnie des lianes étrangleuses. C'est dire que leur récolte était hasardeuse ! On ne trouvait qu'un tout petit nombre de ces munitions à travers tout le royaume. Chaque coquille de noix contenait un gaz naturel sous pression qui explosait lorsque cette dernière venait à se briser.

Elanée en tenait trois dans ses mains. Il n'y avait pas de magasin, de sorte qu'il fallait recharger l'arme après chaque tir.

Une noix pour mon cher époux, une autre pour Varkor l'intrigant, et la dernière…

Elle fixait le pistolet, les yeux embués.

La dernière est pour moi.

MALVINA

Malvina déambulait dans la grande salle de bal, Neil à ses côtés. Leurs tenues étaient assez grotesques, mais elle les dissimulait parfaitement. Autour d'eux, l'ambiance était à la fête, aux rires et à la musique, et les tables étaient chargées de mets raffinés. Les femmes étaient lourdement apprêtées et certaines riaient d'une voix suraiguë. Malvina se sentait si loin des bois, de la Dame brume et des paysages du fleuve, les seules choses qu'elle avait connues sur cette terre.

L'insouciance qui l'entourait la mettait mal à l'aise ; ces gens avaient-ils la moindre idée de la vie au-dehors ?

Pour le moment, personne ne prêtait attention à eux et, en compagnie de Neil, Malvina se sentait parfaitement en sécurité.

Il n'en fallait pas plus pour la rendre heureuse, et elle aurait voulu que cet instant de bonheur suspendu ne s'arrête jamais. Elle rêvassait à demi en picorant des gâteries dans les plats, se disant qu'ils allaient bien ensemble. Des idées inaccoutumées lui venaient à l'esprit : vivre avec un garçon, quelque part. Ne plus jamais se sentir seule. Un havre sans ragondins ni trafiquants. Il fallait qu'ils quittent ce royaume ensemble, et qu'ils gagnent la côte. Là-bas, on disait qu'il n'y avait pas de jungle et que les gens, loin des griffes de la Dame brume, n'y vivaient pas rongés par l'angoisse.

Une heure passa, puis une autre. Le soleil entamait sa descente. La cérémonie de mariage s'était déroulée dans la salle du trône, mais les saltimbanques n'y avaient pas été conviés.

Neil et Malvina en avaient profité pour mémoriser le chemin qui les séparait de la tour de Rocheblanche.

Au début de la soirée, quand vint l'heure du bal, la princesse fit son apparition. Malgré sa robe luxueuse et son maquillage, ses traits exprimaient une tristesse infinie. Sa démarche était hésitante.

Malvina se demanda si elle n'était pas droguée.

Son mari, le grassouillet Baldrick de Vertefosse, la tenait par le bras et adressait de fiers signes de tête aux invités qui applaudissaient à leur passage ; il avait endossé la cape verte, preuve de sa récente allégeance au dieu Gator.

À un moment, ils fendirent la foule pour quitter la salle et entrer dans une large cour intérieure entourée de gracieuses colonnes. Des estrades, alignées comme dans une arène, entouraient un imposant bassin. Des rochers permettaient, en bondissant de l'un à l'autre, de traverser la pièce d'eau comme s'il s'agissait du gué d'une rivière.

Les invités prirent place sur les banquettes, des cracheurs de feu donnèrent un spectacle et des singes sautillèrent au milieu du bassin, pour la plus grande joie du public. Elanée et Baldrick siégeaient aux premières loges. Le roi Thibault était à l'écart, en haut d'une tribune d'où pendait une tapisserie portant l'emblème de Château-Doré. Derrière lui se tenait Varkor de Kreff, éternellement drapé dans sa toge noire.

À un moment, le roi leva une main et prit la parole. Le crépuscule recouvrait la cour intérieure et les premières torches crépitaient dans le vent du soir.

D'une voix mal assurée, Thibault commença par remercier les invités de s'être déplacés, particulièrement ceux venus de cités lointaines.

Puis il félicita les mariés et rappela que, grâce à cette union, deux fières cités allaient œuvrer ensemble pour la prospérité du royaume.

Malvina et Neil se trouvaient au milieu des gradins, entourés de Lames à divers endroits. Aucune n'avait vu Elzémée depuis qu'elle était partie avec Ludérik, mais toutes attendaient le signal, la diversion qui sonnerait l'ordre de repli général vers la tour de Rocheblanche.

Le jeune roi poursuivait :

– À l'occasion de cet événement, j'ai décidé de réinstaurer une très ancienne tradition, celle des jeux de l'arène.

Des acclamations enthousiastes retentirent, accompagnées de bruits de crécelles et de tambourins.

– C'est devant les eaux de ce bassin, poursuivit le roi de sa voix juvénile, que je vous en rappelle les règles : deux combattants s'affronteront. L'un pour purger ses crimes, l'autre en l'honneur de sa famille. Ils prendront place au milieu des eaux, chacun sur un rocher, et seront attachés au poignet gauche par la même corde. Ils se battront jusqu'à la mort.

Des applaudissements montèrent des gradins.

Neil fronça les sourcils.

C'était la première fois qu'il voyait le bassin, mais sa sinistre réputation était connue de la ville entière.

On disait que de grosses anguilles électriques évoluaient dans ses profondeurs et que, parfois, un rayon de lune se reflétait sur leurs peaux visqueuses qui glissaient près du bord. Les poissons carnassiers étaient pêchés en amont du fleuve, dans une crique nauséabonde où les usines déversaient leurs déchets ; cette eau noire qui venait contaminer les environs de Nantos avait vu les animaux aquatiques muter de façon mystérieuse. C'était le cas des anguilles que l'ancien souverain avait fait pêcher et ramener à Nantos.

Peu après son accès au trône, Dankrad de Niville avait

décrété que les jeux de l'arène étaient inutilement cruels. Selon lui, la noblesse de Nantos avait mieux à faire que de s'étriper au couteau. Une décision sage, comme le roi en prit beaucoup durant son règne. Mais désormais, le cours des choses avait changé et, une fois encore, l'arène allait résonner des cris de souffrance des combattants, des hourras du public et du choc des lames.

Alors que les gladiateurs se dirigeaient vers le bassin, dissimulés sous une robe écarlate rehaussée d'une capuche, Malvina approcha imperceptiblement sa main de celle de Neil. Elle toucha les doigts du garçon et les sentit se refermer sur les siens. Une sensation délicieuse remonta le long de son bras et vint grandir dans sa poitrine.

Elle ferma les yeux.

Le premier adversaire à se découvrir était pourvu d'un bras mécanique. Son poignet opposé était enserré par une corde rouge.

Un maître de cérémonie richement vêtu fit son entrée et présenta le premier homme :

– Randolf, ancien commandant de la garde du roi. Cet officier de haut rang vient défendre son honneur en combattant dans le bassin aux anguilles. S'il gagne, sa fidélité à notre souverain Thibault de Niville sera actée, de même que son engagement à soutenir le noble culte de Gator.

La brute leva son bras mécanique et défia la foule d'un regard circulaire. Une montagne de muscles. Même s'il n'avait pas le droit d'utiliser son membre d'acier, il demeurait un adversaire redoutable.

– Faites entrer le deuxième concurrent !

Deux lanciers poussèrent une silhouette vers le bassin. L'un d'eux lui arracha son capuchon et le corps décharné d'un vieil homme fut livré à la foule qui explosa dans un concert de rires moqueurs.

– Senaculus, cria à pleine voix le meneur de jeu : ancien intendant de l'île du Malheur, accusé des chefs de corruption, forfaiture et tentative d'évasion. S'il déçoit notre dieu, le bassin sera son tombeau.

Sous le crépitement des applaudissements, Malvina sentit la main de Neil qui compressait la sienne.

Elle tourna la tête et vit le visage effondré du jeune homme. Il murmurait :

– Oh non, pas toi, mon frère !

LUDÉRIK

Quand la lune se découpa pour la première fois dans les ténèbres, une pluie brillante recouvrit le mausolée de Gilmoor et les statues de pierre semblèrent prendre vie.

Ludérik inspecta le tombeau et trouva une lucarne sans carreaux. Il l'occulta avec le parchemin et, bientôt, une clarté ivoirine fit ressortir les lettres d'un message écrit à la plume. En dessous se trouvait un schéma composé de cases. Certaines étaient marquées d'une croix, d'autres non. Le damier indiquait une direction.

– La solution pour traverser une des épreuves ! s'exclama Elzémée.

L'ingéniosité du procédé forçait son admiration. À l'aide d'un crayon, elle recopia les traits du schéma directement sur le parchemin, comme s'il s'agissait d'un papier carbone. Quand elle eut terminé, elle lança :

– Tu avais dit vrai et je t'en remercie. Désormais il est l'heure, nous n'avons que trop tardé.

Elle replia le parchemin.

– Une dernière chose, dit Ludérik. Une fois dans la crypte, vous n'aurez qu'une heure pour rejoindre la tour et gagner le hangar des dirigeables. Chaque minute comptera.

– Si nous ne sommes pas là, c'est que nous sommes toutes mortes, répliqua Elzémée d'un ton neutre.

Les choses étaient claires pour tout le monde.

En quittant la terrasse, des exclamations leur parvinrent aux oreilles. C'étaient les sons d'une lutte.

L'arène !

Ludérik frémit en pensant que le bassin aux anguilles avait été remis au goût du jour.

Dankrad doit se retourner dans sa tombe.

Pour accéder à la crypte, il fallait emprunter un escalier en spirale particulièrement raide, dont les marches s'enroulaient à l'intérieur d'un donjon. La descente était périlleuse, car il n'y avait aucune rambarde pour prévenir les chutes.

Qu'un malheureux trébuche et son corps était happé par le noir avant de s'écraser une soixantaine de mètres plus bas. Ludérik avait allumé une lampe à huile, prise dans une réserve qui se trouvait tout en haut de l'escalier. Durant leur progression, il chuchota :

– Je ne comprends pas, où sont les autres Lames ?

– Ne t'inquiète pas et regarde devant toi. J'ai encore besoin de toi, souffla Elzémée.

– Si je te pose la question, c'est pour te rappeler qu'un détachement de la garde nous attend en bas !

Elle émit un petit rire rusé.

Au bas des marches, ils débouchèrent dans un corridor, large de trois mètres, qui les conduisit plus loin dans les profondeurs.

Ils atteignirent une grande salle carrée équipée d'une cheminée. Une belle flambée diffusait une chaleur généreuse. Les flammes éclairaient les silhouettes cuirassées de six gardes gisant au sol. Une dizaine de Lames attendaient, debout dans un coin. Elles n'étaient pas vêtues comme des bouffonnes, mais arboraient des tenues de nymphettes, avec leurs sandales retenues aux pieds par de fines lanières qui leur montaient jusqu'au-dessus des chevilles. Leur buste était moulé dans des chemises diaphanes et leurs jambes, à peine recouvertes de jupes courtes.

– Pas de blessées parmi vous ? demanda Elzémée, inquiète.

Fanielle s'approcha de sa chef et inclina la tête avant de désigner les corps inertes.

– Non, nous les avons drogués. Le plan a fonctionné à merveille, ils nous ont pris pour des danseuses et notre spectacle aguicheur leur a fait perdre toute méfiance.

– Vous saviez où se situait l'entrée de la crypte ? s'étonna Ludérik.

– Nous n'avançons jamais à tâtons. Quand il y a un passage ou un trésor à découvrir, mes filles ont tôt fait de délier les langues des hommes, surtout s'ils sont vieux et bedonnants. Ils croient encore aux miracles en voyant mes protégées tortiller du derrière. Les mâles sont tellement prévisibles !

Ils atteignirent enfin la porte, façonnée dans de l'eucrite pure. D'une taille impressionnante et composée de deux battants, elle était vierge de toute inscription. En son centre se trouvait une serrure unique, entourée d'un cercle d'or fin.

Ludérik s'approcha, effleurant la fermeture avant d'y appliquer sa chevalière.

Un puissant déclic se produisit et, aussitôt après, les portes s'ouvrirent dans un grincement sinistre.

Une salle apparut. Le plafond en voûte était soutenu par d'épaisses colonnes ; une odeur de moisi flottait dans l'air et d'épaisses toiles d'araignées recouvraient le sol, pareilles à du brouillard.

Qu'y avait-il au-delà ? Ludérik préférait ne pas le savoir. Il s'écarta pour laisser les filles entrer, Elzémée en tête.

– Rendez-vous dans la chaufferie de Rocheblanche, leur dit-il à toutes. Ne traînez pas !

Elzémée le salua d'un geste avant de s'enfoncer avec les autres dans les profondeurs de la crypte.

Le garçon se retourna et repartit en courant vers l'escalier qui menait à l'extérieur.

Le moment était enfin venu de trouver Elanée et de la sortir de ce guêpier.

NEIL

En voyant le pauvre Senaculus, l'adolescent sentit la rage remonter dans son ventre. Il le croyait de nouveau enchaîné sur l'île du Malheur, mais la cruauté des esclavagistes était sans bornes.

Face au commandant de la garde, le vieil homme était promis à une fin horrible. L'officier allait le battre comme plâtre avant de livrer son corps supplicié aux mâchoires des anguilles.

La foule était survoltée, les deux hommes se faisaient face. On avait poussé Senaculus sur le premier rocher en pointant une lance dans son dos.

Il était complètement hagard.

Malvina sentit le trouble de Neil.

– Je connais cet homme, murmura le garçon en serrant les dents.

– Tu ne peux rien faire pour lui, lui souffla Malvina.

Devant le bassin, le responsable des jeux leva les bras pour mettre fin au brouhaha qui descendait des tribunes.

– Avant que le combat ne commence, je dois rappeler une règle très ancienne que l'on nomme « l'échange ». Le principe est le suivant : quelqu'un peut prendre la place d'un des belligérants s'il s'engage à combattre selon le code de l'arène, lequel énonce que quiconque quitte le bassin sans avoir tué son adversaire sera aussitôt mis à mort.

La foule scanda alors : « Deux entrent, un sort ! » La formule était proclamée, encore et encore, par les spectateurs survoltés.

Quand les cris retombèrent, le maître des jeux demanda :

– Y a-t-il un volontaire pour remplacer Randolf de Torlieu ?

La réponse ne faisait guère de doute, car il était rare qu'on prive un officier de l'occasion de laver son honneur, sauf à s'en faire un ennemi juré.

Personne ne broncha.

– Concernant Senaculus le prévaricateur : quelqu'un veut-il affronter notre commandant à sa place ?

La foule éclata de rire. Il fallait être suicidaire pour oser défier le meilleur bretteur de la garde.

Les dés étaient jetés.

– Qu'on apporte les dagues ! conclut le maître des jeux.

Un serviteur s'avança avec un coussin pourpre sur lequel reposaient deux lames, longues de trois mains et tranchantes comme un coupe-chou.

Neil tourna vers Malvina un visage livide.

– Pardonne-moi, mais je dois y aller.

Elle n'eut pas le temps de répondre. Neil jouait déjà des coudes pour s'extraire de la foule et descendre les marches en direction du bassin.

Un murmure crût au fur et à mesure qu'il s'approchait du rebord. Les gens se demandaient qui pouvait être ce fou.

Le meneur de jeu regardait d'un œil stupéfait.

– Un volontaire ?

Neil leva une main en signe d'assentiment. Sa tête était toujours dissimulée sous son masque de charivari.

– Comment te nommes-tu, drôlet ?

– Neil… fils de Lazare.

Sa voix était assourdie par son masque.

– Puisque c'est ta décision et que la loi du bassin te l'autorise, prends la place de ce chien. Mais avant cela, ôte donc ton masque que tous contemplent le visage d'un homme mort.

La foule ricana.

Neil secoua la tête avant de répondre :

– En tant que charivari invité à la noce, je réclame le droit de jouir de mon privilège de cachotterie.

Il avait déclamé cette phrase apprise par cœur l'avant-veille. C'est Elzémée qui lui avait dévoilé l'existence de ce curieux privilège. La cachotterie autorisait les saltimbanques à garder le visage dissimulé en toutes circonstances.

La réponse interpella le maître des jeux qui se tourna vers la tribune royale pour guetter sa réaction. Le gamin couronné eut un geste d'exaspération. Le combat n'avait que trop tardé.

Les deux combattants reçurent chacun leur dague.

Senaculus était muet d'étonnement alors que, dans les gradins, Malvina se tordait les mains de désespoir.

Quelle mouche avait piqué Neil ? Et pourquoi prenait-il un risque pareil ? Ils venaient à peine de se rencontrer. Après toutes ces années de solitude, croiser le chemin de Neil avait été la plus belle chose qui lui soit arrivée. Le voir s'éloigner d'elle lui broyait le cœur.

Un homme en particulier ne manquait pas une miette du spectacle. C'était Korak, l'ancien gladiateur devenu maître d'armes. Dévoué au père de Ludérik, il n'avait pas échappé longtemps à la purge ordonnée par Thibault. Beaucoup de fidèles de l'ancien roi croupissaient désormais dans les sinistres prisons de la Fosse rouge.

Heureusement pour Korak, un de ses geôliers avait été son élève à l'école militaire. Reconnaissant son ancien professeur, ce dernier l'avait fait sortir discrètement du cachot.

Pour l'heure, les yeux brouillés du gladiateur fixaient le bassin. Il y avait si longtemps combattu, tant de sang y avait coulé. Que cette arène fonctionne à nouveau lui soulevait le cœur.

À quelques dizaines de mètres à peine, Ludérik regardait la même scène. Debout au milieu de la foule, il parcourait les environs du regard. La tête du totem des Lames émergeait de façon grotesque au milieu des curieux, toujours juché sur son chariot. Les filles d'Elzémée l'avaient laissé là à dessein.

Randolf toisait Neil, en rage.

– Ce sera ta dernière pitrerie, maraud ! Tu vas connaître l'étreinte brûlante des anguilles. Leur courant est si puissant que ta peau se mettra à griller, comme un porcelet sur sa broche !

La foule se gondolait.

Neil s'avança sur le premier rocher. Randolf lui faisait face, à moins de trois mètres. Entre leurs poignets respectifs, la corde était raide au-dessus des eaux.

Autour d'eux, la foule était en transe.

Neil se tenait prêt à bondir. Le commandant ne portait qu'un pourpoint de cuir bouilli et une paire de bottes qui remontaient sur ses genoux. Son bras articulé pouvait arracher la tête du garçon d'un seul mouvement, mais les combattants ne devaient utiliser que les armes qu'on leur avait remises.

Le maître des jeux tapa dans ses mains. Le silence tomba aussitôt.

– Combattez, et que le perdant nourrisse mes chéries !

Randolf plongea sur Neil à une vitesse que ne laissaient deviner ni son âge ni sa corpulence. Le garçon bondit de côté et la corde se tendit brutalement entre Randolf et lui. Surpris par la dextérité du saltimbanque, le commandant faillit perdre l'équilibre et sa lame ne rencontra que du vide. La dague de Neil piqua au fer avant de tenter une attaque de taille. L'officier para sans effort et sa lame décrivit une figure complexe avant d'écharper le tissu qui recouvrait l'épaule de Neil, entaillant la chair au passage.

Une botte secrète !

Neil était touché ; les gouttes de son sang éclataient à la surface de l'eau et, déjà, les anguilles tournaient autour du rocher, avides.

Sans plus prêter attention à la douleur qui lui cuisait l'épaule, Neil se souvint d'une confidence que lui avait faite Ludérik, quelques jours plus tôt, dans la nécropole de Mortedune : « Tous les officiers supérieurs de la garde disposent d'une botte secrète ; une attaque terriblement dangereuse, mais qui réclame de l'espace et du mouvement. Pour y survivre, il faut contraindre ton adversaire à un corps-à-corps afin qu'il n'utilise pas sa rapière. »

Il s'en était fallu de peu que sa tête ne soit tranchée. Neil rassembla toute l'énergie dont il était capable et, au lieu d'attaquer de taille ou d'estoc, sauta sur le rocher où Randolf avait pris position afin de lui saisir la gorge et frapper son ventre d'un puissant coup de genou. Le commandant ne s'attendait pas à une telle hardiesse. Il étouffa un cri sous la violence du choc et sa lame tomba dans le bassin.

Une horrible clameur monta de la foule.

Les deux hommes s'agrippaient comme des forcenés. Les yeux de Randolf étaient dilatés par la rage et son puissant bras mécanique essayait de repousser Neil, entravé par son costume de carnaval. Randolf lui expédia alors deux coups de poing avec sa main valide. Ils tombèrent et roulèrent sur le rocher sans cesser de lutter. Leurs têtes se trouvaient à quelques centimètres des anguilles, au ras de l'eau.

La foule était en délire. Au premier rang, Elanée baissa les yeux et le comte Baldrick, son nouvel époux, lui releva le menton d'une main ferme.

– Je veux que vous n'en perdiez pas une miette, ma douce. Vous n'entendez pas le plaisir que prennent tous ces gens ? Voyez le pouvoir de l'arène. J'exigerai bientôt la même pour ma cité de Mortpic. Réjouir sa noblesse pour mieux en disposer, voilà la clef du succès pour un gouverneur avisé. À votre place, j'apprécierais ce divertissement.

La jeune fille n'avait pas prononcé le moindre mot depuis la cérémonie. Son visage était fermé, des larmes coulaient le long de ses joues.

Des hommes en armes n'avaient cessé de l'entourer depuis le moment où elle avait quitté sa chambre.

Elle n'oublierait jamais cette affreuse journée, à commencer par la cérémonie. Tout son esprit tournait autour d'une idée fixe : fuir, mais pas avant d'avoir liquidé son ventru de mari. L'idée même que cet homme puisse être qualifié ainsi l'écœurait. Quelques minutes plus tôt, il avait brutalement posé ses lèves sur les siennes. Son haleine empestait le fromage et le vin ; une puanteur dont le simple souvenir lui donnait des haut-le-cœur.

Sur le rocher, Neil avait dû lâcher prise. L'officier utilisait la corde qui les reliait pour l'étrangler, il serrait de toutes ses forces et Neil voyait trouble. Son esprit commençait à divaguer et le bassin, les vociférations du public et la haine qui jaillissait du bretteur en ondes compactes devinrent presque irréels. Des images confuses venaient à lui : ses parents allongés au milieu des fleurs sanguines, ses mains brûlées par la chaux, et le puits, la chute dans le noir. Un kaléidoscope qui s'achevait sur le visage de Malvina.

Il se sentait épuisé, mais cette dernière vision lui donnait envie de s'accrocher à la vie. Alors, dans un cri sauvage, l'adolescent jeta ses ultimes forces et agrippa la tête de Randolf. Mais au lieu de chercher à le repousser, il se laissa tomber en arrière et fit passer le garde par-dessus lui. L'officier décrivit une petite courbe avant de plonger dans le bassin. Les anguilles convergèrent aussitôt vers la masse qui coulait à pic. Au même moment, la corde qui reliait Neil à son adversaire l'entraîna vers les eaux agitées. Neil tendit un bras, saisit la dague restée à terre et trancha la corde d'un seul geste. La foule était frappée de stupeur.

Neil se redressa lentement. Du sang gouttait toujours de son épaule.

Au premier rang, Baldrick de Vertefosse était transporté.

– Quel spectacle ! Mais quel spectacle ! tonitrua-t-il.

Sa main se porta derrière sa nuque. Il pesta.

– On m'avait juré qu'il n'y avait pas de foutus moustiques à Château-Doré !

La princesse leva la tête vers l'homme au costume de carnaval.

– Ce gladiateur a bien un visage, j'aimerais le voir, fit le jeune roi Thibault.

Neil reçut un coup au cœur. Il tourna la tête vers la foule. Malvina ne le quittait pas des yeux.

Où sont donc ces fichues Lames, je n'en vois plus aucune. Elles ont dû partir avec le trésor…

Le maître des jeux fulminait.

– Le roi t'a demandé quelque chose, bouffon ! Enlève ton masque !

Des gardes armés de lances firent un pas dans sa direction.

– *Cachotterie*, objecta Neil.

Un murmure de réprobation courut dans le public.

– Le roi fait et défait les usages, siffla Thibault. Ôte ton masque ou mes gens s'en chargeront d'un coup de sabre !

Neil s'exécuta et son visage apparut dans le reflet des torches. À peine eut-il jeté son masque au sol qu'un homme se leva dans la tribune. C'était Arnizan de Vellinus, le gouverneur de l'île du Malheur. Livrer Senaculus aux anguilles du bassin avait dû être son idée.

– C'est mon esclave ! Ce clown est un esclave en fuite ! Attrapez-le !

Au même instant, Baldrick dodelina de la tête avant de s'effondrer sur les genoux d'Elanée, totalement endormi. Une fléchette minuscule était fichée dans sa nuque. Elle le repoussa de dégoût.

– Au nom de feu le roi Dankrad, votre père, suivez-moi sans poser de questions, Votre Grâce.

Elle aurait reconnu sa voix entre mille.

Ludérik !

Elle se retourna et ne vit qu'un homme déguisé en acrobate qui lui prit la main pour l'attirer à lui.

Au même instant, un bruit sourd retentit, suivi d'une violente odeur de soufre. La détonation venait du bord du bassin, au milieu de la foule. Une langue de feu haute et droite montait vers le ciel, cerclée d'un épais panache de fumée noire.

Ludérik n'était guère surpris, c'est lui qui avait mis le feu au mécanisme quelques minutes auparavant. Fanielle lui avait montré comment faire, la veille. Le totem n'était pas enfoncé dans de la terre, comme on pouvait le croire, mais dans un mélange de différentes poudres issues de champignons, de lichen et de végétaux séchés, hautement inflammables. De fines mèches, s'apparentant à des racines, permettaient de mettre le feu au dispositif. La combustion qui s'ensuivait générait une puissante fumée noire particulièrement irritante. Elle s'échappait au travers des nombreux orifices qui ponctuaient la surface de l'effigie.

On cria :

– Protégez le roi, le château est attaqué !

Une dizaine de lanciers quittèrent leur position pour converger vers la tribune royale et l'entourer d'une herse mouvante.

Au milieu de la confusion, Neil conserva la dague, bondit vers Malvina, et tous deux s'élancèrent vers la salle de bal. La foule était prise de panique. Dans la cohue, des femmes et des vieillards furent renversés et piétinés, ils durent rebrousser chemin. Un passage situé à l'opposé menait à un couloir aux murs nus. Ils voulurent l'emprunter, mais on agrippa le bras de Neil. C'était la poigne de Vellinus, qui glapit aussitôt :

– Reste ici, esclave !

Derrière lui, quatre mercenaires dégainèrent leurs sabres.

Neil se retourna et vit son amie brandir une marotte à grelots.

– Tu t'amuseras moins ce soir, quand mes soldats découperont des talismans dans tes jolies petites fesses.

Il lui arracha dédaigneusement le sceptre, mais n'en conserva que le capuchon. Il fixait avec stupeur la lame blanche qui venait d'apparaître et mourut sans un cri, après que l'adolescente lui eut transpercé la gorge. Neil déversa sa furie sur le premier lancier, qu'il emboutit violemment. L'homme fut renversé en arrière et buta contre le rebord du bassin avant de disparaître dans les eaux grises.

Les autres gardes étaient abasourdis et Neil frappa le plus proche au visage. Un uppercut envoya sa tête rebondir contre un mur. Il n'eut que le temps de s'emparer du sabre et de saisir Malvina par le bras afin de l'entraîner à sa suite. Les cris des gardes lancés à leur poursuite carambolaient contre les murs.

Les adolescents couraient à perdre haleine, désorientés et incapables de retrouver la direction de Rocheblanche.

Ils accédèrent à un chemin de ronde. Malvina sentait son cœur prêt à exploser. Neil la tirait pour qu'elle ne s'arrête pas. Elle jeta son masque pour mieux respirer.

De la courtine, ils aperçurent le panache de fumée noire qui s'échappait de la réserve aux explosifs. Le bâtiment se trouvait de l'autre côté du palais, derrière la tour effondrée de Rocheblanche. Neil stoppa sa course, atterré.

Il avait pris la mauvaise direction. Un donjon leur faisait bien face, mais c'était un cul-de-sac… Les premiers gardes surgirent, au bout du parapet. Leurs lances brillaient sous la lune. Neil poussa Malvina à l'intérieur de la tour.

Ils gravirent les marches le plus rapidement possible jusqu'à une terrasse circulaire flanquée de créneaux.

Neil eut la présence d'esprit de refermer la porte en chêne et d'ajuster une planche en travers.

Quelques secondes plus tard, des bruits de cognée et des cris se firent entendre. Les soldats frappaient de leurs gants ferrés et sommaient les adolescents de leur ouvrir.

Neil recula de quelques mètres, le visage perdu. Malvina tournait le dos à l'entrée. Elle fixait l'horizon et le vent agitait ses cheveux immaculés. Dans leur fuite, elle avait égaré une partie de son déguisement. Sa peau blanche et ses pupilles d'un bleu intense étaient visibles de tous.

Neil se rapprocha d'elle, protecteur. Il tenait solidement sa dague. Du sang s'échappait de son épaule et coulait le long de son bras jusqu'à la garde.

– Ta blessure, murmura-t-elle.

Il considéra sa plaie, hagard. Les cognements contre la porte se perdaient dans un brouillard ouaté. D'ordinaire si gauche avec les filles, il l'attira doucement vers lui. Elle posa sa tête contre son épaule. Une vague de bien-être les enveloppa. Plus rien ne comptait.

– C'est le bout du chemin, Malvina.

Il n'y avait plus aucune trace d'émotion dans sa voix. La jeune femme était au meilleur endroit possible. Dans les bras de Neil. Du haut de la tour, la nuit les enveloppait et le paysage était la plus belle chose qu'elle ait contemplée de toute sa vie.

Neil sentait une boule remonter dans sa gorge.

– Tout ce temps à me demander ce que je faisais sur cette fichue terre… Courir, fuir. Et puis je t'ai trouvée. C'était ça, ma vie, marcher vers toi pour te rencontrer et ne plus te quitter.

Malvina releva la tête et ses lèvres se posèrent sur celles de Neil.

La porte commença à craquer, des pointes de lance traversaient les panneaux.

La protégeant de son corps, il fit face. Dans un instant, la porte serait réduite en miettes et une horde se jetterait sur eux. L'idée de la mort ne l'effrayait pas, il l'avait côtoyée de près tout au long de sa vie. Il franchirait le grand rideau noir et, de l'autre côté, ses parents l'attendraient. Il n'avait que de vagues souvenirs du temps où ils jouaient ensemble. Mais ils lui avaient tant manqué… Quant à son père, qui l'avait vendu au tanneur, il lui avait pardonné depuis longtemps. La seule chose qui le terrifiait, c'était l'idée d'abandonner Malvina aux mains des bourreaux.

– Malvina, pardon de m'être trompé de chemin.

Des larmes brillaient dans ses yeux. Il voyait les visages de leurs poursuivants qui défonçaient les planches de la porte. Un bras d'abord, puis deux, bientôt le reste du corps.

Elle lui caressa la nuque, elle aussi pleurait. Sa main remonta vers son collier. La dernière dent.

– Je t'aimerai toujours, souffla-t-elle.

La porte vola en éclats.

Neil bondit en avant et c'est le cri d'un fauve qui accueillit le premier soldat. Il fit un simulacre de parade, mais le coup de Neil lui fracassa le casque et une partie du crâne. Le deuxième voulut le frapper d'estoc avec une lance. Le garçon cueillit la hampe en vol et la tira si violemment que l'homme bascula avant de s'empaler sur la pointe de la dague. Neil était habité par une soif de carnage. Le troisième homme écopa d'un formidable coup de poing qui le fit tomber en arrière.

Déjà, d'autres hommes se déversaient sur la terrasse. Pas moins de quatre lanciers l'encerclèrent, et d'autres se pressaient sûrement dans l'escalier. Tout serait bientôt fini. Neil voulut jeter un dernier regard à Malvina, mais elle n'était plus là. Il pensa qu'elle avait sauté du haut des murailles crénelées.

Les lances allaient bientôt l'embrocher comme un insecte. Mais autre chose arriva.

Une masse tapie contre le sol s'était redressée dans un feulement rauque et un éclair blanc se rua dans le dos du premier soldat. Une mâchoire féline se referma sur une jambe et les crocs la déchirèrent aussitôt. L'homme hurla de douleur et sa lance tomba devant lui. Effarés, les autres virent l'animal bondir au milieu du cercle puis se dresser sur ses pattes arrière avant de sauter à la gorge du soldat le plus proche. Les crocs transpercèrent le cuir, le tissu et même les mailles. La bête écrasait l'homme sous son poids pendant que ses pattes, à l'extrémité desquelles se dressaient de longues griffes acérées, lui fouaillaient le ventre. Les deux autres tentèrent de la déchirer avec leur pique. Trois autres gardes jaillirent de l'escalier avant de se figer devant la scène affreuse.

Deux lanciers se tortillaient sur le sol alors qu'un jaguar immaculé se jetait d'un côté puis de l'autre en se jouant des lances.

Les assaillants se regroupèrent pour se donner du courage. Le félin les fixait de son regard flamboyant, oreilles rabattues. Alors, il leva la tête et poussa un profond rugissement avant de charger de nouveau.

Sautant sans cesse, gueule ouverte et crocs rougis de sang, le fauve déchiquetait ses adversaires avec une application méthodique. Quand il eut fini, il tourna lentement la tête vers Neil. Le flamboiement de ses yeux disparut et un reflet d'une grande douceur illumina son regard. Et Neil comprit que Malvina ne l'avait pas abandonné. Le jaguar émit un petit grognement en signe d'invite et se lança dans l'escalier, d'où jaillirent bientôt de nouveaux cris de terreur.

ELZÉMÉE

Elzémée se tenait face à la crypte. On alluma des torches.

Les filles firent cercle autour de leur reine.

Elle les regardait toutes avec bienveillance.

– Qui sait ce qui nous attend au-delà de ces portes. Il est possible que nous n'en réchappions pas toutes. Aussi, si l'une d'entre vous souhaite partir, qu'elle le fasse sans hésiter. Je ne lui en voudrai pas.

Les Lames la fixaient en silence.

Fanielle fit un pas en avant.

– Allons prendre ce trésor, Majesté.

Une fois franchie la grande porte à double battant, les Lames se retrouvèrent dans la crypte. Une première salle, froide et sombre, les accueillit. Au fond, alignées contre un mur, se trouvaient les tombes royales : des constructions sommaires, en pierre granitique, portant des inscriptions très anciennes. Le sol était recouvert d'une épaisse couche de poussière. Nulle trace de pas, la crypte n'avait pas reçu de visites depuis un siècle. Un frisson parcourut l'échine d'Elzémée. Si le caveau renfermait un si grand trésor, pourquoi nul brigand n'avait osé s'en approcher ? Fallait-il être fou à ce point ?

Fanielle progressait à la tête du groupe, un arc composite dans les mains. Des accroches en métal et de petits rouages permettaient de le replier et de le dissimuler aisément.

Elles atteignirent un escalier dont les marches terreuses descendaient de quelques mètres. Fanielle se déplaçait avec la souplesse d'une chatte. Ses yeux perçants détaillaient chaque mètre carré. Les autres brandissaient des torches.

Les filles pénétrèrent dans une grotte aux proportions modestes. Une partie du plafond s'était effondrée sur le sol dallé. L'endroit était humide et chaud, comme dans une serre tropicale.

D'où peut bien venir cette chaleur ?

Des fleurs inconnues, des lianes et des buissons poussaient de façon anarchique. Certaines s'entortillaient autour d'épaisses colonnes que l'effondrement avait rendues inutiles.

Après s'être assurée qu'aucune créature n'était tapie dans la végétation, Fanielle s'apprêtait à poser un pied sur la première dalle quand sa chef la tira violemment en arrière.

– Attends, le sol est piégé. Certaines dalles sont des trappes.

Elzémée se remémora le parchemin codé et l'emplacement des cases marquées d'une croix. En passant près d'une fosse rectangulaire, elle entraperçut une chose noire aux pattes velues qui remuait dans l'obscurité. Elle marqua les dalles sûres à l'aide d'une poussière de champignon qui diffusait une lueur phosphorescente, et atteignit l'autre extrémité de la caverne sans encombre. Les autres filles l'imitèrent. Était-ce cela, le gouffre de Donfor ?

Le passage qu'elles empruntèrent ensuite les conduisit vers une large salle carrée dont le sol se trouvait à cinq bons mètres en dessous d'elles. Un pont permettait jadis d'enjamber la grande fosse, mais désormais il gisait brisé en contrebas.

Les jeunes femmes constatèrent que l'immense fosse était remplie de toiles d'araignées aux reflets soyeux. C'était l'œuvre d'espèces géantes qu'on trouvait dans les zones les plus reculées des Bois sombres. L'une des Lames jeta une torche au centre de l'enceinte et, presque aussitôt, une dizaine d'abominations velues grouillèrent tout autour.

Elzémée inspecta les murs. Des fresques surannées figuraient des scènes quotidiennes où il était question de sacrifices humains et d'une entité arachnéenne devant laquelle tous se prosternaient.

La chef des Lames comprit quelle épreuve les attendait : traverser la fosse sans finir en pâture aux araignées.

NEIL

Dans l'escalier gisaient des corps aux cuirasses labourées par de puissantes griffes. Certains râlaient pitoyablement, d'autres avaient accueilli la mort avec une lueur de terreur dans le regard. Nulle trace du jaguar blanc. L'adolescent se pencha au-dessus d'un cadavre et récupéra casque, chemise et pièces d'armures dont il se vêtit.

Il n'eut aucun mal à se déplacer, Château-Doré était livré à la confusion ; le totem continuait de s'embraser et les flammes s'étaient propagées à un bâtiment attenant. Les grandes cloches sonnaient l'alerte, l'incendie ravageait une partie de l'aile sud.

Rasant les murs, il vit des Capes vertes désarmer les officiers de la garde.

Une mutinerie ?

Pourquoi la milice de Gator occupe-t-elle la cour carrée ?

Les accès vers Rocheblanche étaient bloqués par une douzaine de Capes vertes. Il pensa à Ludérik et Elzémée.

Pourvu qu'ils s'en soient sortis !

Et la princesse, était-elle saine et sauve ? Sans elle, leur sort était scellé.

Les invités avaient commencé à fuir le palais. Neil se laissa porter par la foule qui l'amena jusqu'à Propolis, où il emprunta la grand-route. Il se retournait souvent, guettant sur une corniche ou le long d'un mur la silhouette féline de Malvina. Mais il ne vit rien. Le cœur ravagé, il prit la direction de Portbrume.

Il espérait y retrouver le chalutier de Lazare ; la guilde de Fer ne l'avait peut-être pas endommagé.

LUDÉRIK

Profitant de la bousculade occasionnée par l'incendie du totem, Ludérik avait conduit Elanée dans un recoin discret, bientôt rejoint par Roncefière, qui se débarrassa de son costume de saltimbanque. En dessous, elle arborait la tenue habituelle des Lames : bottes de cuir, chemisier et rapière. Totalement stupéfaite, mais le cœur tressaillant de joie à l'idée de quitter l'arène avec Ludérik, la princesse s'efforçait de tenir l'allure. Tous les trois convergèrent vers Rocheblanche. Ludérik fut le premier à s'y engouffrer. Dans la chaufferie, Sirelle avait disparu.

Ludérik l'appela puis fouilla les pièces, à la recherche d'indices.

Que s'est-il passé ? Où peut-elle bien être ?

– Je ne comprends pas, s'écria Ludérik, catastrophé. Sirelle avait promis de m'attendre !

La princesse connaissait cette femme de vue, elle l'avait croisée lors de réceptions à Château-Doré. De son côté, Roncefière s'agaçait.

– Il n'y a pas une minute à perdre, grogna-t-elle.

– La terrasse des aigles est toute proche, fit Ludérik. Elanée, te sens-tu capable de piloter un dirigeable ? Tout notre plan d'évasion repose sur toi.

La princesse approuva d'un signe de la tête. Elle peinait à réaliser ce qui venait de se produire.

– Je pourrai au moins décoller et manœuvrer, mais pour l'atterrissage…

– Ça ne doit pas être le plus difficile, fit Ludérik. Ne traînons pas !

Ils empruntèrent des couloirs, des salles désertes, la plupart dévastées et restées en l'état en souvenir de la Grande Guerre. Elanée se remémorait leurs parties de cache-cache. Aurait-elle pu se douter qu'un jour leur jeu, si innocent, leur sauverait peut-être la vie ?

Ils arrivèrent sur la terrasse qui offrait une vue plongeante sur la cour carrée. En contrebas, un combat à l'épée faisait rage entre des poignées de saltimbanques et les Fils de l'écaille, bien supérieurs en nombre. Mais sur la terrasse, nulle présence de Lames.

Elzémée était invisible.

Roncefière se pencha pour voir ce qui se tramait en bas.

– Mes sœurs sont en danger, il faut les aider ! cria-t-elle en dégainant son épée.

Ludérik ne savait que décider.

– Si nous descendons, aucun de nous ne survivra. Il faut sauver la princesse, c'est notre priorité ! trancha-t-il.

Elle lui agrippa la chemise, la mine outrée.

– Tu dois remplir ta part du contrat !

Il la repoussa, nerveux.

– Mais je l'ai fait ! Elzémée devait nous retrouver après la diversion, j'ignore pourquoi elle n'est pas là.

L'effroi s'empara de Roncefière. Elle recula d'un pas avant de lui cracher à la figure :

– Lâche… comme tous les hommes. Sois maudit !

Elle se rua dans l'escalier pour rejoindre ses sœurs.

Ils n'étaient plus que deux sur la terrasse. Les hangars qui hébergeaient les dirigeables se trouvaient tout près, protégés des vents contraires. Ils étaient fermés par de grandes portes roulantes. Faire décoller un dirigeable à cette hauteur nécessitait beaucoup d'adresse si on ne voulait pas, du fait de bourrasques soudaines, voir sa machine précipitée contre un donjon.

Les autres ne sont pas au rendez-vous, s'alarma Ludérik. *Notre plan a échoué !*

Elanée lui prit la main avec fermeté.

– Je ne sais pas comment tu as fait pour me retrouver, mais sans toi, Baldrick m'aurait déjà mise dans son lit. Pour le reste, tu as raison, notre seule échappatoire, c'est la voie des airs. Si Varkor t'attrape, il n'aura aucun mal à convaincre mon frère de te livrer en pâture à ses reptiles.

Ludérik était perturbé par l'absence de Neil et de Malvina, mais Elanée l'obligea à se secouer.

Ils coururent en direction du premier hangar.

– Il nous faut un dirigeable de reconnaissance tactique, souffla Elanée, ce sont les plus petits et les plus rapides.

Et aussi les plus maniables !

Les cloches d'alerte sonnaient sans relâche et le grand bâtiment au sud brûlait toujours. L'épaisse fumée noire qui montait dans le ciel se mélangeait en altitude avec les rejets de la zone interdite. La lune avait disparu sous un voile fuligineux.

Une guérite se dressait au pied d'un mât portant les oriflammes de la garde. Au-dessus, une manche à air indiquait la direction du vent.

Ils se tenaient à l'entrée de la piste de décollage. Elle était fermée par un grand mur d'enceinte, percé d'une vaste porte en pierre ouvragée. Une bande de roche lisse courait sur toute la largeur de la pièce à une hauteur de deux mètres. Au centre se trouvait un orifice destiné à recueillir un sceau du Roy.

Ludérik présenta le majeur de sa main droite devant l'ouverture… mais rien ne se produisit.

Elanée demanda à examiner la serrure et Ludérik lui céda la place.

– Ce genre de porte ne peut s'ouvrir qu'avec une chevalière appartenant à un membre de la famille royale, un haut gradé des forces aériennes ou le ministre des Armées lui-même, fit-elle. Laisse-moi faire.

La princesse utilisa son sceau et… rien ne se passa. Elle essaya une nouvelle fois, sans succès.

– Ça ne fonctionne pas, on a changé la serrure ! dit-elle, alarmée.

– Comment est-ce possible ? s'écria Ludérik.

D'abord Sirelle qui avait disparu, ensuite cette porte qui leur barrait obstinément le chemin. Tout leur plan était en train de s'effondrer !

– Mon frère a donné des ordres pour que tous les verrous des accès stratégiques soient modifiés, je ne vois pas d'autre explication.

– Si on reste là, les sbires de Varkor seront sur nous en un instant, s'affola Ludérik.

Ils n'avaient plus le temps de tergiverser.

– Suis-moi, fit Elanée. Il n'y a qu'un seul endroit où nous serons en sécurité.

Voyant qu'il l'interrogeait du regard, elle se força à sourire.

– Je serais curieuse de voir si tu as conservé ton agilité.

– Où allons-nous ? s'inquiéta Ludérik.

– Sur les toits.

NEIL

Depuis le début de l'incendie, l'atmosphère de liesse qui régnait dans la cité haute s'était évanouie. Des hommes en armes couraient dans tous les sens, comme si la ville était soudain en état de siège. À plusieurs reprises, Neil avait vu des hommes du guet mis aux arrêts par les sbires de Gator, et à tous les points stratégiques, désormais, la bannière du dieu crocodile flottait dans la brise nocturne.

Au détour d'une ruelle, alors qu'il débouchait sur l'avenue principale qui descendait vers Portbrume, il vit que la porte de Moulinfer s'était refermée.

Composée de deux battants larges de dix mètres chacun, et s'élevant à près du double, elle était taillée dans du cimecorce et bardée de fer à maints endroits. Des archers arborant une cape verte avaient pris position sur un chemin de ronde qui enjambait la rue et surplombait l'unique issue, ainsi verrouillée.

Neil n'en revenait pas. D'où avaient bien pu jaillir tous ces hommes ?

Il ne cessait de songer à Malvina. S'était-elle réellement transformée en jaguar ou avait-il halluciné ? Était-elle en sécurité ?

D'autres questions le taraudaient : comment rejoindre le port et quitter cette foutue ville, maintenant que leur plan avait échoué ? Pouvait-il retrouver Ludérik et la princesse Elanée ? Il n'aurait sans doute jamais la réponse.

Bloqué dans sa fuite par la porte de Moulinfer, le garçon se dit que le roi devait craindre quelque chose pour ordonner qu'on coupe les accès de la ville basse vers Château-Doré et Propolis.

Qu'est-ce qui pouvait bien l'effrayer ? Un mouvement de foule ou une intrusion de mendiants dans les beaux quartiers, profitant des distractions occasionnées par les noces de la princesse ?

Neil était abattu. Rebroussant chemin, il aperçut un attroupement sur le côté. Des adultes et des enfants entouraient une forme humaine, recroquevillée au sol. Certains riaient, d'autres lui donnaient des coups de pied.

En s'approchant, il vit avec horreur que l'objet de leur curiosité était une jeune femme nue, le corps couvert d'un grand tatouage. Malvina. Sans doute venait-elle de retrouver son apparence humaine.

Surgissant comme un furieux au milieu des badauds, Neil en repoussa plusieurs en hurlant. Sa colère et son soulagement de retrouver Malvina lui avaient fait oublier sa blessure à l'épaule. Surpris, les autres s'éparpillèrent dans la rue.

Il ôta sa pèlerine de jongleur et en recouvrit les épaules de la jeune femme avant de l'aider à se relever, lui murmurant des paroles réconfortantes.

– Je suis là, ne crains rien.

Malvina tremblait de fatigue, ses gestes étaient fébriles.

Ils empruntèrent alors des rues tortueuses pavées de pierres et longèrent des façades grises. Neil se dirigeait au hasard.

En entrant dans le quartier de Marteau-Fendu, leurs pas les conduisirent devant une maison à deux étages. Le rez-de-chaussée était en pierre, les niveaux supérieurs, à colombages, faits de bois et de plâtre. C'était une taverne, comme le quartier en comptait de nombreuses ; malgré le mélange de poussière et de graisse qui opacifiait les vitres du bas, on devinait à l'intérieur les flammes d'un foyer et les reflets des lampes. Neil leva les yeux sur l'enseigne qui pendait au-dessus de la porte d'entrée : Au Gobelet d'Argent. Ses traits se figèrent. Ce nom ne lui était pas inconnu. Alors, parce qu'ils n'avaient tous les deux nulle part où aller, ils poussèrent la porte de l'auberge. Le comptoir se trouvait en face de l'entrée, occupant presque toute la longueur du mur. Des clients étaient assis sur des tabourets et, sur la gauche, des renfoncements accueillaient des tables crasseuses, posées sur de simples tonneaux.

Dans l'air flottaient des relents de fermentation et de sueur ; le sol était tapissé de brassées de joncs noueux. Un calme surréaliste régnait dans la salle, loin du chaos de Château-Doré.

Neil aida Malvina à s'asseoir ; il rajusta la cape pour masquer sa nudité et ses cheveux. Elle était affamée ; la transformation avait eu raison de ses dernières forces.

Il se dirigea ensuite droit vers l'aubergiste, un gros homme chauve à la bouche chancreuse qu'une violente toux grasse secouait capricieusement.

Il commanda un plat revigorant et en profita pour s'accouder au bar et inspecter les environs.

Les paroles de Senaculus, son compagnon d'infortune au sein de la mine de l'île du Malheur, lui étaient revenues à l'esprit quand ses yeux étaient tombés sur le panneau rouillé : « J'ai un ami de longue date, c'était le chef de la guilde des Commerçants de Hautfond, à Nantos. Il continue de diriger une société secrète très importante : les Colliers rouges. »

Quand il fut servi, il posa trois écus de cuivre sur le comptoir et demanda, d'un ton faussement désintéressé :

– Johannes Helmbird est-il là, ce soir ?

À peine Neil avait-il prononcé ces mots qu'une lueur de méfiance traversa le regard de l'aubergiste.

– Helmbird, vous dites ?

Il avait élevé la voix de telle sorte que tous les clients purent entendre le nom. L'atmosphère changea du tout au tout.

Deux hommes plantèrent leur chopine et se dirigèrent vers la porte d'entrée, qu'ils verrouillèrent.

Des lames de couteau luisirent dans la pénombre.

Sans se démonter, Neil prit la soupe au lard et la miche de pain qu'il alla déposer devant Malvina. Alors qu'il lui tendait la cuillère, qu'elle s'empressa de saisir avant de se jeter sur le plat, affamée au point d'ignorer ceux qui les menaçaient, Neil récupéra furtivement la fourchette et la glissa dans une manche de sa chemise. Ensuite, il se retourna vers les soudards qui formaient un rempart entre eux et la sortie.

L'aubergiste s'était délogé de son bar pour se poster devant les autres, un gourdin dans les mains.

– Tu poses de curieuses questions et c'est la première fois que je te vois dans ma taverne. Quant à la drôlesse qui t'accompagne, on dirait une de ces sorcières qui vivent dans la jungle.

Neil compta ses adversaires.

Quatre.

Il était blessé, la partie était perdue d'avance.

Le tôlier s'approcha, méfiant.

Neil tenta de se montrer diplomate, ce qui n'était pas son fort.

Si Ludérik avait été là, il aurait su trouver les mots, lui.

– Nous voulons parler avec Johannes Helmbird, insista Neil.

Il se retourna pour regarder Malvina. Quel choix avaient-ils, désormais ? Seuls et traqués dans toute la ville, loin du dirigeable promis par Ludérik.

– Il va falloir nous croire sur parole, ajouta le garçon, nous n'avons aucune arme sur nous.

À ces mots, un butor vint le fouiller sans ménagement. Par chance, il ne pensa pas à examiner ses poignets. Il ne trouva pas non plus la clef du bateau de Lazare.

– Il dit vrai, pas de lame, grogna-t-il en se tournant vers l'aubergiste.

Neil se décida à abattre sa dernière carte :

– Johannes et moi avons un ami commun : Senaculus.

Un sentiment de stupeur parcourut les hommes, mais l'aubergiste, soupçonneux par nature, secoua la tête.

– Il est en fuite, il paraît. S'il était caché ici, on aurait de drôles d'ennuis, pas vrai ?

Neil reculait prudemment quand une voix forte retentit depuis un coin sombre.

– Amenez-moi ce garçon.

ELZÉMÉE

Fanielle et Elzémée atteignirent enfin la sortie. Leurs corps étaient couverts de brûlures superficielles et de la suie imprégnait leurs vêtements. Elles revenaient de l'enfer, uniques survivantes des pièges de la crypte. Pour seul trésor, Elzémée portait un sac sur l'épaule, rempli de quelques poignées de rubis, de gemmes et d'émeraudes. Fanielle avait choisi une simple épée, mais pas n'importe laquelle. C'était Muire, la lame des rois. Elle était taillée d'un bloc dans un métal qui scintillait de reflets rosés.

Fanielle soutenait sa chef, à bout de forces. Son visage était dévasté par le chagrin d'avoir perdu tant de ses *enfants* à la recherche d'un trésor improbable. Il y avait plus de pièges que prévu et, si leur équipe était parvenue à contourner la fosse aux araignées, la pierre de soleil avait manqué de les carboniser toutes. Seules les deux jeunes femmes avaient pu échapper aux flammes qui avaient embrasé en un éclair la salle aux miroirs. Un traquenard astucieux et cruel. Les cris de souffrance de ses compagnes la poursuivraient longtemps.

Elzémée s'adossa contre un mur, ses forces l'abandonnaient. Son visage était cireux à faire peur. Fanielle, dont le dévouement pour sa chef était fanatique, essaya de la relever.

– Courage, Majesté. Les autres nous attendent au dirigeable !

Elzémée secoua la tête.

– Nous avons mis des heures à quitter cette maudite crypte, nos amis sont partis depuis longtemps. Je m'en veux de t'avoir entraînée dans cette quête insensée. C'était notre dernier cambriolage, ma pauvre Fanielle.

Les deux jeunes femmes s'étreignirent.

Fanielle pleurait.

– Je ne veux pas que les choses finissent ainsi, votre place est sur le trône !

À peine eut-elle prononcé cette phrase que des silhouettes émergèrent des ténèbres : quatre hommes dans leur manteau rouge, masque écarlate, caleçons et gants de même couleur. Leurs cottes de mailles brillaient d'une teinte carmin.

– L'ordre des Fous, murmura la reine déchue. Les chacals viennent pour la curée, comme à leur habitude. J'aurais dû m'y attendre.

Un homme s'avança, rapière à la main. C'était Abdosir, leur chef. Il parla d'une voix nasillarde.

– Nous vous avions déjà remarquées sur la grand-route et, depuis cet instant, un de mes espions ne vous a pas lâchées d'une semelle. Nous étions curieux de savoir quel trésor pouvait bien attirer Elzémée de Valbrune, la reine des voleuses ! Apparemment, le butin a été faible. Nous nous contenterons de ce petit sac, derrière toi.

Elzémée dégaina sa lame, prit le sac par une anse qu'elle fit coulisser sur l'épaule de Fanielle.

– Tu sais ce qu'il te reste à faire, lui murmura-t-elle.

Les yeux brillants de larmes, Fanielle fonça vers l'escalier qui menait à la sortie pendant qu'Elzémée s'élançait au milieu des manteaux rouges.

Deux d'entre eux convergèrent vers Fanielle. Elle se contenta de brandir son poing droit vers le premier. Un déclic se produisit et une étoile d'argent vint se figer entre les yeux du voleur. Sans s'arrêter, elle plongea les mains derrière son dos et extirpa de sa ceinture deux longs poignards dont elle croisa les lames pour bloquer la pointe du sabre qui fendait l'air dans sa direction. L'attaque de son assaillant redoubla et le premier fer de Fanielle écarta le tranchant ennemi tandis que le second entailla profondément sa cuisse. Alors, le manteau rouge s'effondra aux côtés du premier, déjà mort. L'instant d'après, Fanielle atteignait l'escalier et s'échappait de la crypte.

ELANÉE

Du haut des toits, Elanée et Ludérik contemplaient la cité tentaculaire. Les murs immaculés de Château-Doré, ses tours célestes aux toits mêlés de pourpre et d'or et les fastueuses demeures aux décorations finement ouvragées, derrière de hauts murs blancs ; le contraste était fort avec les venelles de la ville basse et ses ateliers crasseux. Là-bas, les familles s'entassaient dans des bâtiments exigus et des masures. Les fumées crachées par les bruyantes usines de la zone interdite se mêlaient avec celles de l'incendie, de sorte que, poussé par le vent du nord, le nuage de pollution recouvrait toute la cité basse ; les toits baignaient dans la grisaille.

Elanée avait retiré ses chaussures étriquées, déchiré le bas de sa robe de mariée et arraché tous les froufrous qui l'encombraient.

– Je ne veux pas seulement être en sécurité ! s'exclama Ludérik. Pour t'arracher aux griffes de ton époux, de nombreuses personnes se sont jointes à moi et je leur ai promis de leur faire quitter la ville par les airs. Que comptes-tu faire pour eux, une fois que nous serons en sécurité ?

– Tant que la porte de la terrasse aux dirigeables est fermée, nous ne pouvons rien faire, lui rétorqua Elanée. Contente-toi de me suivre.

Elle s'élança au milieu des créneaux qui les entouraient de tous côtés. Le garçon ravala sa fierté et la suivit.

Certains toits étaient plats, mais la plupart du temps les difficultés ne manquaient pas : passerelles fragiles et tendues au-dessus d'une ruelle, toits escarpés, terrasses pourrissantes menaçant de céder sous leur poids et, pire que tout, les broches à pigeons, conçues pour chasser les oiseaux et sur lesquelles Elanée menaçait de s'abîmer les pieds.

Plus ils se rapprochaient de la ville basse, plus le brouillard charbonneux les recouvrait. Bientôt, les deux adolescents n'en purent plus : toussant et larmoyant, ils se confectionnèrent des masques de tissu à partir des lambeaux de la robe de mariée d'Elanée et les utilisèrent pour se couvrir la bouche et le nez.

Ils devaient redoubler de vigilance, car le moindre faux pas risquait de les précipiter une vingtaine de mètres en contrebas.

Enfin, suffoquant au milieu des miasmes, ils atteignirent leur but.

Elanée fit signe à Ludérik de s'arrêter et de ne pas prononcer un mot.

Ils se dissimulèrent derrière une cheminée et elle lui montra deux silhouettes qui gardaient une porte.

– Des Capes vertes, chuchota-t-elle. Pas question d'entrer par la grande porte.

Se déplaçant avec la grâce d'une chatte, une aptitude que sa noble lignée était loin de laisser deviner, Elanée se dirigea vers une lucarne de forme ovale.

Elle la poussa légèrement et celle-ci s'ouvrit en silence.

La fille connaissait parfaitement les lieux.

Elle s'engagea prudemment à l'intérieur, bientôt suivi de Ludérik.

Ils se trouvaient dans la demeure d'Octavius Gilmoor, le fils du génial inventeur et l'ami proche d'Elanée.

Autour d'eux s'étendait un vaste grenier rempli de pièces détachées, d'engrenages et de machines étranges, et de toutes sortes d'instruments et d'outils bizarres, entassés sur une dizaine d'étagères et d'établis alignés le long des murs. Au centre, une grande table ronde était jonchée de parchemins et de vieilles photographies.

Une imposante bibliothèque contenait des ouvrages techniques sur toutes sortes de sujets (ingénierie, mécanique, explosifs…). La poussière n'avait pas été faite et une odeur d'encens flottait dans l'air.

Des lampes à huile étaient allumées, Octavius ne devait pas être loin.

Ludérik examina la table. Des gravures représentaient des machines insolites : dirigeables, sous-marins, véhicules sur roues, mais aussi des villes étranges dont on ne pouvait dire si elles appartenaient à un lointain passé ou au futur le plus éloigné.

Il y avait aussi une caisse pleine de pièces de métal gravées d'inscriptions obscures.

Une plaque très ancienne, où on devinait encore l'emplacement des rivets, annonçait : « Ville de Nantes : chantiers Dubigeon ».

– Le monde d'avant, murmura Elanée en contemplant le vestige d'acier. Toutes ces illustrations racontent des technologies oubliées qu'Octavius et son père n'ont cessé de vouloir redécouvrir.

– Comme les dirigeables ? demanda Ludérik.

– Oui, et toutes ces machines à vapeur qui ont permis à Nantos de dominer le royaume du fleuve.

Elanée se dirigea vers une armoire et en sortit une tenue d'homme. Elle connaissait les lieux dans ses moindres recoins.

– Retourne-toi, dit-elle en souriant.

Ludérik rougit avant d'éloigner son regard. Il l'entendit se déshabiller ; le frôlement des vêtements jetés au sol le troublait.

Quand elle eut terminé, il la trouva méconnaissable. Elanée avait troqué sa robe de mariée pour une tenue d'aviateur : blouson de cuir, gilet multipoche et bottes hautes. Une allure garçonne que sa longue chevelure blonde contrariait. En l'espace d'un instant, la princesse soumise venait de céder la place à une jeune femme volontaire.

Elle soupirait d'aise. Voilà comment elle aimait s'habiller. Sans le moindre regard pour sa robe de mariée déchirée, qu'elle foula du pied, Elanée se baissa pour récupérer le vapo-pistolet qu'elle rangea dans un étui accroché sur le haut de sa cuisse.

Ludérik allait faire un commentaire quand un bruit métallique attira son attention.

Elanée posa une main sur la crosse de son pistolet et Ludérik empoigna la garde de Fendrill.

Le couinement s'accentua. Elle reconnut le grincement du fauteuil roulant.

– Bonsoir, Octavius, lança-t-elle.

– Quel plaisir de vous retrouver, princesse Elanée !

Le savant émergea de l'ombre. La lueur des lampes à huile faisait ressortir l'intelligence de son regard. Il avait une trentaine d'années, mais en paraissait dix de plus. Une calvitie précoce et ses lunettes en verre d'émeraude accentuaient cette impression.

– Pourquoi ces hommes en armes devant votre porte ? s'alarma Elanée.

Le savant poussa un soupir.

– Je pensais que mon handicap me mettrait à l'abri de la zone interdite et que personne n'aurait l'idée de me rechercher, mais hélas, je me suis bien trompé. Les Capes vertes ont tenté de m'enlever, comme la plupart des scientifiques de cette ville. Fort heureusement, une chauve-souris messagère adressée par un confrère m'avait prévenu de la rafle à temps. J'ai juste eu le temps de verrouiller la porte de cette demeure : un dispositif plutôt dissuasif. Ces balourds d'hommes-crocodiles auraient pu passer par le toit, mais je crois qu'ils voulaient d'abord m'enfermer, même si c'est à mes conditions ; ils ont eu ce qu'ils voulaient.

– Comment faites-vous pour vous nourrir ? s'inquiéta Elanée.

– Vous n'êtes pas ma seule admiratrice, des enfants de collègues me font passer de la nourriture par Fondosse. Une des galeries de la cité du dessous mène droit à la cave de cette maison. Mais que me vaut le plaisir de votre visite, et qui est ce garçon curieusement fagoté ? demanda-t-il, faisant allusion au costume de carnaval de Ludérik.

La princesse fit les présentations et résuma brièvement la situation.

Octavius fronça les sourcils.

– Vous devez fuir cette ville, Elanée. L'ombre perverse de Gator a jeté son dévolu sur la cité tout entière.

En prononçant ces mots, il tendit la main vers la chevalière passe-partout qu'il portait autour du cou.

– Ce cachet vous sera bien plus utile qu'à moi.

Elanée contempla le sceau du Roy. Contrairement au sien, fait d'argent et d'or, celui-là était en eucrite. Sans fioritures, mais plus précieux que l'or, tant il pouvait ouvrir de portes.

– C'est moi et mes congénères qui avons imaginé ces serrures si particulières, sourit Octavius, il est normal que j'en possède toutes les clefs.

La jeune femme l'enfila sur son index, à la place du précédent.

Elle se pencha pour serrer fort le savant dans ses bras.

– Merci pour tout, cher Octavius.

– Filez à présent, leur intima-t-il, et ne vous en faites pas pour moi. Le roi a trop besoin de mes connaissances pour me faire pendre.

Voyant Elanée désemparée face à ces adieux, Ludérik prit l'initiative. Il lui attrapa le bras et la conduisit fermement vers la fenêtre par laquelle ils étaient entrés. À l'extérieur, la lune était pleine et les vapeurs de fumée, toujours aussi denses. Aussi, ils profitèrent de la nuit pour repartir en direction de Château-Doré.

NEIL

Assis sur un fauteuil, dans une alcôve située au fond de l'auberge, se tenait un homme âgé dont les vêtements jadis élégants étaient désormais rapiécés par endroits. Ses yeux d'un bleu laiteux fixaient un point abstrait sur le sol. Nul besoin de lunettes d'émeraude pour lui, il était complètement aveugle. À ses pieds se trouvait, attaché par un collier muni d'une chaîne reliée à la ceinture de l'homme, un grand singe gris. L'animal avait un regard jaune et la nature l'avait doté de griffes et de dents acérées.

Malvina était toujours affaiblie ; elle avait rejoint Neil et c'est ensemble qu'on les conduisit devant l'homme.

En voyant le primate qui commençait à tirer sur sa chaîne, un frisson traversa la jeune femme.

– Un monstre de Zekoth, souffla-t-elle à Neil. Lui et ses congénères peuplent les coins les plus reculés de la jungle, dans des grottes. Certains ont failli me chasser de celle où je vivais, enfant.

Malvina savait combien ces créatures pouvaient être rusées et méchantes.

– Que voulez-vous à Senaculus ? demanda l'aveugle.

Neil dit la vérité, sa rencontre avec l'ancien gouverneur de l'île du Malheur, leur tentative d'évasion à tous les deux et le moment où il l'avait aperçu, livré au bassin aux anguilles.

L'homme au singe écoutait attentivement. Quand Neil eut terminé, il releva la tête, regardant dans sa direction.

– Qu'est-ce qui me prouve que vous n'êtes pas des espions envoyés par les Capes vertes ?

– Présentez-moi à Senaculus et il vous dira que j'ai dit la vérité, répliqua Neil.

L'homme hésitait.

– Vous êtes Johannes Helmbird, le chef des Colliers rouges, osa le garçon. Senaculus vous respectait beaucoup, je pense qu'il est venu se cacher ici, après sa fuite du bassin à Château-Doré.

– En quoi cela vous intéresse-t-il ? lança le vieux.

– Les Capes vertes nous courent après, à nous aussi, nous cherchons le moyen de fuir la ville.

Cette dernière remarque parut le convaincre car il se leva, tirant sur la chaîne du primate. L'animal n'était pas qu'un simple garde du corps, il jouait aussi les chiens d'aveugle.

Johannes demanda aux adolescents de le suivre ; il était accompagné des deux hommes qui, l'instant d'avant, étaient prêts à en découdre. Désormais, ils les escortaient paisiblement.

Au fond de la salle se trouvait un escalier qui les conduisit dans un couloir tortueux dont les parois étaient noires de crasse. Quelques portes donnaient accès à des chambres. Une lampe-tempête accrochée au plafond diffusait une lumière jaunâtre et, au bout du chemin, tournant vers la droite, le passage se terminait sur un mur au pied duquel se trouvait une trappe à doubles battants, fermée par un cadenas.

Johannes prit une clef accrochée à sa ceinture et l'ouvrit. Une minute plus tard, ils se retrouvèrent tous au bas d'un petit escalier qui conduisait dans une sorte de cave. Aménagée grossièrement en chambre, elle comportait une table, une chaise, un matelas posé sur de la paille et un pot de chambre. Quelques bouteilles d'eau, des bougies et une miche de pain étaient posées sur la table.

Quand Senaculus vit entrer Neil, il bondit de sa couche pour venir le serrer dans ses bras.

LUDÉRIK

Juché avec Elanée sur l'un des toits qui faisaient face à l'enceinte de Château-Doré, Ludérik lui montra de l'index une patrouille de Capes vertes qui longeait le mur d'enceinte.

Ils se cachèrent derrière une cheminée.

– Mon frère doit me faire chercher partout, souffla-t-elle. D'ordinaire, cette partie des remparts n'est pas surveillée.

– Impossible pour nous de repasser par là, pesta Ludérik. Comment allons-nous faire pour gagner la zone de décollage ?

– Empruntons la grande porte, conseilla Elanée. Avec ton déguisement de carnaval, on croira que tu veux rejoindre la fête.

– Quelle fête ? Tout doit être bouclé depuis l'incendie. Et comment me suivrais-tu ?

– Tu as une meilleure idée ?

Il gambergea un moment.

– Oui : Fondosse. Si on trouve un moyen d'accéder au réseau de galeries, il nous suffira de retrouver la porte qui conduit à l'intérieur de l'enceinte du château.

– Toutes ces portes sont verrouillées et seuls les dignitaires de la garde ont la clef qui les ouvre, grinça Elanée.

Ludérik profita de l'occasion pour s'autoriser un geste : en guise de réconfort, il posa une main sur l'épaule d'Elanée.

– J'ai eu le temps d'observer *cette porte*, fit le garçon. Outre la serrure, elle possède un sceau du Roy. Avec celui qu'Octavius nous a confié, nous la franchirons sans mal, elle et toutes les portes du royaume !

Alors, ils cherchèrent une façade équipée d'un échafaudage en bois pour gagner la rue. Quand ils furent en bas, Ludérik prit Elanée par la main et, ensemble, ils s'efforcèrent de trouver un commerce susceptible d'être relié aux égouts, au moyen d'une des portes donnant sur Fondosse.

Alors qu'ils inspectaient une façade, trois hommes vinrent à leur rencontre. C'étaient trois hommes du guet, à en juger par le symbole qui ornait leur tabard, sale et tout râpé.

– Princesse Elanée ? fit l'un d'entre eux.

La jeune femme était stupéfaite. Comment avaient-ils pu la reconnaître si aisément, alors qu'elle était vêtue comme une aviatrice ?

Ludérik posa une main sur la garde de Fendrill, mais le chef du trio leva une main en signe d'apaisement.

– Ne craignez rien, c'est un ami qui nous envoie à vous.

– Un ami, vraiment ?

La voix de Ludérik était lourde de soupçons. Il s'était interposé entre la princesse et les guetteurs.

– Un ami, j'ai dit, et ma parole vaut bien la tienne, gamin.

– Comment se nomme cet ami ? lança Elanée.

Elle n'avait pas l'habitude que les hommes de basse extraction s'adressent à elle avec autant de familiarité.

– Il se nomme Neil, répliqua le chef. Et si vous daignez nous suivre, vous le rejoindrez d'ici peu.

VARKOR

Celui que le peuple appelait « le Noir Régent » se présenta devant la Casa de l'escaillé au point du jour. Deux lanciers, cape verte et plastron à écailles, s'interposèrent.

– Sa Sainteté dort encore.

Varkor siffla avec une pointe de hargne.

– Des truands mettent Château-Doré à sac et la princesse a été enlevée. Cela suffit-il pour qu'on daigne réveiller Zaël de Massilia ?

Les gardes s'écartèrent.

Dans la grotte qui lui servait d'appartement, le grand maître dormait effectivement. Varkor lui secoua rudement l'épaule.

– Votre Seigneurie, le palais est attaqué, la tour sud-est est en proie aux flammes.

Du fait de son grand âge, Zaël se leva avec peine. Assis sur le rebord du lit, il enfila lentement sa robe de chambre.

– Où sont mes conseillers ?

– Ils vous attendent au château. La chance est de notre côté : un groupe de voleuses déguisées en saltimbanques a tenté de s'emparer du trésor de la crypte. J'en ai profité pour déclencher le plan d'alerte. Il a fonctionné à merveille. Nous voilà maîtres du palais.

– Et le roi ? demanda Zaël d'une voix pâteuse.

– Consigné dans ses appartements.

Le seigneur haussa les épaules.

– Qui a pris cette décision stupide ? Humilier ce gamin passe encore, mais l'emprisonner… Cela pourrait choquer le peuple et laisser croire à un coup d'État. Nous devons préserver les apparences, j'aurai besoin de lui à mes côtés, même si c'est moi qui tire les ficelles.

Zaël toisa le Noir Régent.

– Je mets fin à vos fonctions. Vous en avez déjà bien assez fait.

Varkor était décomposé.

Pour son maître, il avait trahi et même tué, et voilà qu'on le congédiait comme un simple serviteur !

– Qu'attendez-vous de moi, désormais ?

– J'ai besoin de vous pour traquer nos ennemis, fit Zaël, c'est là votre seul talent.

Varkor se rembrunit. La colère submergeait son esprit.

Tu m'écartes !

Le pouvoir est un mets à la saveur incomparable. Y renoncer après y avoir goûté était impossible. Il valait plus que tout, plus que les dieux même !

– Si les basses besognes ne vous conviennent plus, siffla Zaël, je peux vous envoyer comme ambassadeur auprès d'Angenor. L'endroit grouille d'espions à la solde de l'Œil sombre, vous y serez comme un poisson dans l'eau. J'ai plus que jamais besoin d'un homme de confiance pour être mes yeux et mes oreilles.

Varkor, ivre de rage, luttait pour n'en rien laisser paraître. *Voilà ta récompense, après tout ce que j'ai fait pour toi, ingrat !*

Le Noir Régent inspira profondément pour se calmer. Finalement, la bénédiction de Zaël comptait peu, c'est lui qui avait l'oreille du roi.

– Je dois aller parler au jeune souverain maintenant ; allumez le chandelier, j'y vois à peine dans ces ténèbres.

Varkor lui offrit son bras.

– Maître, votre vue ne s'améliore guère.

– Il est vrai, l'âge ne m'épargne pas.

L'inquisiteur lui fit contourner la fosse.

– Quand je vous ai fait signer le plan d'alerte, vous avez eu des difficultés pour lire certains paragraphes. L'un d'eux aurait mérité votre attention, pourtant. Il précisait qu'en cas d'empêchement du gouverneur de la Casa, le pouvoir irait à l'inquisiteur afin qu'il « dirige le palais aussi longtemps que les circonstances l'exigent ».

Zaël se raidit.

– Qu'insinuez-vous, Varkor ? Ce n'est pas à vous de juger de ma santé.

– D'en juger non, mais de vous l'ôter, certainement.

Il poussa brutalement son maître dans la fosse. Un bref glapissement fut suivi d'un mouvement de reptation. Le saurien venait de bondir de son antre et, sans plus d'égard pour celui qui l'avait amoureusement nourri durant des années, referma ses mâchoires sur le vieillard.

Indifférent aux cris qui jaillissaient de la fosse, Varkor se dirigea tranquillement vers la sortie. Devant les lanciers, il brandit le parchemin en déclarant, d'une voix faussement affectée :

– Un drame est arrivé, le maître a trébuché et son corps est tombé dans la fosse. D'une certaine façon, il s'est donné tout entier à notre dieu, il n'y a pas de plus beau sacrifice.

Un officier faillit répliquer, mais Varkor le foudroya du regard et il préféra se taire. L'inquisiteur ajouta :

– Rassemblez une escouade des Fils de l'écaille et accompagnez-moi jusqu'à la chambre du roi.

ELANÉE

Une chose impensable s'était produite : ils s'étaient retrouvés tous les quatre dans la cave du Gobelet d'Argent. Grâce aux bons soins de Johannes Helmbird, Malvina avait enfilé les vêtements d'une serveuse, plus discrets. Neil se tenait près d'elle et à ses côtés se trouvait aussi Ludérik, accompagné d'une aviatrice dont la chevelure d'or et le nez mutin étaient ceux de la princesse Elanée.

– Quand ces hommes du guet nous ont entourés, j'ai cru que notre aventure était terminée, avoua Ludérik à la cantonade.

– Ceux-là travaillent pour les Colliers rouges, répondit Johannes ; ce sont nos informateurs. Vous n'imaginez pas, d'ailleurs, le nombre de soldats qui s'arrêtent Au Gobelet d'Argent pour boire une chopine après leur travail : on en apprend de belles sur la ville et ses secrets.

– Je n'ai jamais entendu parler de cette confrérie, fit Ludérik. Quel est son but ?

– Défendre les intérêts des petits commerçants et artisans de la ville basse, de Portbrume à Marteau-Fendu, lui répondit le vieil aveugle, tout en tirant un peu sur la chaîne qui retenait son singe, que tous ces gens autour de lui excitaient.

– Sans vous, jamais nous n'aurions pu nous retrouver, constata Ludérik. Soyez-en remercié.

– Remerciez plutôt Senaculus, répliqua le chef des Colliers rouges, c'est lui qui a plaidé pour que je vous retrouve avant les Capes vertes.

– Les amis de Neil sont aussi les miens, conclut Senaculus : j'avais une dette envers celui qui m'a soustrait à l'île du Malheur.

Ludérik regarda le vieil homme avec stupéfaction.

– J'ai fait la connaissance de Pariel, votre fils, à l'abbaye de Hautfond, il y a quelques semaines !

Le vieux releva la tête, fébrile.

– Comment va-t-il ?

– Aussi bien que possible, mais cet endroit est plus dangereux qu'il n'y paraît. Pour tout vous dire, je crains qu'il ne soit prisonnier.

Ces nouvelles alarmèrent le vieil homme.

– Je lui ai promis de vous retrouver et de vous aider comme je le pourrais, ajouta Ludérik, mais j'étais loin de m'imaginer que c'est vous qui alliez voler à mon secours.

Senaculus se tourna vers Johannes, qui haussa les épaules.

– Je sais ce que tu vas me demander, souffla l'autre. Il existe une règle qui ne souffre guère d'exception à Hautfond et tout le monde la connaît : difficile d'y entrer, impossible d'en sortir.

– Je n'ai plus que lui au monde, gémit le vieux. Le savoir en sécurité m'a aidé à tenir au fond de la mine, mais maintenant que j'en suis soustrait, je dois l'aider à mon tour !

Johannes Helmbird prit le temps de la réflexion avant de faire sa révélation :

– La taverne où nous nous trouvons approvisionne le monastère en vin ; les tonneaux sont livrés par des hommes que je connais, tous fidèles aux Colliers rouges.

– Vous avez un plan ? demanda Ludérik.

– Deux tonneaux pleins seront livrés en échange de deux vides. Il suffirait que le gamin se dissimule dans l'un d'eux. Les porteurs se chargeraient de le ramener ici.

– Ça a l'air simple ! s'exclama Senaculus.

Il se voyait déjà serrer son fils dans ses bras.

– Sauf qu'un moine est toujours présent au moment de la livraison des tonneaux, précisa Johannes. À part lui graisser la patte, ce sera difficile d'obtenir son accord ! Et sans son aide, d'ailleurs, comment prévenir Pariel ?

À ces mots, Ludérik fouilla dans sa poche et exhiba les ducats d'argent que Pariel lui avait donnés. Il y en avait pour une petite fortune.

– Votre fils me les avait confiés pour que je vous vienne en aide, dit Ludérik en regardant le vieux.

Il se tourna ensuite vers le chef de la confrérie.

– Ça suffira ?

Johannes approuva.

– Largement. Les prochains tonneaux seront livrés dans quelques jours, je donnerai des instructions pour que le frère hôtelier soit rétribué et que votre fils prenne place dans l'un des fûts.

Alors, le chef de la confrérie parcourut l'assistance de ses yeux morts.

– Votre présence dans cette auberge est un danger pour moi et tous les membres des Colliers rouges qui s'y trouvent. Vous êtes des fugueurs, vous devez partir.

Il toussa avant d'ajouter, la mine grave :

– Les Capes vertes vont bientôt s'emparer de la ville tout entière et, si j'en crois mes informateurs, elles sont en train d'affréter un navire à Portbrume, rempli d'hommes en armes, et tous fidèles au dieu crocodile. Ils veulent mettre les voiles en direction de l'île du Malheur pour se saisir des gisements d'émeraude. Quand ce sera fait, les Capes vertes hériteront de la fortune de Nantos et de tout le commerce des lunettes. Une fois la chose faite, elles n'auront plus qu'à se débarrasser du jeune roi Thibault. Son successeur ne fait guère de doute : ce sera Zaël de Massilia, guide autoproclamé de la secte du dieu crocodile ! Malheur à nous tous quand cette tragédie adviendra. Des heures sombres nous attendent…

Elanée peinait à dissimuler son anxiété, elle se tourna vers Ludérik.

– Comment puis-je m'enfuir en abandonnant le trône des Niville, si Thibault est destiné à le perdre ? Qu'aurait pensé mon père, le roi Dankrad ?

À ces mots, Johannes Helmbird se tourna vers elle.

– Qu'avez-vous dit ?

Malgré les signes que Ludérik lui adressait l'invitant à se taire, elle releva la tête et proféra, d'une voix claire et sûre :

– Je suis la princesse Elanée, descendante légitime de Dankrad de Niville, de la lignée des Valfer. Mon frère Thibault étant tombé sous l'emprise du dieu crocodile, il n'est plus en état de gouverner. Dès lors, je suis votre souveraine.

Le singe tira sur sa chaîne, montrant les dents, et Johannes lança :

– Les commerçants n'ont jamais prêté allégeance au roi, encore moins les Colliers rouges.

Elanée le toisa.

– Tous ceux qui habitent Nantos paient les taxes et obéissent aux lois de la ville, à commencer par la première : Château-Doré règne sur la cité-État. Cela concerne aussi votre confrérie !

Elle avait parlé avec assurance et Ludérik la regardait

avec un mélange de surprise et de fascination. Elle avait son caractère, mais c'était la première fois qu'il la voyait faire montre d'un tel aplomb. C'était bien une princesse.

La hardiesse de l'adolescente surprit le vieux Helmbird lui-même.

– Si je dois monter sur le trône, je saurai me souvenir de ceux qui ont été à mes côtés dans les heures difficiles : les Colliers rouges n'auront pas affaire à une ingrate.

Le chef de la confrérie désigna d'un signe vague le fond de la salle.

– Cette pièce est munie d'un rideau derrière lequel se trouve Fossebelle, une des portes qui donnent sur les souterrains de la ville. Elle est fermée par un sceau du Roy. Je n'en possède pas moi-même, mais j'imagine qu'une personne de votre rang…

Ludérik serra la garde de son épée.

Il trouvait Elanée courageuse et téméraire à la fois. Et si les Colliers rouges décidaient de s'emparer du sceau du Roy ? En accédant aux souterrains, les commerçants pourraient se livrer à bien des trafics.

Il fixa le singe. À lui seul, l'animal pouvait les tailler en pièces.

Une idée lui traversa l'esprit.

MALVINA

Ludérik avait sorti d'une des grandes poches de son costume *Sapienta plantae*, le manuscrit consacré à l'*Abrazia liliale* que Mathias, le vieil herboriste, avait dérobé à la bibliothèque de Hautfond. Pour l'adolescent, l'heure était venue de le dévoiler.

– Voici *La Sagesse des plantes*, dit-il en posant l'ouvrage sur une petite table. Vous ne pouvez le voir, mais n'importe lequel de vos compagnons vous confirmera mes propos.

Alors, il résuma brièvement ce qu'il savait de la Dame brume, des lentilles d'émeraude et du parasite porté par la mouche noire, pullulant le long du fleuve. Il n'y avait pas de malédiction, juste une maladie que les dignitaires de Nantos avaient toujours su exploiter pour leur seul profit. Il parla de la composition de la pommade qui soignait la cécité et de son ingrédient essentiel, l'*Abrazia liliale*, mélangée à de la simple argile.

Elanée écoutait ce que racontait Ludérik avec une attention extrême. Elle avait vaguement entendu parler de cette histoire de moucheron, mais de toute évidence le secret était tel qu'on l'avait tenue à l'écart, toute princesse qu'elle était.

Plus grave encore, l'image de son père adoré volait en éclats. N'avait-il pas volontairement sacrifié son peuple pour s'enrichir ? Cette idée la hantait.

– Connaître la composition du médicament est une chose, ajouta Ludérik, récupérer le principal ingrédient en est une autre. Il est impossible d'escalader les arbres au sommet desquels pousse l'*Abrazia liliale*. Il faut venir du ciel.

Johannes était sidéré par cette révélation incroyable.

De son côté, Malvina, qui avait vu clair dans le plan de Ludérik, ajouta :

– J'ai avec moi un peu d'*Abrazia* en poudre, je pourrais préparer un onguent et vous l'appliquer sur les yeux ? Si c'est bien la Dame brume qui vous a privé de la vue, vous devriez ressentir les premiers effets du remède en moins d'une journée.

Johannes ne savait quoi répondre.

Guérir, vraiment ?

Ludérik reprit la parole.

– Les Capes vertes convoitent l'émeraude de l'île du Malheur et toute la ville va passer sous la coupe du dieu saurien, dites-vous ? Il existe un moyen de les stopper dans leur élan : renverser l'économie en dévoilant à tous le secret de l'*Abrazia liliale*. S'il n'y a plus de Dame brume, il n'y aura plus de commerce de lunettes, et plus d'intérêt, pour Gator et ses fidèles, de rester à Nantos !

– Et les vapo-machines, et les armes secrètes ? répliqua Johannes. Ce sont elles que convoitent la secte et ses répugnantes Capes vertes.

Il secoua la tête.

– C'est de la folie. Vous n'êtes que quatre gamins, qui vous suivra ?

– Laissez Malvina vous soigner, demanda Ludérik. Si l'onguent opère, vous saurez que nous avons dit vrai, et alors je vous exposerai mon plan.

Senaculus tenta à son tour de convaincre le chef des Colliers rouges et Malvina ajouta :

– Que risquez-vous ? Vous ne serez pas plus aveugle que vous ne l'êtes déjà ; la fleur n'est pas toxique.

– Malvina est une grande guérisseuse, ajouta Neil. Vous pouvez lui faire confiance, comme à nous tous.

La perspective de recouvrer la vue était pour Johannes si inespérée qu'il ne tarda pas à donner son accord.

– Je vais demander qu'on vous loge dans cette auberge. Vous pourrez reprendre des forces avant de repartir. Mais si d'ici vingt-quatre heures ma vision ne s'est pas améliorée, je vous ferai chasser d'ici.

Malvina hocha la tête.

– J'accepte de vous soigner si de votre côté vous gardez ce singe éloigné de nos lits.

Johannes acquiesça en souriant.

– Dans ce cas, dit-elle, conduisez-moi aux cuisines, j'ai du travail.

Une journée à peine s'était écoulée.

Au petit matin, Malvina était entrée dans la chambre de Johannes pour lui retirer le bandage qu'il portait sur les yeux ; il ne l'avait pas quitté de la nuit.

Après quelques pas hésitants, il se décida à ouvrir les paupières.

La nuit serait-elle toujours là ?

Un rideau noir lui arracha un soupir de désespoir, mais bientôt des taches lumineuses apparurent sur ses rétines. Hésitant, il s'approcha d'une fenêtre qui donnait sur la rue. Les couleurs se firent plus vives et les premiers contours d'un édifice se découpèrent dans le lointain. Il plissa le regard et devina bientôt l'astre solaire, pâle et trouble. Une minute passa. De loin, les façades des maisons ondoyaient comme dans un rêve, pauvres en détails, mais bien réelles.

La guérison était en marche.

Sans un mot, il se dirigea vers une armoire, ouvrit un tiroir et en sortit une petite boîte qui contenait les bijoux de sa défunte épouse. D'ordinaire il les touchait, mais désormais il pouvait les contempler.

Des larmes coulaient le long de ses joues.

– Demandez-moi ce que vous voulez, murmura-t-il.

Ludérik, qui se tenait dans l'encadrement de la porte, fit un pas dans la pièce.

– Réunissez tous les responsables des Colliers rouges, dès ce soir. J'ai besoin de leur parler.

La nuit venue, ils se rassemblèrent dans un vieil entrepôt appartenant à un commerçant membre de la confrérie.

Des torches éclairaient la salle et une cinquantaine d'hommes se tenaient en cercle autour de Johannes, accompagné des quatre adolescents.

Tous pouvaient voir de leurs propres yeux que leur chef avait recouvré la vue et Ludérik ne peina pas à les convaincre des capacités de Malvina.

– Qu'attendez-vous de nous ? demanda un forgeron.

– Que vous répandiez dans toute la cité le traitement qui permettra d'éradiquer la Dame brume, répondit Ludérik. Chez les apothicaires, dans les dispensaires et les tavernes. Ainsi, les usurpateurs à peau d'écaille perdront la richesse qu'ils convoitent. Ils ne pourront plus s'offrir les services de la guilde de Fer et leur pouvoir ne tiendra plus qu'à un fil.

– Mais comment faire ? demanda un autre commerçant.

– La composition du médicament est simple, affirma Malvina, le plus difficile est de se procurer les fleurs qui poussent dans la canopée. Mais une faible quantité suffit pour confectionner le précieux baume.

– Il doit exister un endroit dans cette ville où la noblesse entrepose les fleurs récoltées à l'aide de dirigeables, ajouta Ludérik. Vous ne devriez avoir aucun mal à le trouver, maintenant que vous savez quoi chercher.

Un brouhaha parcourut l'assemblée.

– Les dirigeables atterrissent dans le périmètre de Château-Doré, mais certains d'entre nous peuvent s'y rendre, on tâchera de surveiller leurs cargaisons, précisa Johannes.

Pour la première fois depuis des années, il pouvait voir ses fidèles compagnons.

– Quand le peuple apprendra que la Dame brume n'était qu'une légende destinée à le tromper, ce sera la révolution, s'alarma un artisan. Les changements politiques, c'est pas bon pour le commerce, qu'avons-nous à y gagner ?

Elanée suivait les discussions en serrant les poings. Tout cela ne lui disait rien qui vaille.

Le chef des Colliers rouges prêta son concours à Ludérik en ajoutant :

– Des troubles pourront apparaître, mais les forces qui ont refusé de prêter allégeance à la secte du dieu crocodile pourront s'allier pour ramener le calme. Ne croyez pas que nous resterons libres longtemps avec ces fanatiques au pouvoir. Nous devons résister !

Un murmure parcourut l'assistance. Des discussions éclatèrent et Elanée en profita pour attirer Ludérik dans un coin. Son visage exprimait l'agacement.

– Et Château-Doré ? lui demanda-t-elle. Qu'adviendra-t-il de ma lignée si le peuple fait sa révolution ? Ce sera le désordre. Pensent-ils seulement aux autres cités, telle Angenor, qui n'attendent qu'une occasion pour piller nos richesses ?

– Ton père a toujours gouverné avec sagesse, les habitants savent ce qu'ils doivent à ta famille.

– C'était un opportuniste, le contredit Elanée. Il s'est très bien accommodé de l'île du Malheur durant son règne et je ne crois pas qu'on ait beaucoup pleuré dans la ville basse en apprenant sa mort.

– Avons-nous le choix ?

– Mon frère est le pantin de Varkor, c'est moi la reine, désormais. Il m'appartient de décider seule !

Il lui prit un bras, serrant fort.

– Ouvre les yeux, Elanée. Pour le moment, tu n'es qu'une fugitive déguisée en aviateur. Où sont ta garde, ton armée ? Tu n'as que nous pour t'aider et si je n'étais pas venu t'arracher aux griffes de Baldrick, tu partagerais ton lit avec ce paillard répugnant !

Elle baissa les yeux. Il avait raison.

Ludérik rejoignit Johannes.

– Chaque fois que vous guérirez un pauvre diable, dites-lui bien que c'est la princesse Elanée qu'ils doivent remercier.

Autour d'eux, l'assemblée semblait partagée entre deux camps irréconciliables : ceux qui voulaient entrer en résistance contre les Capes vertes, et les autres qui préféraient rester neutres et attendre de voir ce qui allait se passer.

Alors, Ludérik revint parler à Elanée. Une brève discussion s'ensuivit et la princesse finit par lui remettre ce qu'il venait de lui demander. Elle le fit de mauvaise grâce, mais son ami avait su la convaincre. Il avait l'art de trouver les mots.

L'adolescent demanda qu'on lui apporte une coupelle et une bougie.

Quand ce fut fait, il l'alluma puis versa de la cire rouge au centre de la coupelle.

Les hommes observaient la scène en silence.

Quand la cire commença à durcir, il exhiba la chevalière d'Octavius que la princesse venait de lui remettre et appliqua doucement son chaton plat dans la substance grasse. Quand il la retira, une empreinte parfaite du symbole compliqué apparut dans la cire. Ludérik tendit la coupe à Johannes. Ce dernier, ayant presque entièrement retrouvé la vue, put l'examiner à loisir.

– Je suppose que les Colliers rouges doivent compter quelques habiles joailliers, fit l'adolescent. Vous ne devriez avoir aucun mal à en faire une copie.

Tenant la coupelle entre ses mains, le vieux écarquillait les yeux, devinant la valeur du cadeau.

– Ce sceau vous ouvrira les portes des souterrains, annonça Ludérik à la cantonade. Avec lui, nul besoin des trousseaux de clefs des officiers de la garde. Grâce à lui, vous échapperez aux Capes vertes et vous vous déplacerez aux quatre coins de la cité, déjouant patrouilles et barrages. Vous pourrez également stocker des armes dans des lieux secrets connus de vous seuls. Mais surtout, vous pourrez dissimuler les réserves de fleurs médicinales que vous aurez trouvées et, pourquoi pas, bâtir un laboratoire clandestin dans une grotte d'où sortiront les pommades qui rendront la vue au peuple.

– Nous en ferons bon usage, répondit Johannes en gardant la coupelle avec lui. Vous avez ma parole.

– Le peuple des blêmes qui vit dans la cité troglodyte pourrait aussi vous aider, ajouta Ludérik. S'ils étaient les premiers à recouvrer la vue, ils protégeraient le laboratoire en retour. Vous le voyez, il existe des forces qui peuvent s'allier contre Gator ; un jour prochain, il faudra toutes les unir.

– J'ai le sentiment que nos routes se croiseront de nouveau, fit le vieux. Les Colliers rouges n'oublieront pas l'aide que vous leur avez apportée.

Avant de franchir Fossebelle à la suite de ses compagnons, Ludérik marqua un temps d'arrêt.

Il se retourna et vit Johannes, Senaculus et plusieurs de ses hommes qui se tenaient côte à côte, regardant dans leur direction.

L'adolescent leur adressa un signe avant de rejoindre les autres dans le tunnel.

Grâce à la vue de Malvina qui savait percer les ténèbres depuis son enfance passée dans les grottes, ils ne tardèrent pas à rejoindre la porte qui leur permettrait d'accéder à Château-Doré.

Elle était fermée bien sûr, mais Elanée l'ouvrit sans difficulté à l'aide du sceau du Roy confié par Octavius.

Ils tirèrent prudemment la porte et Ludérik se retrouva dans la pièce où Korak l'avait conduit au début de toute cette aventure. Il songea alors à Sirelle, la compagne du vieux gladiateur, et une pointe sèche lui fouilla douloureusement le ventre.

La princesse connaissait chaque recoin du palais et elle n'eut aucun mal à les guider tous vers l'entrée de la piste de décollage et son grand mur d'enceinte. La vaste porte en pierre ornée de bas-reliefs les narguait toujours, mais plus pour longtemps. Elanée présenta la chevalière d'Octavius devant la serrure et, l'instant d'après, ils atteignirent la zone où se trouvaient les dirigeables.

LUDÉRIK

Ils allaient atteindre l'escalier de fer qui menait à la zone d'appontage quand, derrière eux, des cris les rattrapèrent. Une dizaine de Fils de l'écaille avaient rejoint la terrasse. Au centre des Capes vertes, Ludérik distingua une silhouette bardée du bronze et du fer des officiers de la garde ; un manteau à capuche dissimulait son visage. Suivi de Neil et des filles, le garçon se précipita dans l'escalier, mais, juste au-dessus, une porte s'ouvrit et quatre hommes chargés de la protection des machines volantes leur firent barrage. Leur garnison se trouvait à demeure, non loin des dirigeables. On reconnaissait ces gardes aux reflets azurés de leur armure.

Pris en tenaille…

Ludérik redescendit lentement les marches. Elanée était blottie contre lui, et Neil et Malvina restaient figés.

Comme les cultistes se rapprochaient, l'adolescent sortit Fendrill d'un geste vif ; la lame émit des reflets bleutés. De son côté, Neil brandissait une épée confiée par un des membres des Colliers rouges.

Un des surveillants du hangar, mine sévère et longue barbe rousse, tonna :

– D'où tiens-tu cette lame, coquin ?

Le gamin avait piqué sa curiosité.

Ludérik se retourna et dit, d'une voie pleine de défi :

– Elle m'a été confiée par Hagen, mon père. Je tuerai quiconque tentera de me l'arracher !

Avant que l'homme du guet ne puisse répondre, les Fils de l'écaille, menés par le garde encapuchonné, formèrent un demi-cercle autour du groupe d'adolescents. C'étaient tous des géants au regard féroce ; la plupart avaient dû écumer les campagnes et vivre de rapines avant que l'anneau de salut ne les soustraie à la justice des hommes. Désormais fidèles au dieu crocodile, ils pouvaient poursuivre leurs méfaits en toute impunité.

– Par ordre du roi, suivez-nous ! lança l'un d'eux, un sourire cruel sur les lèvres.

– Le roitelet est un pantin aux mains de Varkor, cracha Ludérik, et vous n'êtes que des chiens à son service.

Il brandit Fendrill et assura sa position, protégeant la princesse de son corps. Avec elle à ses côtés, il se sentait invincible.

Les Capes vertes dégainèrent leurs lames de concert et les protecteurs des dirigeables firent de même.

– Vous êtes dans une enceinte militaire, cria le chef

de la garnison à la barbe rousse. Les hommes serpents n'y ont aucun droit et, pour ma part, je ne rends compte qu'à Sa Majesté et à Akhoris, son connétable.

Le dévot répliqua :

– Akhoris est mort, et tu vas le rejoindre sous peu si tu te mets en travers de la justice du roi. Vis-tu dans une grotte pour ignorer les nouvelles ? Thibault de Niville a confié aux armures d'écailles le maintien de l'ordre dans toute la ville.

Le chef de la garnison haussa les épaules avant d'exhiber une longue et large épée dont la garde représentait une harpie féroce, ailes à demi déployées.

– Je n'ai reçu aucune consigne écrite. Ma lame sera ma seule réponse.

La tension monta d'un cran et, aussitôt, le géant à l'armure d'écailles se jeta sur Ludérik, qui détourna l'attaque d'un mouvement gracile ; un battement de cils suffit pour que Fendrill lui transperce la gorge.

Celui qui se trouvait à ses côtés chargea à son tour, sabre en avant.

Sans égard pour les conseils de son père, Ludérik lança à nouveau sa botte et le second agresseur mordit la poussière à son tour. Pris d'une peur superstitieuse, les Fils de l'écaille reculèrent maladroitement.

Ils se regardèrent, médusés : par quel miracle ce gamin avait-il pu terrasser si facilement deux des leurs ?

Alors, la silhouette qui portait l'armure des hommes de

la garde baissa sa capuche et le visage de Randolf apparut. Les traces de brûlure le rendaient presque méconnaissable.

– Je t'ai vu couler dans le bassin ! s'exclama Ludérik, stupéfait.

– Randolf de Torlieu a survécu à bien des batailles, et le jour où j'irai rejoindre mes ancêtres n'est pas encore arrivé, contrairement au tien.

Ses lèvres formaient une ligne torve.

– Eh oui ! Échapper aux anguilles est possible, pour peu qu'on s'enduise le corps d'une huile spéciale. Ça ne protège pas de leurs crocs, mais préserve des décharges électriques. Quant au bassin, il possède un conduit d'évacuation fermé par une grille amovible : une issue commode et discrète. C'est moi-même qui ai supervisé sa rénovation, j'en connais tous les détails. Mais assez parlé, qu'on en finisse !

Randolf écarta son grand manteau et dégaina une rapière à la garde joliment ouvragée.

Les adolescents se trouvaient pris en tenaille : les gardiens restés fidèles au roi derrière eux, les Capes vertes en face.

Neil serra la poignée de sa nouvelle épée pendant que Malvina essuyait d'un revers de manche la sueur de son visage.

– Il suffit, aboya le soldat à la barbe rousse. Une chose doit être tirée au clair. J'aimerais que ce garçon me montre la chevalière qu'il porte à la main droite.

– C'est un sceau du Roy, lui lança Ludérik. Une vouivre lovée sur une escarboucle couleur sang. Je l'ai déjà dit : je suis le fils d'Hagen.

Les traits du chef de la garnison se crispèrent. Il jeta un bref regard à ses compagnons et tous vinrent silencieusement se ranger du côté des adolescents. Les forces semblaient désormais équitablement réparties.

– Je déclare ce garçon et la princesse sous protection de la garnison, lança le chef à la barbe rousse. Quant à vous, Randolf de Torlieu, vous avez perdu toute autorité sur nous depuis que vous avez vendu votre âme à cette engeance reptilienne.

– Soyez tous maudits ! vomit le commandant. Le plan d'alerte a été décrété et les Fils de l'écaille ont désormais la main sur la garde, où qu'elle se trouve, zones militaires comprises. Vous êtes tous des traîtres, je noircirai cette terrasse de votre sang !

D'une simple pression de la main, Ludérik envoya la princesse dans l'escalier, suivie de Neil et Malvina, et les soldats de la garnison prirent position à ses côtés. Le barbu empoigna son épée à deux mains. Il se tourna vers l'adolescent.

– Je me nomme Waldemar et j'ai bien connu ton père, un homme courageux. Il m'a parlé de toi, quelquefois. J'étais avec lui et le roi Dankrad quand il a renversé Marnor patte velue, chassé les disciples de Gator du palais et interdit les jeux de l'arène. C'était il y a longtemps… On aurait dû finir le travail et les exterminer tous tant que l'occasion se présentait.

Ludérik brandit Fendrill et s'adressa à la douzaine d'hommes venue le rejoindre.

– Au nom de mon père, Hagen, qui vous dirigea et que vous respectiez, aidez-moi à repousser ces parjures !

S'ensuivit une mêlée féroce. Ludérik bondit sur le côté pour ne pas affronter deux adversaires à la fois et Randolf aboya :

– Laissez-le, je vais l'étriper moi-même !

Au milieu du fracas des armes, il marcha vers l'adolescent et sa cape tomba au sol, dévoilant son bras mécanique. À son bout, la pince d'acier claquait dans le vide. L'autre main tenait son épée. Elle provenait, comme Fendrill, des mythiques forges de Torval.

Plus il approchait, plus Ludérik constatait à quel point le visage de Randolf était affreusement défiguré. Une sueur glacée dégoulinait dans le dos de l'adolescent.

– J'ignorais qu'Hagen t'avait enseigné sa botte, cracha Randolf.

Il se mit en garde, sans entrain ni appréhension.

– Malgré ce que tu peux penser, je suis un soldat et pas un boucher. Combattre un adversaire nettement inférieur n'est pas digne d'un officier de mon rang, aussi je t'accorderai une mort rapide.

Ludérik faillit s'étrangler.

– Tu parles d'*honneur* ? Toi qui t'apprêtais à massacrer ce pauvre Senaculus au milieu de l'arène !

Randolf esquissa une moue dédaigneuse avant que Ludérik ne se jette sur lui, pointe en avant. Le commandant esquiva l'attaque sans effort. Le garçon enchaîna plusieurs frappes avec la fougue et l'énergie de sa jeunesse, mais la technique de Randolf surpassait largement la sienne et, bien que blessé, l'officier éloignait l'épée du garçon à chaque attaque. Ludérik engageait encore quand le commandant fit un pas de côté. D'un revers de pince, il attrapa Ludérik par un bras et, du pommeau de sa rapière, lui porta un coup vicieux.

Ludérik vit un grand feu blanc avant que son regard ne s'obscurcisse. Il fléchit et seule Fendrill l'empêcha de s'effondrer. Du sang coulait de sa bouche.

Randolf le contourna à pas lents.

– Tu refuses d'entendre raison. Pourtant, ce combat était terminé avant même d'avoir commencé. Comme tu le sais, tous les officiers supérieurs possèdent une attaque imparable. La mienne se nomme « dent du dragon » et elle l'emporte aisément sur ta pointe Arcadie. Sais-tu pourquoi tu vas aller rejoindre ton père chéri dans l'au-delà ?

Ludérik se releva avec peine.

– Tu as déjà utilisé deux fois ta botte secrète et j'ai eu tout loisir de te voir à l'œuvre. En revanche, tu ignores tout de mon attaque fétiche. Tu es condamné d'avance.

Prends-le comme un honneur, c'est par la dent du dragon que tu quitteras ce monde. Debout, gamin !

Ludérik leva son épée en rassemblant ses dernières forces.

Battement, prise de fer et estoc.

Une brise venue du fleuve.

Ludérik lança Arcadie… avant que la pince de Randolf ne bloque l'attaque à quelques centimètres de son cou. Une fois le bras immobilisé, le commandant envoya Fendrill voltiger au loin.

Randolf s'apprêtait à transpercer Ludérik de part en part quand une corde chanta juste avant que le traître ne laisse échapper un cri de douleur. Une piqûre atroce lui brûlait le dos ; son épée tomba au sol. Au même instant, Waldemar jura et sa lourde épée embrocha l'armure verdâtre du dernier cultiste.

Alors, seulement, il contempla les Fils de l'écaille qui gisaient à terre, parmi ses hommes. Il vit une silhouette s'approcher. Elle portait un arc et son crâne luisait sous la lune.

C'était Korak.

Le maître d'armes vint aider Ludérik à se relever.

– Comment te sens-tu, mon garçon ?

– La princesse… souffla-t-il.

– Elle est en sécurité dans le hangar, avec tes amis. Tu es gravement blessé ?

– Non, c'est superficiel.

Quand le regard de Ludérik embrassa la terrasse et les silhouettes des morts, un gémissement s'échappa de sa gorge.

Randolf avait disparu.

– Je croyais que tous les hommes fidèles à mon père étaient pendus ou aux oubliettes ?

– Il demeure quelques bonnes volontés en ces temps troublés, fit Waldemar en rajustant sa lourde épée dans son dos.

Il s'approcha de Ludérik et retroussa une manche de chemise pour désigner un tatouage sur son avant-bras : une vouivre.

– Qu'est-ce que ça signifie ? demanda l'adolescent, intrigué.

– Moi et quelques-uns des braves qui gisent là-bas appartenons au Chant du large : une confrérie très ancienne dont Dankrad fut l'un des maîtres et votre père, le premier disciple. C'est elle qui l'a aidé à renverser Marnor patte velue, il y a bien longtemps. Elle a ensuite combattu Gator durant des décennies. Mais depuis la mort de son maître, la confrérie survit comme elle peut. Ses membres ont été dispersés, ou presque.

Waldemar se tourna vers l'ancien gladiateur en esquissant un sourire.

– Mon vieil ami, vous faites aussi partie de cette confrérie ? s'exclama Ludérik.

Korak hocha la tête.

– Nous parlerons de cela une autre fois, peut-être. Je vais te conduire au hangar. La princesse t'y attend.

Ludérik sentait une boule poindre dans sa gorge.

– Korak, je ne sais pas où se trouve Sirelle, elle devait nous accompagner, mais…

– Ne t'inquiète pas, le rassura le vieux soldat. Des hommes de la garde fidèles me l'ont amenée avant que l'ennemi ne découvre sa cachette. Elle m'a raconté tout ce que tu avais fait pour elle.

Il lui serra l'épaule.

– Et mon père ? Sirelle affirme qu'il est mort !

Le visage de Korak s'assombrit.

– On m'a rapporté que, peu de temps après sa fuite, le dirigeable de ton père aurait plongé dans la jungle, quelque part à l'est. Un témoin de la scène se trouvait en haut d'une tour d'observation, à Angenor. Nous ne savons pas si cette information est vraie.

– Il y a une chance qu'il ait survécu ?

– Difficile de l'affirmer, répondit Korak, mais quelque chose cloche. Peu après sa chute, Randolf a envoyé une expédition de trois hommes pour s'assurer qu'il était bien mort. Par chance, ils étaient tous membres de notre confrérie. Ce qu'ils virent, ils le gardèrent pour eux. Voici le rapport officiel : « la dépouille du capitaine a été dévorée par les bêtes sauvages ». Mais ce n'est probablement pas la vérité. Il n'y avait aucune trace de sang. Et tout l'équipement de secours manquait : un jeu de corde, des jumelles et surtout une carte. Pour moi, il n'y a qu'une explication possible…

– Père est vivant ! s'écria Ludérik.

Un espoir fou venait de l'envahir.

– Retrouve-le, ajouta Korak. Nombre de ses hommes lui sont restés fidèles et, si la plupart sont en prison, quelques-uns sont toujours au palais. Ce sont les yeux et les oreilles du Chant du large.

Ludérik entra dans un immense hangar puis s'engagea le long de la piste de décollage, suivi de Korak et Waldemar.

Six aéronefs rigides étaient alignés côte à côte. Des bombardiers, mais aussi des dirigeables utilisés pour la reconnaissance. L'adolescent vit ses amis qui l'attendaient au pied de l'un d'entre eux.

Il se tourna vers Waldemar, le regard déterminé.

– Il faut unir toutes les forces dans une même résistance contre Gator et ses sbires, car le Chant du large n'est pas seul ; trouvez Johannes Helmbird : il réside Au Gobelet d'Argent, une auberge située près de la porte de Moulinfer, dans la ville basse. Grâce à lui, vous devriez pouvoir forger une alliance avec les Colliers rouges.

– Une alliance pour quoi faire ? demanda Waldemar.

– Pour libérer le peuple de la Dame brume et le rallier en retour à la princesse Elanée, héritière légitime de Dankrad, répondit Ludérik. De mon côté, je vais veiller sur elle et retrouver mon père. Lui seul a l'autorité pour rassembler votre confrérie.

Dans le hangar, pendant que Korak repoussait la lourde porte, Elanée, Malvina, Ludérik et Neil prirent place dans la cabine de pilotage d'un dirigeable, long de trente mètres et profilé comme la pointe d'une flèche. Leur habitacle se situait à l'arrière, non loin du moteur à hélice, près de la queue à quatre ailerons.

Elanée s'installa devant la roue du gouvernail.

– Pression dans les cellules de suspension et ballon à hydrogène : OK, fit-elle en vérifiant plusieurs manomètres.

Korak vint les rejoindre.

– Les portes sont grandes ouvertes, vous pouvez partir.

Le garçon étreignit le vieux gladiateur.

– Merci pour tout, nous te devons la vie.

– Prends soin de toi, la disparition du dirigeable ne manquera pas d'attirer des soupçons.

Ludérik le regarda avec affection.

– Tu ne viens pas avec nous ?

Korak sourit tristement.

– Je suis trop vieux pour cette aventure et je vous serai plus utile ici, à surveiller les Capes vertes. Et puis, il y a Sirelle. Je la protégerai.

Il vit l'inquiétude dans les yeux du garçon.

– Ne t'inquiète pas, celui qui coincera le vieux Korak n'est pas encore né. Fuyez, maintenant !

Il leur fit un signe d'au revoir avant de refermer la portière de la nacelle.

Elanée mit le contact et, aussitôt, le moteur émit un sifflement plaintif avant de crachoter un jet de vapeur. Les hélices commencèrent à tourner, tout comme les ailerons de stabilisation.

Elanée scrutait les commandes.

– J'espère que ton séjour à la Tour noire ne t'a pas trop ramollie, fit Ludérik en bouclant sa ceinture.

– La perspective d'y retourner suffit à me motiver.

Elle tira sur le manche sans hésiter.

Il la regardait, toute concentrée sur les instruments de mesure. Ce n'était plus la jeune fille qu'on destinait à un mariage forcé. Aux commandes de la machine, elle laissait libre cours à sa vraie nature. Le contact des moteurs à vapeur et la bonne odeur d'huile la faisaient vibrer.

Il effleura sa main.

– Bas les pattes, joli cœur ! sourit-elle sans relâcher sa concentration. Ce n'est pas le moment de roucouler.

Porté par du gaz éthane, aussi léger que l'air, le dirigeable s'éleva lentement avant de s'engager en dehors du hangar. Il survola brièvement la cour carrée jonchée de nombreux corps. À cette hauteur, il était impossible de distinguer les personnes, mais de toute évidence des combats avaient fait rage au moment où les Capes vertes s'étaient emparées de Château-Doré. Plus d'un garde avait tenté de résister. Beaucoup avaient dû périr.

Neil et Malvina avaient également bouclé leur ceinture, Elanée leur avait expliqué comment faire.

La princesse mit les gaz et le puissant moteur de douze cylindres donna sa pleine mesure. Le dirigeable gagna de l'altitude.

– Où allons-nous ? fit Elanée en ajustant son masque d'aviateur.

– Le plus loin possible de Nantos, répondit Ludérik. Longeons le fleuve vers l'est. C'est dans ce secteur que mon père s'est écrasé.

Elle examina le cadran barométrique, inclina le levier de direction, et le dirigeable commença à tourner.

– Combien de temps pouvons-nous voler ? demanda le garçon.

Elanée désigna une plaque en cuivre usée sur laquelle figuraient le nom et le numéro du dirigeable : « Zeppelin 456 ».

– C'est un modèle destiné à la surveillance, il est léger et plutôt rapide. Son rayon d'action est de trois cents kilomètres.

À l'extérieur, le vent était modéré, et l'air, dégagé des fumées des usines. Bientôt, la cité tout entière s'offrit à leur vue. Neil écarquillait les yeux.

– J'ai l'impression d'être un oiseau…

Il n'en menait pas large et Malvina, pas plus à son aise, vint se blottir contre lui.

Le fleuve décrivait un coude à l'ouest avant d'atteindre l'océan, là où se trouvait Revosse, le siège de la guilde de Fer. À bord, tous ne pouvaient que la deviner, point minuscule dans la lumière de l'aurore.

À droite, Ludérik vit l'abbaye de Hautfond entourée de nuages noirs. Il songea au jeune Pariel et au plan de Johannes pour le faire évader. Il croisait les doigts pour que tout fonctionne. La sagacité du jeune moine serait utile à la résistance.

– Regarde, en bas !

Elanée lui montra un navire à voiles qui cinglait vers le centre du fleuve.

– Tu le reconnais ?

Ludérik hocha la tête.

– C'est le *Flèche d'émeraude*, un navire utilisé par la guilde de Fer pour patrouiller autour de l'île du Malheur et repêcher les esclaves en fuite. Je l'ai vu une fois, amarré à Portbrume. Il est plutôt rapide et équipé de six canons par bordée. À mon avis, il s'apprête à transporter des Capes vertes sur l'île pour qu'elles en prennent possession. Johannes nous a confié qu'une expédition de ce genre était en préparation.

Il se tourna vers Elanée.

– Il me vient une idée folle. Pourrait-on les empêcher d'accoster ? Gator a dû louer ce navire à la guilde ; si le bateau était endommagé, ce serait un coup dur porté à la secte du dieu crocodile !

Elanée rajusta ses lunettes d'aviateur.

– Ce genre de canons ne peut tirer que sur les côtés ou vers l'arrière, pour protéger une fuite. En altitude, on sera à couvert des flèches. Ça se tente !

Elle manœuvra le gouvernail de telle manière que le dirigeable pointa vers l'avant, perdant de la hauteur.

– Ludérik, dit-elle, tu as entre les jambes un viseur de bombardement, tu vois ?

– La grosse loupe avec la cible au milieu ?

– Exact : c'est un gros télescope muni d'une tête de visée. Tu devrais voir le bateau au centre de la cible. Je vais avoir besoin de toi pour me guider.

Ludérik fit ce qu'elle demandait et, quand le moment fut venu, Elanée lui donna l'ordre d'appuyer sur un bouton situé sur le côté. Quatre bombes tombèrent comme des pierres : deux coulèrent au fond du fleuve et les deux autres touchèrent le poste de pilotage ainsi que la nacelle principale. De grandes flammes orange commencèrent à dévorer le pont et les mâts. En quelques secondes, le *Flèche d'émeraude* perdit son cap et c'est un navire en feu qui divagua au milieu des eaux avant de sombrer lentement.

À travers sa loupe, Ludérik vit les fanions de la guilde s'effondrer et des dizaines d'hommes sauter par-dessus bord.

À la vue de ce spectacle, Neil s'était détaché pour les rejoindre à l'avant du poste de pilotage.

– Combien de bombes en réserve ? demanda-t-il.

– Deux, fit Elanée. Pourquoi ?

– L'île du Malheur est à quelques minutes à peine. Le soleil s'est levé et la vue est parfaite, j'ai une idée. Mettons le cap là-bas et faisons bon usage de ces munitions qui nous alourdissent.

Elanée guida le zeppelin vers le gros rocher.

Au moment où il survolait le centre de l'île, à moins de cinq cents mètres de hauteur, Neil leur parla de la roue des larmes qui approvisionnait en oxygène les dédales de la mine.

– Sans cette roue, les esclaves ne pourront plus travailler et la mine sera à l'arrêt, au moins un temps.

Sa voix tremblait d'excitation. Il songeait à ses frères de malheur, aux Goules et à Avinosh.

– Cet endroit affreux doit cesser de fonctionner !

– Je comprends, répondit Ludérik. Après la perte de son navire, la guilde ne pourra plus fournir d'émeraude durant des semaines, ce qui laissera aux Colliers rouges le temps d'éventer leur supercherie !

L'idée leur sembla excellente à tous.

– Elanée, tu veux bien faire un passage ?

– Et les esclaves qui sont au fond de la mine, nous allons tous les tuer, fit-elle.

– C'est l'aube, ils n'ont pas commencé leur descente, mais il faut faire vite.

En prononçant ces mots, Neil songea aux Goules qui

vivaient sous terre et que les bombes condamneraient à l'asphyxie. Il chassa vite cette pensée. Il avait pris sa décision.

Plus d'esclaves sur l'île du Malheur !

Quelques minutes plus tard, le Zeppelin 456 lâchait ses dernières bombes, ravageant la roue des larmes dans un déluge de feu.

– Vous avez le bonjour de Senaculus ! cria Neil en voyant la machine s'effondrer.

Débarrassé de ses bombes incendiaires, le dirigeable gagnait en vitesse.

La cabine de pilotage était silencieuse. Malvina s'était endormie. Pendant qu'Elanée fixait l'horizon, Ludérik se demanda ce que l'avenir leur réservait, ce qu'ils découvriraient dans les profondeurs de la jungle. En cet instant, il n'en éprouvait nulle crainte. Une seule chose importait : ils étaient tous réunis.

Alors que le dirigeable faisait cap sur le soleil levant, une jeune femme prenait place à bord d'un voilier en route pour Revosse. Elle leva la tête et suivit un long moment le zeppelin des yeux. C'était Fanielle. Elle l'avait vu anéantir le *Flèche d'émeraude* avant d'obliquer vers l'île du Malheur.

Elle souriait.

Leur plan avait réussi.

POISONS, CRÉATURES ET AUTRES CURIOSITÉS DU ROYAUME DU FLEUVE

Certaines définitions sont tirées des Confessions de frère Tibérian *(Abbaye de Hautfond).*

***Abrazia liliale* :** fougère arborescente géante, poussant en haut de grands arbres.

Buisson tige-lame : bosquet d'arbrisseaux dont la sève, une fois les branches brisées, durcit instantanément à l'air. Les rameaux en deviennent tranchants et cassants comme du verre.

Cadavrine : fleur dont les épines sont enduites de venin. Ceux qui s'y piquent se retrouvent plongés dans un coma, donnant l'illusion qu'ils sont morts.

Cimecorce : gigantesque chêne poussant dans la jungle. Léger et dense à la fois, son bois résiste très bien au feu. On l'utilise pour confectionner des boucliers ou des coques de navire.

Cimelierre : plante carnivore à l'odeur nauséabonde, dotée de racines crampons solides comme du fil de fer lui permettant de se mouvoir en s'accrochant vigoureusement aux murs avant de les escalader. Ces végétaux sont doués d'une forme élémentaire d'intelligence et capables de dévorer un homme adulte.

Dame brume : maladie qui frappe les habitants du royaume du fleuve, les rendant myopes ou aveugles. C'est à partir de l'âge de trente ans que le mal se développe, en particulier chez les personnes vivant dans la jungle, aux abords du fleuve et dans les quartiers les plus mal famés de Nantos.

Eucrite : pierre d'origine météoritique, solide et lisse, utilisée pour protéger les édifices des assauts du **cimelierre**, dont les crochets ne peuvent en agripper la surface.

Farouches : communauté humaine, vivant sur les berges du fleuve, à la lisière de la jungle. Persécutés par les mercenaires de la guilde de fer, les Farouches sont moins organisés que les Pisteurs mais connaissent tout aussi bien la jungle et ses dangers.

Fleur sanguine : plante consommant le sang de ses proies après les avoir endormies.

Fougère acide : plante mutante apparue avec les pollutions humaines.

Gator (secte de) : groupe de fanatiques vénérant le dieu Gator, un crocodile géant qui dormirait au fond du fleuve, dans l'épave d'un grand navire. Cette religion sanguinaire étend son ombre sur les cités libres, tout particulièrement à Nantos. Elle possède sa propre milice : les Capes vertes.

Guilde de Fer : si les bandes de mercenaires pullulent dans le royaume, la guilde de Fer est de toutes la plus structurée. Composée d'anciens soldats de la garde, de nobles désargentés en quête d'aventures et pour la plupart d'hommes ne sachant rien faire d'autre que se battre, elle est dirigée par Voras lame rouge, un pirate qui règne sur la côte, dans la cité de Revosse, le plus grand repaire de brigands et d'assassins de tout le royaume. Les membres de la guilde ne sont intéressés que par deux choses : le pouvoir et la richesse.

Harpie féroce : grand rapace mangeur d'oiseaux et de singes. Si l'occasion se présente, une harpie féroce peut s'attaquer à un humain, de préférence un enfant ou un adulte de petite taille.

Liane étrangleuse : plante grimpante dont la tige est capable de saisir et d'écraser de petites proies avant de les déposer près de ses racines. Une liane mère peut mesurer jusqu'à dix mètres de haut. Elle s'accroche le plus souvent à de grands arbres. La liane principale possède de nombreuses ramifications qui choisissent chacune leur victime après l'avoir attirée au moyen de baies dégageant des arômes capiteux.

Locus : champignon photogène pouvant, même réduit en poudre, éclairer des endroits plongés dans le noir ou tracer des inscriptions aux propriétés phosphorescentes.

Ludium : métal très résistant utilisé pour confectionner serrures ou coffres-forts.

Méduse indigo : appelée couramment « gelée du fleuve », elle sécrète un venin translucide utilisé pour rédiger des messages secrets qui se révèlent sous les rayons de lune.

Mithrine : acier de couleur orangée, rare et très résistant. Difficile à forger, il n'est utilisé que pour les épées confiées à la noblesse de Nantos.

Monstre de Zekoth : grand singe gris carnivore vivant dans la jungle, au fond des grottes. Il chasse en horde et n'hésite pas à s'attaquer à l'homme.

Mygale pourpre : variété d'araignées fouisseuses dont le venin, par simple contact avec la peau, peut tuer un homme en quelques secondes.

Noix de citrine : ces noix de la taille d'un dé à coudre sont difficiles à récolter, car elles poussent sur des arbres connus pour héberger des **lianes étrangleuses**. Les coquilles de noix de citrine renferment un gaz sous pression qui explose lorsque leur enveloppe éclate ou se brise. Il existe à travers tout le royaume du fleuve un nombre restreint de vapo-pistolets utilisant les noix de citrine comme munitions. Un tel projectile peut fendre un bouclier ou percer une armure.

Pisteurs : humains vivant dans la jungle, passés maîtres dans l'art de la chasse. Ils connaissent les anciennes routes commerciales et font de très bons guides. Frondeurs et indépendants, ils n'ont jamais prêté allégeance à aucun roi, si ce n'est leur chef, un personnage mystérieux entouré de légendes.

Ragondin géant : mammifère rongeur de la taille d'un gros chien. Doté d'une ouïe très fine, il perçoit à grande distance les cris, les paroles et les rires des êtres humains. Créature intelligente, elle attaque de préférence en groupe, tout comme les **monstres de Zekoth** ou les **vipères à tête noire**.

Rose de minuit : fleur toxique aux propriétés vomitives. Passer trop près de ce végétal vous expose d'abord à de violentes nausées, puis à la régurgitation d'un précédent repas. Exposées au parfum nocif de ces roses, les personnes malades ou fragiles peuvent vomir du sang et, dans certains cas, mourir.

Vipère à tête noire : reptile de petite taille, très venimeux, capable de poursuivre sa proie sur une longue distance. Elle chasse en compagnie de dizaines de ses congénères. Un enfant ou un jeune adulte mordu par plusieurs de ces reptiles peut mourir en quelques minutes.

***Valeriana fortisia* :** plante somnifère à fleurs roses.